AF170096

Elisabeth Vinera

FESTUNG DES TEUFELS

Die wahre Macht eines Schlüssels

Band 3

novum pro

Bibliografische Information
der Deutschen Nationalbibliothek:

Die Deutsche Nationalbibliothek
verzeichnet diese Publikation in der
Deutschen Nationalbibliografie.
Detaillierte bibliografische Daten
sind im Internet über
http://www.d-nb.de abrufbar.

Alle Rechte der Verbreitung, auch
durch Film, Funk und Fernsehen,
fotomechanische Wiedergabe, Tonträger, elektronische
Datenträger und auszugsweisen
Nachdruck, sind vorbehalten.

© 2019 novum Verlag

ISBN 978-3-99064-797-4
Umschlagfotos: Oleksii Yaremenko,
Alena Kratovich, Frui | Dreamstime.com
Umschlaggestaltung, Layout & Satz:
novum publishing gmbh
Innenabbildungen: Elisabeth Vinera
Ornament: Lyotta | Dreamstime.com

Gedruckt in der Europäischen Union
auf umweltfreundlichem, chlor- und
säurefrei gebleichtem Papier.

www.novumverlag.com

Erinnere dich daran,
wer du wirklich bist!

Inhaltsverzeichnis

Kapitel 1
In einer rauen Nacht 11

Kapitel 2
Der Sohn kehrt zurück 53

Kapitel 3
Die Kutsche aus Sagem 75

Kapitel 4
Verhängnisvolle Vorzeichen 91

Kapitel 5
Drei Auserwählte 111

Kapitel 6
Eine Welt im Wandel 139

Kapitel 7
Die Hinrichtung 161

Kapitel 8
Finsternis 183

Kapitel 9
Der Sprössling zweier Welten 205

Kapitel 10
Die auserwählte Braut 223

Kapitel 11
Die wahre Macht eines Schlüssels 233

Nachwort 239

Glossar 241

„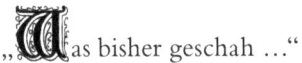as bisher geschah …"

Teufel, so nannten die Völker ein Wesen, welches Grauen verbreitete, um der Welt zu schaden. Dieses war zwar versiegelt, aber eine Legende berichtete von seinem Wiedererwachen. Es stand geschrieben: „Einem unbefleckten Mädchen und zwei ungleichen Jungen wird die Bürde auferlegt, den legendären Feind zu besiegen. Sie, die die Auserwählten sind, tragen das verhängnisvolle Zeichen des Teufels."

So geschah es, dass die drei im Jahre des Drachenblutes 56 aufeinandertrafen. Sarai, die Gutherzige, Akira, der Priester, und Karkara, der Barbar. Ein Abenteuer begann, das jeden von ihnen an seine Grenzen führen sollte.

Am Ende der Reise offenbarte Akira den beiden, dass er der Sohn des Teufels und somit ihr eigentlicher Gegner sei. Es folgte ein Kampf, den der Barbar verlor, jedoch von Sarai vor dem Tode gerettet wurde, die daraufhin ihren geliebten Akira erstach.

Die dämonischen Wesen verließen die Welt. Tadur schien besiegt. Doch nahm die Machtrolle kurz darauf jemand anderer ein: der Mensch selbst.

Im Jahre des Schlangenbisses 57 hatte sich die einst sanftmütige Sarai zu einer blutrünstigen Kriegerin entwickelt, die ihren eigenen kleinen Clan Schicksalshammer mit fairer und doch harter Hand anführte. Die vermeintlichen Opfer? Allesamt Propheten.

Immerhin zerstörte jene Prophezeiung, durch die man sie als Auserwählte anerkannte, ihr Leben. Den tiefsten Hass hegte Sarai auf das legendäre Orakel und begab sich mit ihren ungleichen Gefährten nach Sagem, wo es angeblich auftreten sollte.

Hier wurde Sarai als gesuchte Mörderin gefangen genommen und abtransportiert. Ausgerechnet Karkara war es, der sie zufälligerweise aus ihrer misslichen Lage erlöste. Das einstige draufgängerische Großmaul hatte sich inzwischen zu einem starken, beeindruckenden Mann entwickelt. Er gab Sarai klar zu verstehen, dass er sie für sich beanspruchte.

Sarais Clan-Gefährten, die sie eigentlich befreien wollten, trafen im Barbarenlager ein. Als Karkara vor dem Jungen Akeru stand, den Sarai als ihren Sohn vorstellte, sah er sofort die Ähnlichkeit zu Akira in ihm und war fassungslos darüber, wie sie sich diesem verfluchten Teufelssohn zu dessen Lebzeiten hatte hingeben können. Die Wut auf Akira konnte Sarai in keiner Weise teilen. Tief in ihrem Herzen liebte sie ihn immer noch. Dennoch bemühte sie sich, nach all den Jahren Akiras Verlust endlich anzunehmen und wandte sich stetig mehr dem
Barbaren zu.

Auch begegneten sie auf ihrem Wege, um Zeder vor einer Unterwerfung durch die Nachbarkontinente zu behüten, dem jungen Mönch Michelle, ein Ebenbild Akiras, den sie als wahren dritten Auserwählten erkannten – ihm gegenüber aber davon nichts preisgaben.

Plötzlich stand der tot geglaubte Akira vor ihnen, der aus einem einzigen Grund in die Welt der Sterblichen zurückkehrte, allerdings durch die Entscheidung des Barbaren nicht bleiben durfte.

Sarai gelang es, das legendäre Orakel aufzuspüren und es mit gespanntem Bogen zur Rede zu stellen. Als sie seinen Turm verließ, hatte sie wieder zu sich selbst gefunden.

Kapitel 1

In einer rauen Nacht

Zweiter der Vil Cemie im Jahre des Wolfsschädels 57.

Sanft bedeckte der Schnee des alten Jahres den gefrorenen Boden. Ein verspielter Wind wirbelte Flocken auf und pustete sie wie ein Kind, welches auf einer satten Wiese die flauschigen Samen des Löwenzahns fliegen ließ, über die schlafenden Äcker. Es herrschte Stille in der Einsamkeit von Monshire, dem Hauptsitz der *Priester der alten Zeit*. Die mondlose Nacht war lang und bitterkalt.

„Zweiunddreißig, dreiunddreißig, vierunddreißig …" Bibbernd zählte ein Junge namens Everos die Sterne, um sich vergeblich von den niedrigen Temperaturen abzulenken. „Verdammt, ist das eisig", klapperte er mit seinen Zähnen und zog die Kordel seiner apfelgrünen Kutte mit schmerzenden Fingerkuppen enger. Er war zum Wachdienst auf der Mauer eingeteilt, die die *Abtei des Mondes* vor unliebsamen Gästen bewahren sollte – ein völlig sinnloser Posten, wenn ihn jemand nach seiner Meinung fragen würde. Allerdings tat das keiner, da er, erkennbar an der auffälligen Farbe seines Gewandes, den Rang eines unwissenden Anfängers bekleidete. Seit Jahrhunderten war nichts passiert, was den Bau des Gemäuers annähernd gerechtfertigt hätte. Selbst als die Armeen des Teufels im Jahre des Drachenbluts 56 den Kontinent gleich einer

Heuschreckenplage bestürmten, blieb Monshire von ihnen unbeachtet.

Ein junger Mann von etwa fünfundzwanzig Lenzen, einem gutmütigen Antlitz und der einen Kopf höher gewachsen war, trat zum fröstelnden Everos heran. „Du gewöhnst dich an die Kälte. Mit jedem weiteren Jahr wirst du ihr mehr und mehr trotzen."

„Das sagst du so einfach. Du bist in Monshire aufgewachsen, warst die unmenschliche Frische sogar ohne den bösartigen Einfluss von Zasra gewohnt und hast zu allem Übel die Rückkehr dieser weißen Schererei vor knapp zehn Jahren miterlebt. Ich wurde fernab dieses Ortes geboren. Dort, wo es immer warm ist und die Menschen die Sonne, nicht den Mond, anbeten. Wir sind glücklicherweise beständig von dem widerwärtigen Matsch und der folternden Eisfront verschont."

„Dieses Leben in Kanan hast du hinter dir gelassen." Der junge Mann stützte seine Unterarme auf dem steinernen Geländer ab.

„Unfreiwillig. Sogar meine geliebte schwarze Haarpracht habt ihr mir rigoros abrasiert", brabbelte Everos schweren Herzens und strich sich wehmütig über das kahle Haupt. Einen Moment schwieg er und wog innerlich ab, ob er weitersprechen durfte oder lieber darauf verzichten sollte. Dann platzte es verzweifelt aus ihm heraus: „Jin, ich will gehen. Ich will zurück in meine Heimat nach Andúl. Ich gehöre nach Hause zu meinen Eltern. Ich bin erst zwölf und ihr zwingt mich zu einem Leben, das ich nie für mich gewählt hätte. Monshire ist ein Kerker."

Jin starrte in die Düsternis und erinnerte ihn mit ruhiger Stimme: „In Kanan wollten sie dir die Hände abschlagen, weil du gestohlen hattest. Du kannst froh sein, dass Meister Piquell de Vason zur Stelle war und dir dank seinem Fürspruch eine neue Existenz in unseren Reihen bescherte. Verlässt du die Abtei, bist du vogelfrei. Das weißt du."

„Für Meister Piquell war ich gefundenes Fressen. Sieh dich doch um, Jin de Gross! Die hundekalten Mauern dieser eintönigen Klosteranlage beherbergen fast nur noch alte Knacker. Ich habe von einem neuen, fortschrittlichen Clan gehört. *Umbruch* wird er genannt. Seine Anhänger wenden sich zu Recht von den Heiligenfiguren ab. Was haben denn all die Gottheiten, die sich nicht einmal zeigen, sondern einzig durch Legenden erhalten werden, jemals für uns getan? *Umbruch* propagiert, dass jeder seines Glückes Schmied ist. Insbesondere schließen sich ihm junge Menschen begeistert an. Wir könnten zwei davon werden. Ich prophezeie dir, die Zeit einiger alteingesessener Clane ist vorbei."

„Bedarf es denn immer der Beweise, um zu glauben? Manchmal genügt es, wenn man sein Mitgefühl zeigt, damit dir ein Wunder begegnet. Du bist grün hinter den Ohren und klopfst große Sprüche." Jin grinste ihn verschmitzt an und deutete dabei auf das schlichte Gewand, das Everos trug. Dieser ermahnte ihn beleidigt: „Deine Tracht ist gleichermaßen giftgrün, vergiss das nicht!"

„Nicht mehr lange", wisperte Jin in die raue Nacht und sein warmer Atem formte sich sichtbar im spärlichen Licht der verankerten Fackeln. „Zwei oder drei Jahre schätzt Meister Olong. Dann bin ich so weit, die blaue Kutte der Meister anzulegen."

„Das ist eine Ewigkeit. Willst du in dieser Ruine verrotten? Ich nicht! Ich will auch keinen blauen Sack tragen! Ich will weg. Es gibt zwei markante Unterschiede zwischen euch und mir. Der erste ist meine braune Hautfarbe. Ihr seid alle blass wie Leichen oder dieser verfluchte Schnee. Meine Hautfarbe wird immer ein Signum dafür sein, woher ich stamme. Deshalb kann ich im Grunde nie ein Teil von euch sein. Der zweite Unterschied besteht darin, dass mein Herz niemals für eure Mondgöttin Selene schlagen wird."

Jin drehte der Ferne seinen Rücken zu und lehnte sich an die Brüstung. „Du machst dir Sorgen wegen deiner Hautfarbe? Meister Rusin va God ist nicht braun, er ist schwarz. Der kleine Meros fragte ihn neulich, ob er sich ebenso anmalen dürfte." Everos guckte ihn verwundert an und beide lachten herzhaft.

„Ich mag dich, Jin de Gross. Dennoch werden weder du noch ein anderer mich in Monshire halten können. Der Ruf der Heimat hallt in meinen Ohren. Wenn nicht bald etwas Interessantes geschieht, das die Greise der Abtei mit neuen Lebensgeistern füllt, schwöre ich dir, ziehe ich von dannen, ehe euer verrückter Hahn am siebten Morgen kräht."

„Dann muss der Vogel wohl am sechsten Tag in den Topf. Schade! Immerhin verdanken wir seinem bemerkenswerten Schrei, dass sogar die Schwerhörigen pünktlich ihr Lager verlassen", zwinkerte Jin. „Du willst ein Abenteuer? Wenn du in Selenes Gunst stehst, wird sie dein Gebet erhören."

Jin de Gross wollte soeben die Stufen zum Innenhof hinabsteigen, da erklang zögerlich die warnende Glocke auf der anderen Seite der Mauer. Zuletzt war dieser Ton vor etwa einem Monat zu hören gewesen, als einer der Alten einen hungrigen Hasen für einen tollwütigen Wolf gehalten hatte. Jin fragte sich zu dieser Zeit, ob sein Verstand ihm in vier bis sechs Jahrzehnten ebenso skurrile Sachen vorgaukeln würde.

„Bestimmt wieder ein Kaninchen", rief Everos scherzend Jin nach, der sich zum gegenüberliegenden Wachposten aufmachte und murmelte: „Oder dein Abenteuer hat sich angekündigt."

Jin stapfte durch den knöchelhohen Schnee im Hof und erklomm eiligen Schrittes die zweite Treppe zum Gemäuer. Oben wurde er hektisch vom Priester Emeraud erwartet, der den Alarm geläutet hatte.

„Jin, Jin! Gut, dass du da bist. Ich weiß nicht, was ich tun soll. Da draußen sind zwei." Mit geröteten, dicken Wangen und durchgefrorenem korpulenten Leib verlor der knapp fünfzigjährige Ordensbruder vor lauter Angst, falsche Entscheidungen zu treffen, fast die Nerven.

„Beruhige dich, Bruder Emeraud. Was ist dort unten?" Jin nahm eine Fackel aus der Vorrichtung und beugte sich über das Geländer.

Emeraud kam mit seinem Mund dicht an Jins Ohr und flüsterte furchtsam: „Zwei Menschen."

Jin hielt in seiner Bewegung inne, schnupperte und musterte ihn daraufhin vorwurfsvoll. „Hast du wieder getrunken?!"

„Nur ein klitzekleines Schlückchen", zeigte Emeraud ein winziges Maß zwischen Daumen und Zeigefinger. „Wirklich. Das hat nichts damit zu tun."

„Doch! Es erklärt einiges. Ich muss das dieses Mal melden. Es ist genug! Du kennst die Regeln."

Emeraud hielt Jin am Arm fest, der sich gerade abwenden wollte. „Jin, ich flehe dich an, das nicht zu tun. Sie werfen mich sonst raus. Überlege, mein junger Freund! Hätte ich es riskiert, dich oder gar einen anderen über die Glocke zu rufen, wenn ich bloß verdeutlichen wollte, dass mich Hirngespinste dank des süßen Weins plagen? Mir ist bekannt, was für mich auf dem Spiel steht. Ich bitte dich, Jin, sieh hin!" Emeraud nahm ihm die Fackel ab und warf sie über die Brüstung in das freie Gelände.

„Hey, passt gefälligst auf wo ihr euren Kram hinschmeißt! Was ist nun, Pfaffe? Dürfen wir rein? Oder müssen wir über euren Gartenzaun klettern?", wetterte eine weibliche Stimme vor der Mauer. Jin spähte sofort herunter und sichtete im Schein des Feuers eine verärgerte Frau, die die lodernde Fackel aufgenommen und eine Hand in die Hüfte gestemmt hatte. Bis auf einen Schatten war von ihrem Begleiter, der am Wall kauerte, nichts zu erkennen.

„Wer seid ihr?", fragte Jin. Für einen kurzen Moment kehrte die Erinnerung an eine stürmische Nacht in seine Gedanken zurück, in der einem Mädchen die für Auswärtige dauernd verschlossenen Tore der Abtei geöffnet wurden, sie sogar vom Hohepriester empfangen wurde und wenige Tage nach ihrer Ankunft die Gemeinschaft mit dem Ordensbruder Akira verließ.

„Mach die blöde Tür auf oder ich trete sie ein! Mein Bruder braucht Hilfe!"

Jin guckte Emeraud unschlüssig an, der ratlos mit den Schultern zuckte. Er verkniff sich, die sarkastische Erkundigung, wer von beiden das blaue Gewand trug und demzufolge entscheidungsberechtigt war.

„Wenn er krank ist … Wir können ihn ja schlecht vor dem Kloster sterben lassen", murmelte Jin und schätzte die Konsequenzen für sein bevorstehendes Handeln ab.

Der Schnee knirschte unter den sich nahenden Schritten. Everos stieß unverhofft mit einer kleinen Laterne dazu. „Was gibt es? Ist etwas passiert?"

Jin rügte ihn ohne Umschweife: „Was tust du hier? Du darfst deinen Posten nicht verlassen! Geh zurück!"

Von draußen ertönte drohend: „Ich zähle bis drei, dann macht ihr entweder freiwillig eure Burgruine auf oder ich brenne das lächerliche Holztürchen mit dem Feuer ab, das ihr mir rüber geworfen habt."

Everos' Neugier war geweckt. Bevor er jedoch einen Blick auf das Geschehen außerhalb der Anlage erhaschen konnte, stellte Jin sich ihm in den Weg und wies ihn mit deutlichem Nachdruck an: „Geh zurück! Das ist ein Befehl, Everos! Keine Bitte!"

„Wir stehen auf der gleichen grünen Stufe, Jin. Du hast mir nichts zu befehlen."

Jin versetzte Emeraud einen leichten Tritt, der glücklicherweise den Hintergrund dessen verstand und rasch anordnete: „Als ein untertäniger Meister Selenes gebiete ich dir, unverzüglich auf deinen Posten zurückzukehren."

„Eins", begann die Frau ermahnend laut zu zählen.

Everos wusste um Jins Schlauheit, ebenso um seine Großherzigkeit, an die er nun versuchte zu appellieren: „Vielleicht hat Selene mich erhört. Vielleicht ist diese Nacht dafür vorgesehen, mich zu eurem Glauben zu bekehren. Es könnte sich alles ändern, Jin. Das Leben hier könnte leichter, erträglicher und erfüllter für mich werden. Lass mich dabei sein. Bitte, Jin."

Eine Leidenschaft brannte in seinen dunklen Iriden, die Jin nie zuvor bei Everos hatte entdecken können. Möglicherweise hatte er recht. Oder es war ein Fehler. Das würde man allerdings erst im Nachhinein feststellen.

„Zwei."

Jin wandte sich von Everos ab, um halbwegs klare Gedanken fassen zu können. Für den Burschen war es ein Zeichen, dass er bleiben durfte. Hätte Jin keinen kahlen Kopf gehabt, wie es unter den Priestern gebräuchlich war, dann hätte er sich überlegend die Haare gerauft. Stattdessen hielt er die Hände gegen seine Schläfen, wie Meister Olong es ihm gezeigt hatte, und konzentrierte sich auf seine innere Mitte. Diese wenigen Sekunden waren für ihn ein Fenster zur Ewigkeit. Er drang in sein eigenes Unterbewusstsein ein – eine eigenständige, feinstoffliche Welt ohne jegliche räumliche Begrenzung. Der unendliche Horizont war in das Licht der sanften Abenddämmerung getaucht. Auf einer Wolke saß im Schneidersitz sein Geistführer, ein betagter Mann mit schlankem, langen Gesicht und geschwungenen Lippen. Der Schnurrbart war zu zwei dünnen waagerechten Linien gedreht und seine geflochtenen Haare reichten bis zu seiner Hüfte. Ein Hütchen mit einer winzigen Glocke, ein weißes Hemd und eine schwarze, weite Bundhose kleideten ihn.

„Ein schwieriges Unterfangen", sprach der Geistführer und öffnete bei Jins Ankunft seine schmalen azurblauen Augen.

„Meister, welchen Rat könnt Ihr mir gewähren?" Jin kniete sich auf einem aus dem Wolkenfeld ragenden Felsen nieder und setzte sich auf seine Fersen.

„Diese Entscheidung ist von großer Tragweite. Keiner der Pfade, die dir in dieser Situation zu Füßen liegen, wird mit gutem Ausklang sein Ende nehmen. Es geht um viel mehr, als wir jetzt erahnen können. Schickst du sie fort, wird ihre Rache und die ihres Volkes fürchterlich sein. Die Priesterschaft des Mondes wäre vermutlich dem Untergang geweiht. Gewährst du den Fremden den Einzug, wirst nicht nur du einen hohen Preis dafür bezahlen."

Überfordert strich sich Jin über das erhitzte Gesicht, blies die Wangen auf, um kurz darauf seinen Atem mit der Anspannung zu entladen. „Das klingt, als wäre es egal, wofür ich mich entscheide."

„Egal ist nie etwas. Jede Entscheidung bestimmt den weiteren Verlauf der Geschichte."

„Aber wenn der Ausgang stets ungünstig ist, werden mich viele Menschen verachten, unabhängig davon, welchen der Wege ich erwählt habe."

„Du bist reif und wurdest auserwählt, derjenige zu sein, der die Zukunft des Clans in ihre entsprechende Bahn lenken darf."

„Auserwählt? Wer hat mich dafür bereit gefunden?"

„Drei."

„Jin!", rüttelte Everos heftig an seinem Ärmel und holte ihn gedanklich wieder nach Monshire. „Die will wirklich das Tor anzünden!!!"

Jin stockte der Atem. Sein Puls überschlug sich. Das Holz war dermaßen feucht, dass es gewiss nicht brennen würde. Die Bedrohung durch das heiße Element war also nicht sein Problem, sondern die Wahl, welche ihm derb auf den Magen schlug. Jemand setzte enormes Vertrauen in ihn, den richtigen Entschluss zu fassen. Er beugte sich hastig über die Brüstung, wäre zu allem Übel fast noch schwungvoll heruntergefallen und schrie: „Warte!"

Die Frau hielt die Fackel und stand vor dem Tor.

„Ich komme. Der Einlass ist euch gestattet", fügte Jin zügig hinzu. Er wandte sich an Everos: „Wecke Meister Olong! Hol ihn her! Niemand anderen! Lauf!" Everos machte widerspruchslos kehrt und rannte los.

Jin griff nach dem rundlichen Emeraud und hechtete mit ihm die Treppe hinunter. „Wir müssen das unbedingt geheim halten. Wenn der Hohepriester erfährt, dass eine Frau unser Gast ist, will ich nicht wissen, was mit uns geschieht."

Emeraud hatte Mühe Jins Tempo zu halten und keuchte: „Das Mädchen im Jahre des Drachenblutes 56 soll ein wahrer Segen gewesen sein. Gehen wir also optimistisch an die Sache heran."

Die zwei erreichten mit bebenden Herzen das verbarrikadierte Tor. Jin machte sich tölpelhaft daran, den schweren, waagerecht gelagerten Balken herunterzuheben, was allein vollkommen unmöglich war und das wusste er auch. Emeraud drehte ihn noch einmal entschlossen zu sich: „Du hast mich des Öfteren errettet und mir eben eine Last abgenommen. Jin, sollte etwas schieflaufen, dann werde ich die Schuld auf mich nehmen."

Jin hörte die Ehrlichkeit in seiner besorgten Stimme. „Was sollte schiefgehen?! Wir sind Priester. Wenn nicht wir in der Gunst unserer Göttin stehen, wer dann?"

Die beiden quälten sich schnaufend und zähneknirschend ab, den drei Meter langen, klobigen Balken beiseitezuschaffen, bis sie die ersehnte Hilfe von Everos und dem hellwachen Olong van Ga erhielten. Obwohl dieser soeben aus dem Schlaf gerissen wurde, war sein Geist klar und aufmerksam.

Der breitschultrige Meister stellte keine Fragen. Ein bedeutsamer Blick zwischen ihm und seinem jungen Schüler Jin genügte, um sich wortlos zu verständigen. Ein tiefes Vertrauen verband beide, sodass unnötige Begründungen jetzt fehl am Platz waren.

Everos und Jin, dem der kalte Schweiß auf der feurigen Stirn stand, rissen das Tor energisch auf.

Olong, der sich zu voller, beeindruckender Größe aufgerichtet hatte, schaute der Fremden starr ins Angesicht. Ihre stechenden Augen visierten ihn bedrohlich an. Die wallende, lange Mähne war rubinrot. Ein aschgrauer Mantel, unter dem ein weißer Rock hervorblitzte, barg ihren grazilen Körper.

„Dort ist er!", sagte sie kühl und deutete mit einer knappen Kopfbewegung in die Richtung ihres Bruders, der vollkommen entkräftet an den Wall gelehnt saß. Olong trat aus dem Schutz der Abtei hinaus ins Freie und hockte sich zum Fiebernden nieder.

Die Frau behielt die Fackel fest in ihrer Hand – entschlossen, das Tor nach wie vor in Brand zu stecken oder sogar zuzuschlagen, sollte das hier nicht so vonstattengehen, wie sie es sich vorstellte.

Olong fühlte den Puls des erkrankten Mannes am Hals. „Wir müssen ihn sofort reinbringen – in die Kammer der Salbungen, der schenkt derzeit keiner Beachtung. Emeraud und Jin, helft mir, ihn behutsam zu tragen! Everos, du läufst vor und achtest darauf, dass niemand auf den Gängen unterwegs ist." Mit Sicht auf die Frau fügte Olong hinzu: „Wir müssen so leise sein wie unsere Schatten. Lösche das Feuer! Werden die anderen auf unsere Spur gebracht, ist seine Reise beendet und er wird in entfernten Gefilden wandeln." Sie zögerte, biss sich verärgert auf die Unterlippe, denn sie mochte es überhaupt nicht, wenn man ihr Vorschriften machte. Sie verstand aber, worauf es ihm ankam und drückte die Fackel im Schnee aus.

Everos nickte und tat, wie ihm geheißen. Jin und Emeraud packten zu. Eine Bö umspielte die Gruppe und wirbelte Schneeflocken auf. Der Rotschopf bildete das Schlusslicht und ließ sie nicht aus seinen wachsamen Augen.

Jin sah im Gehen zweifelnd zum offenen Tor zurück. Man würde erst im Nachhinein wissen, ob die getroffene Entscheidung die richtige war …

Everos begegnete auf einem der Flure einem hungrigen Mönch, der sich heimlich in die Küche schleichen wollte. Ertappt blaffte dieser den Burschen an: „Everos, du gehörst auf deinen Posten! Scher dich raus! Die Jugend bibbert mehr als die Alten. Ihr seid alle verweichlicht. Raus mit dir!"

Everos pflichtete ihm bei: „Ihr habt recht, Meister. Mir war zu kalt und ich suchte nach ein wenig Wärme. Was haltet Ihr davon, wenn ich Euch – selbstverständlich nur auf Euren Befehl hin – Brot in Euer Gemach bringe? So füllt sich Euer knurrender Magen und ich kann ein bisschen die Wärme im Bauwerk genießen."

Verdrießlich stierte der Mönch ihn an und antwortete: „Zwei Scheiben und schneide was vom Schinken ab." Everos verbeugte sich ehrerbietig, während der Mönch den Weg in sein Kämmerlein antrat. Die Hände hinter seinem Rücken winkten die Gruppe zur hinabführenden Treppe in die unterirdischen Gewölbe. Feuchtigkeit und gelegentlich auch ein leichter, frostiger Wind drangen durch das Mauerwerk.

„Seid vorsichtig mit ihm!", fauchte die Frau, die ihnen dicht auf den Fersen war. Sie kam ins Strauchcheln, da sich ihre Augen nicht so schnell an die Dunkelheit gewöhnt hatten. Everos konnte sie gerade noch halten, damit sie nicht die harten Stufen hinabstürzte.

„Fass mich nicht an!", keifte sie undankbar und löste sich von ihm. Er wisperte beleidigt: „Bei uns nannte man solche Weibsbilder Kratzbürsten."

Jin drückte die Klinke zur besagten Kammer mit dem Ellenbogen herunter und konnte sie öffnen. Die drei Priester legten den Kranken auf einem steinernen Tisch ab.

Olong verteilte die Aufgaben: „Jin und Emeraud, wir benötigen Licht! Everos, hole Wasser und Brot!"

„Das passt gut. Ich hatte Pfabbel mi Kos versprechen müssen, ihm sein zweites Abendbrot zu bringen. So kann ich beides verbinden."

„*Meister* Pfabbel mi Kos", erinnerte Olong ihn an die korrekte Bezeichnung.

Everos brabbelte: „Ja, ja! Als wäre sein praller Bauch nicht schon gefüllt genug! Kein Wunder, dass die Vorräte rasch aufgebraucht sind!" Er verließ nuschelnd die Kammer.

Jin und Emeraud suchten sämtliche Kerzen im Raum zusammen. Der junge Mann schlug die Feuersteine zigmal aneinander. Zu seinem Verdruss ging es nicht über einen Funkensprung hinaus.

Mit einem Trick gelang es Emeraud, die Kerze zu entzünden. „Mit diesem Flämmchen können wir nun die anderen Dochte entfachen."

Jin hätte dies nicht gedacht und war beeindruckt, dass der sonst gemächliche Emeraud sich voller Tatkraft einem gewagten Unternehmen mit voraussichtlich üblem Resultat anschließen würde.

Mit Adleraugen beobachtete die unruhige Frau, wie Olong das Gewand des Kranken aufknöpfte. Da fragte sie schon: „Wie geht es ihm?"

„Leider verfüge ich nicht über die Gabe der Voraussicht. Ihr werdet schon warten müssen, bis ich ihn untersucht habe."

„Ihr müsst ihm helfen!"

„Ich werde tun, was ich kann."

Die Antwort stellte sie nicht zufrieden. Sie musste ihrer Aufforderung wohl mehr Nachdruck verleihen. Plötzlich zog sie einen Dolch aus einer Seitentasche an ihrem Gürtel und hielt dessen blankpolierte Spitze Olong entgegen. „Wenn ich auch nur für einen Moment den Eindruck habe, dass euer Handeln meinem Bruder schadet oder ihr zu wenig für ihn tut, schlitze ich Euch die Kehle auf."

Provokativ nahm Olong seine Hände von dem Kranken und starrte sie herausfordernd an. Er würde sich nicht bedrohen lassen. „Wenn Ihr mich tötet, habt Ihr Euren Bruder gleichermaßen verdammt." Sie haderte mit sich und man sah ihr an, wie sehr sie es verabscheute, nachgeben zu müssen. Der Rotschopf ließ bereits die Waffe widerstrebend sinken, da zerschlug Everos einen Wasserkrug auf ihrem Kopf, wodurch sie bewusstlos niedersackte. Er war mit einem Tablett aus der Küche zurückgekehrt, hatte seinen geschätzten Meister in Gefahr gesehen und ihn beschützen wollen.

Acht Stunden später erwachte die Fremde mit schmerzendem Kopf. Sie lag auf mehreren Decken, die die steinerne Tischplatte bequemer machen sollten. Ihr Mantel war auf einem Stuhl ordentlich zusammengelegt. Ein beiges, eng anliegendes Mieder blitzte hervor, als sie sich aufrichtete und ihr ein Teil der Wolldecke auf den Schoß fiel. Etliche Kerzen erleuchteten den fensterlosen Raum und schufen eine gemütliche Atmosphäre. Sie rutschte von der Platte und huschte auf den Zehenspitzen zu ihrem Bruder herüber. Schweiß perlte ihm von der Stirn. Er atmete mit schweren Zügen durch den offenen Mund. Sie strich ihm eine rotbraune, schweißnasse Haarsträhne aus dem fahlen Gesicht. „Du wirst gesund, Micel. Das verspreche ich dir."

Auf einem Hocker standen zwei Becher frischen Wassers, wovon sie das eine gleich herrlich erfrischend ihre Kehle hinunterschüttete. Dann hob sie Micels Haupt an und hielt ihm den zweiten Becher vor den Mund. Micel drehte seinen Kopf mit schwacher Bewegung fort und hielt seine Augen vehement geschlossen. Sie benetzte ihm wenigstens die spröden Lippen.

Auf dem Hocker warteten zudem eine dick belegte Scheibe Brot und ein dampfendes Süppchen in einem handgroßen Gestell über einer Kerzenflamme. Sie griff hungrig nach dem leckeren Brot. Den letzten Bissen verschlang sie hastig, als die Tür zur Kammer aufgeschoben wurde und Olong hereintrat.

Mit feurigroter, üppiger Mähne stand sie in kerzengerader Haltung am Krankenbett. Sie verschränkte die Arme vor dem Mieder, wodurch ihr beeindruckender Vorbau noch mehr betont wurde. Der geraffte Rock raschelte bei jeder Regung.

Olong schenkte dem wenig Aufmerksamkeit. „Du bist wach. Das Brot hat dir hoffentlich geschmeckt."

Sie bemerkte mit unterdrückter Scham, dass ihr ein Krümel am Kinn hing. Eilig wischte sie ihn weg und sprach reumütig: „Ich möchte mich für mein Verhalten entschuldigen. Die Sorge um meinen Bruder treibt mich in den Wahnsinn."

Olong entdeckte Aufrichtigkeit in ihren Sätzen und nickte vergebend. „So verzeihe du uns, dass dich ein Schlag in die Welt der Träume geschickt hat."

Sie ignorierte das Thema und die sich entwickelnde Beule am Hinterkopf. „Wie geht es Micel?"

„Das ist also sein Name. Wie lautet deiner?"

Ein kurzer Moment der Stille hüllte die erleuchtete Kammer ein. Olong tauchte derweil ein gefaltetes Tuch in eine Schale mit geschmolzenem Schnee und legte es Micel auf die heiße Stirn.

„Lucrezia Demonde. Die meisten nennen mich Zia."

„Erzähle mir, wo dein Bruder sich *das hier* eingefangen hat!" Olong schob das Laken von Micels nacktem Oberkörper. Schwarze Flecken zogen sich über seinen Brustkorb, der durch die Hechelatmung auf und ab wippte.

Lucrezia schluckte. „Vor drei Monaten hat uns ein Schiff an der Küste von Xander abgesetzt. An Bord war eine greise, sehr kranke Magierin. Micel hat sich in seiner Gutmütigkeit ihrer angenommen, sie hingebungsvoll gepflegt und dennoch ist sie unmittelbar vor der Ankunft in seinen Armen verstorben. Die Alte wies auch solche Male auf, hielt sie jedoch versteckt, aus Angst, man würde sie den Wellen übergeben, wenn die Fantasie der Leute zu galoppieren begann. Ich warnte Micel vor einem Fluch, der womöglich auf ihr lastete und auf ihn übergehen könnte! Dieser törichte Nichtsnutz, verdammt, nein, das meine ich nicht so …"

Ihre Augen bewegten sich rastlos hin und her, als wäre sie mitten im Geschehen und würde den Tod der Frau erneut miterleben.

Olong fuhr mit der Spitze eines dünnen Holzstäbchens an Micels Ohr entlang. Dabei veränderte er an den jeweiligen Stellen bewusst den Druck und pikste ihn gegebenenfalls sogar leicht. Nach wenigen Minuten entspannte sich der Atemrhythmus des Kranken. „Was passierte danach?"

„Zuerst war alles in Ordnung, doch je näher wir Herras kamen, desto mehr verschlechterte sich sein Zustand. Micel tippte auf eine Erkältung, die ihn etwas schwächeln ließ. Ich wollte, dass er sich sicherheitshalber untersuchen ließ."

„Die *Gesandten des Himmels* beteuern, wer auf der Suche nach Gott ist, wird in ihren Reihen fündig. Auch wenn wir Selene anbeten, so ist meiner Meinung nach der Gott Vater überall – somit auch in unserer Göttin. Die Priester boten euch Hilfe?"

Lucrezias Miene verhärtete sich. „Diese Gottesmänner", äußerte sie verächtlich, „haben uns den Einlass verwehrt. Micel hätte sich erst ihrem Glauben anschließen müssen, damit er die Schwelle übertreten dürfte. Ich hätte jeden Einzelnen von ihnen herausgeprügelt! Er bat mich, keinen Aufstand zu machen und wir stiefelten weiter."

Olong zog sich einen Stuhl heran, setzte sich zu Micel, angelte ein Fläschchen aus dem Trompetenärmel seiner Kutte und träufelte den derb riechenden Inhalt in den Wasserbecher.

Der Meister legte seinen linken Arm stützend unter den Kopf des Kranken. Bevor Olong den Becher an Micels Mund führen konnte, stoppte Lucrezia ihn. „Ihr wollt doch wohl nicht dieses stinkende Hexengebräu meinem Bruder einflößen?"

„Das ist Nadar-Beritta. Möchtest du es ihm geben?"

„Wozu soll das nützlich sein?"

„Fieber ist gerechtfertigt, wenn der Körper in der Lage ist, es sinnvoll einzusetzen. Das Fieber, das deinen Bruder plagt, bringt ihn um, wenn die Temperatur nicht bald sinkt. Wir haben ihn gestern mit Schnee zugedeckt und ihm Tee sowie Suppe verabreicht. Viele Möglichkeiten bleiben uns nicht mehr. Wie lange hat er das Fieber schon? Von Herras zu uns ist es ein Fußmarsch von zwei Monaten. Wie hat er das überlebt?"

Lucrezia löste den Griff und ließ Olong unter ihrer skeptischen Aufsicht gewähren. „Nach Herras überzeugte mich Micel, dass es eine simple Erkältung war, bis er anfing, einen Großteil der Nahrung zu erbrechen. Selbst das Trinkwasser konnte er kaum in sich behalten. Die Heilkunst von euch Mönchen in Monshire kam uns zu Ohren und ich wollte dorthin. Zwischendurch ging es ihm an manchen Tagen richtig blendend, sodass er meinte, wir könnten abdrehen und unsere eigentliche Route nach Azurol, gen Heimat, einschlagen. Das liegt im Westen bei den Donnerklippen. Azurol kennt fast niemand, die Donnerklippen dagegen sind Euch gewiss bekannt. Dann stieß ich allerdings auf diese seltsamen Flecken an ihm und mein Gefühl riet mir, den Kurs auf die legendäre Abtei beizubehalten. Drei Tage vor unserer Ankunft begann er Blut zu spucken und wie aus dem Nichts übermannte ihn das Fieber. Mehr schlecht als recht habe ich ihn herschleppen können."

„Ich verstehe", erwiderte Olong knapp. „Hartnäckigkeit und Willensstärke, vor allem die Liebe zu deinem Bruder, haben dir unsere Tore geöffnet."

Sie setzte sich Olong gegenüber, sodass Micel zwischen ihnen ruhte, und musterte den Anhänger der *Priester der alten Zeit*. Sein kantiges Gesicht war deutlich maskulin. In seinem tiefgründigen Blick könnte man sich verlieren, würde sie diesem nicht allzu oft ausweichen, aus Angst, er sehe ihre Seele. „Ihr betet eine Frau an. Im selben Atemzug schirmt ihr euch vor allem ab, das kein Gehänge zwischen seinen Beinen besitzt. Was habt ihr gegen die wärmenden Schenkel der Weiblichkeit in diesen kalten Mauern?"

Schlückchenweise floss das mit Nadar-Beritta angereicherte Wasser in den Mund des Kranken. Olong tupfte jeden Tropfen fort, der danebenging. „Ohne die Anwesenheit von Frauen fällt es den Mönchen leichter, sich auf ihre Gebete zu konzentrieren. Einige der Ältesten würden dir zur Antwort geben, dass Frauen Schlangen sind, die mit ihren Worten, Blicken und Berührungen Gift in die Männer träufeln, auf dass diese schwach werden und in Versuchung geraten, die Zerstreuung gegenüber dem wertvollen Glauben vorzuziehen."

„Das ist Schwachsinn. Seht Ihr das auch so?"

Olong hielt plötzlich zwei Finger vor ihren Mund. Sie schwieg. Micels Lippen bewegten sich. Beschwerlich drang seine Stimme kaum hörbar hervor, obwohl Olong schon sein Ohr ganz dicht an ihn heranhielt.

Während der Priester die Worte zu deuten versuchte, klärte Lucrezia ihn auf: „*Shezar*. Er murmelt *Shezar*. Keine Ahnung, was oder wer das sein soll. Er hat es von der Magierin aufgeschnappt. Bevor sie ihr Ende fand, brabbelte sie es …"

Sie glaubte für den Bruchteil einer Sekunde einen Schrecken in Olongs Antlitz erkannt zu haben. „Meint Ihr, dass es einen Zusammenhang gibt? Kennt Ihr Shezar?"

„Vielleicht kann ich das Rätsel lösen."

Everos kam herein, errötete leicht bei dem überaus hübschen Anblick Lucrezias und verbeugte sich eifrig. „Ich grüße Euch, Meister Olong. Ich bringe, was Ihr mir aufgetragen habt."

Lucrezia schaute Olong verschmitzt an. „Meister? Das klingt ja tatsächlich nach absoluter Hierarchie. Ich hatte früher schon davon gehört, es aber für einen Witz gehalten. Das sind ja völlig verrostete Denkweisen."

Jin kam hinter Everos zum Vorschein und entgegnete mit scharfem Ton: „Wagt es nicht, über unseren Orden zu spotten. Ihr habt kein Recht dazu! Ich lasse nicht zu, dass das Ansehen unseres Clans durch eine Fremde beschmutzt wird. Wir haben euch Eintritt gewährt! Seid dankbar!"

Ihre Augen wurden schlagartig schmaler. Olong erhob sich mit autoritärem Klang: „Genug jetzt! Jin, es ehrt dich, deinen Orden zu verteidigen, aber warte auf einen Moment, in dem dies angebracht ist. Everos, entschuldige dich bei unserem Gast für das gestrige Ereignis! Lucrezia, vergegenwärtige dir, unter welchem Dach ihr zwei eingekehrt seid und überlege, welche deiner persönlichen Ansichten du uns kundtun möchtest. Ich muss nun zum

Unterricht. Du übrigens auch, Everos! Jin, Meister Piquell de Vason hat dich gesucht. Emeraud übernimmt die nächste Schicht hier unten. Euer Fehlen darf oberhalb nicht bemerkt werden, denkt daran!"

Everos folgte Olongs Lehrstunde unaufmerksam, denn seine Gedanken kreisten um die rothaarige Schönheit. Sein Vater hatte ihm erzählt, dass vollbusige Frauen die besten wären. Allein solche könnten einen richtigen Mann angeblich am glücklichsten machen. Den Grund dafür hatte Everos damals nicht verstanden und leider vergessen. Nach seiner Überzeugung hatte der Vater von einer Frau wie Lucrezia gesprochen. Sie war zwar mindestens doppelt so alt wie er und trotzdem beflügelte sie seine Fantasie. Darin schüttelte sie ihre wilde Mähne über seinem Gesicht. Ihre Haarsträhnen liebkosten seine Wangen. Eine ungewohnte Wärme durchströmte seinen Leib und ließ ein gewisses Körperteil anschwellen.

Beim Glockengeläut, welches das Unterrichtsende verkündete, zuckte der Junge regelrecht zusammen. Von einer sonderbaren Scham befallen, griff er eilig nach seinen Schreibsachen und verließ mit rotem Kopf hastig den Raum.

Auf dem Flur kam ihm Jin entgegen, dessen forschendem Blick er gezielt auswich. Zuerst wollte Jin den Jüngeren noch stoppen, doch das hätte ihn kostbare Zeit gekostet und er wollte vor der nächsten Lektion noch unbedingt zu Meister Olong. Seine Schrittgeschwindigkeit beschleunigte sich, sodass er den Rest des Weges mehr rannte, als lief. Jin schlängelte sich durch die Reihen aus grünen Kuttenträgern bis nach vorn ans Pult. Er vergewisserte sich, dass die anderen außer Hörweite waren und offenbarte leise seine ihn quälende Besorgnis: „Meister Olong, ich fürchte mich davor, eine falsche Entscheidung getroffen zu haben. Ich wollte den beiden helfen, aber mein Herz sagt mir, sie bringen Unglück über uns."

Olong sortierte geduldig seine Schriftstücke. „Es gibt kein Falsch. Es gibt den richtigen oder den leichten Pfad. Und der leichte, mein junger Freund, sieht anders aus. Mit deiner Entscheidung hast du vielleicht ein Menschenleben retten können. Das ist jeden Aufwand wert."

„Und wenn man uns entdeckt?"

„Darüber machen wir uns Gedanken, wenn es so weit ist." Olong tippte an Jins Schläfen. „Kontrolliere deine Gedanken! Sie sind eine machtvolle Waffe. Konzentriere dich auf das, was du willst, und lenke keine unnötigen Energien auf jenes, das du von dir fernhalten möchtest, denn umso mehr würdest du genau das anziehen."

„Das ist schwer, Meister."

„Wer hat gesagt, dass es einfach werden würde?"

Olong zog sich für einige Stunden in die eindrucksvolle Bibliothek der Abtei zurück. Seitdem der Wissenstempel *Shantall Mi Norrett* in *Cark Ta Mon* zerstört worden war, barg nun Monshire die größte Sammlung des geschriebenen Wortes in ganz Zeder, über dreißigtausend Exemplare – mit der Ausnahme, dass nur die *Priester der alten Zeit* Zutritt zu ihr genossen.

Die Schränke, in denen sich die Kostbarkeiten neben strikten Ordensregeln und Unmengen von Predigtmaterialien dicht an dicht drängten, waren aus schwarzem, teilweise dunkelbraunen, Ebenholz gefertigt, wodurch der Saal eine gewisse Schwere erhielt.

Jin durfte Olong zur Hand gehen und balancierte keuchend einen hohen Bücherstapel, der, dem geschuldet, dass der Bursche durch die drei atemberaubenden Deckenfresken abgelenkt war, krachend auf dem Schreibtisch landete und umstürzte. „Verzeiht, Meister!" Jin war sein Missgeschick überaus peinlich. Mit vor Scham erröteten Wangen sortierte er geschwind die Werke und erklärte dabei: „Ich habe mich bloß gefragt, wie schon so oft, wer solche beeindruckenden Gemälde von Selene und ihrem Mondreich mit gewiss gesegneter Gabe erschaffen hat?"

Olongs ermahnende Miene hinter der schwarzumrandeten Brille, sorgsam mit den Bänden umzugehen, wurde wieder weicher. „Keiner wusste, wo *er* herkam. Es wird von einem Bärtigen erzählt, der barfuß in Lumpen unverhofft nahe dem Beginn unserer jetzigen Zeitrechnung an die jungfräuliche Pforte der Abtei klopfte. Er hatte davon gehört, dass der Clan händeringend einen Künstler suchte. Kurz vor seiner Ankunft hatten die Priester jemanden eingestellt, mit dem sie weniger glücklich waren, und sie wollten den Fremden nicht nach seinem Äußeren beurteilen. Er bewies ihnen sein erstaunliches Können. Rätselhaft meinte er, endlich zu wissen, warum das Schicksal ihn nach Zeder verschlagen habe: Er wäre der Kunstschöpfer, der diese Lebensaufgabe antreten würde, und das, noch ehe sein Freund, gewissermaßen auch Rivale, in einem gänzlich anderen Reich eine riesige Kapelle für die *Gesandten des Himmels* ausschmücken würde."

„Woher wisst Ihr das alles?"

„Ich habe es gelesen. Schon damals wurde zu jedem Tag ein Eintrag verfasst."

„Habt Ihr all die Bücher studiert?"

Olong schüttelte sein Haupt. „Sie nahmen den Fremden sogar in ihren Reihen auf, damit er die vielen Jahre bleiben durfte. Kein Gast hätte so lange das Gemäuer bewohnen dürfen. Tag und Nacht soll er gearbeitet haben."

„Er wurde ein Priester? Mit Überzeugung?", hakte Jin nach.

Olong deutete zu einer der Fresken. „Sieh dir das Bildnis bewusst an! Jemand, der weder glaubt noch liebt, wäre wohl nie imstande gewesen, genau *das* zu erschaffen. Eine Überzeugung lässt sich in vielen Dingen ausdrücken. Es gibt nicht nur den einen Weg, den man selbst beschreitet und dabei vielleicht den Blick für andere Pfade gelegentlich verliert."

Jin sog die weisen Worte seines Meisters auf, der anwies: „Jetzt setzen wir unsere Suche fort!" Olong war überzeugt davon, dass er von diesen schwarzen Malen, die Micels Körper bevölkerten, schon einmal etwas gelesen hatte. In seinen früheren Studien widmete er sich jahrelang neben der Kampfkunst den verschiedensten Krankheiten, um gegen sie gewappnet zu sein. In den Kellergewölben hatte er mit aufwendigen Prozeduren Heilmethoden erprobt, bis der jetzige Hohepriester Rassu le Pier ihm dies ausdrücklich untersagte. Dessen Vorgänger Sa de Fra hatte hingegen Olong in seiner Forschung bestärkt, während die neue Hoheit dies mit Zauberei zu verwechseln schien.

„Ist es ansteckend?"

Olong blätterte aufmerksam durch eines der Schriftwerke. „Ich denke nicht. Sonst würde es Lucrezia ebenso schlecht ergehen."

„Und wenn nur bestimmte Menschen davon betroffen werden?"

„Wir sind dem Geheimnis auf der Spur", äußerte Olong und legte das Buch beiseite. Er verschaffte sich einen kurzen Überblick über die anderen Exemplare. „Nein, hier ist es nicht dabei."

„Nach was genau suchen wir? In den Regalen stehen noch hunderte kolossale Bücher über Krankheiten."

„Krankheit …" Olong vertiefte sich für einen Moment nachdenklich in sein Innerstes. „Das Wort trifft es vielleicht nicht ganz." Er erhob sich und spähte zu einem Wandgemälde hinüber, welches die nackte Mondgöttin Selene mit einem Krug darstellte, dessen silbrig schimmerndes Wasser sie über Zeders Landschaft ergoss, um ihr Fruchtbarkeit und Leben zu schenken.

Olong vergewisserte sich gründlich, dass die beiden die einzigen Anwesenden in der Bibliothek waren, schloss zu Jins Verwunderung die zweiflügeligen Eingangstüren ab und marschierte zu einem Regal, das sich über annähernd zehn Meter Höhe erstreckte und reich bestückt war. Bevor Olong die Stufen einer Leiter, welche er zurechtrückte, erklomm, legte er seine Hände zuversichtlich auf Jins Schultern. „Ich vertraue dir, das weißt du. Du darfst zu keiner Seele davon sprechen, was du gleich sehen wirst."

Jin hielt den Atem gespannt an. Es war für ihn eine große Ehre und zugleich gewissermaßen auch eine Last, diese weittragenden Worte von Olong empfangen zu dürfen.

Olong stand auf der dreizehnten Sprosse. Seine Augen durchkämmten aufmerksam die Titel, bis er letztendlich einen Wälzer vom Bücherbrett herausangelte. Als er wieder neben Jin stand, verwehrte er dem Jungen den leichten Staub vom grauen Einband wegzupusten, und achtete beim Aufschlagen der Fibel akribisch darauf, das Werk so wenig wie möglich zu berühren. Zu Jins Verwunderung offenbarten sich keine beschriebenen Seiten, sondern eine Schachtel, die im Buch eingelassen war.

„Was ist das?", fragte Jin voller Erstaunen und überlegte neugierig, ob die Bibliothek noch weitere solcher Geheimnisse barg.

Olong öffnete das Kästchen und ein goldener Schlüssel kam zum Vorschein. „Folge mir!", forderte er Jin auf, der nichts lieber tat als das. Hatte Selene Everos' Wunsch nach einem Abenteuer erfüllt?

Olong nahm behutsam das vorhin betrachtete Gemälde der Selene ab. Jins Kinnlade klappte herunter, als sich den beiden ein kleines, goldenes Schloss offenbarte, welches das Bildnis zuvor verdeckt hatte. Olong steckte den Schlüssel hinein und drehte ihn. Ein Klicken war zu hören. Dann trat der Meister zurück und beide sahen beeindruckt mit an, wie sich die Wand vor ihnen ein Fußbreit nach innen verschob.

„Eine Tür", stammelte Jin verblüfft. Olong drückte sich gegen die steinerne Pforte, um sie weiter aufzuschieben. Jin, der sich wieder gefasst hatte, half ihm ungeheißen dabei, bis der Spalt breit genug war, dass sie hindurchschlüpfen konnten. Olong griff sich eine brennende Fackel und lief voran, dicht begleitet von Jin. Ein schmaler Flur lag vor ihnen, der sie tiefer hinab in das Abteigebäude lotste. Schließlich erreichten sie einen Raum, der größer war als die eigentliche Bibliothek dort oben.

„Die wahre Fundgrube ist das hier", offenbarte Olong bedeutsam. „Hier lagern Schätze an Wissen, die wir uns nie hätten erträumen können. Sie wurden lange vor unserer Zeit gesammelt. Sa de Fra hat den Bestand um über einhundert wertvolle Stücke erweitert."

„Wahnsinn", entfuhr es Jin. „So viele Bücher habe ich noch nie gesehen. Was sind das für welche? Warum werden sie geheim gehalten?"

„Rassu le Pier nennt es: das verbotene Wissen. Manche dieser Bücher stammen nicht aus unserer Welt. Sie enthalten Sprachen, die es auf keinem unserer Kontinente gibt. Sie legen folglich Zeugnis über die Existenz anderer Welten ab und darüber, dass wir tatsächlich mit ihnen in Verbindung stehen. Alles ist eins. Die Hälfte der Werke entsprang vor oder zu Tadurs Lebzeiten. Anstatt das Wissen dieser Zeit zu lernen, zu beherrschen, wendet sich Rassu strikt davon ab."

Jin strich mit seinem Finger sorgsam über eine Reihe von Buchrücken. „Er hat Angst. Er steht im Schatten von Sa de Fra und will sich ins Licht erheben. Das schafft er seiner Meinung nach nur, wenn er gänzlich anders handelt als sein geschätzter Vorgänger."

„Du bist scharfsinnig", lobte Olong seinen Schüler.

„Was wir suchen, entdecken wir also hier?"

Olong nickte und lief zu den hintersten Regalen. Er steckte die Fackel in eine Vorrichtung und begann mit Jin etliche Bücher hervorzuholen.

„Die alte Sprache", erkannte der faszinierte Lehrling die Schriftzüge auf den Einbänden.

„Es gibt hier unten zwei Sorten von Büchern. Jene, die in der alten Sprache verfasst sind und jene, die wir nicht entziffern können."

„Es gibt wirklich andere Planeten … Warum lehrt man die alte Sprache dann nicht mehr?" Jin beantwortete sich die Frage selbst. „Weil sie mit Tadur in Zusammenhang steht. Aber Tadur wurde doch besiegt."

„Es gibt nicht mehr viele, die der alten Sprache mächtig sind. Was du nicht kennst, kannst du nicht lehren."

Jin hielt ein Buch vor seine Nasenspitze und bemühte sich die Buchstaben zu übersetzen. „D … De … Deeer … Der! Der la … last … lust … las …"

Olong schmunzelte und nahm ihm das Buch aus den Händen. „Der letzte Sternenpfad", las er ihm den Titel vor.

„Als Sa de Fra noch lebte, hattet Ihr begonnen, wenigen von uns vereinzelte Buchstaben und sogar Wörter der alten Sprache beizubringen. Fangt wieder damit an!"

„Rassu hat es deutlich untersagt."

„Lasst Euch davon nicht abhalten, Meister! Ich bitte Euch, lehrt mich die alte Sprache. Ich will all das Wissen dieser Bücher in mir aufsaugen. Ist Rassu le Pier ihrer mächtig?"

„Nein."

Jin schlussfolgerte: „Deshalb will er sie aussterben lassen."

Olong ging nicht auf diesen Satz ein und sprach stattdessen: „Wann immer wir Zeit finden und die obere Bibliothek menschenleer ist, werden wir in diesem Gewölbe nach der Wahrheit über die schwarzen Flecken graben."

„Ja, Meister!"

„Versprich mir, niemandem von diesem Ort zu erzählen. Versprich mir, dich nicht ohne mich herunterzuschleichen. Und ermahne dich, nicht das eine Bildnis der Selene anzustarren. Wir dürfen keine Zweifel säen."

„Das verspreche ich, Meister!" Jin verbeugte sich, fiel vor ihm auf die Knie und senkte sein Haupt, seine Stirn berührte den kalten Boden.

Olong griff Jin unter den Arm und zog ihn auf die Beine. „Knie nicht vor mir nieder, sondern vor Selene. Sie ist die Wächterin über die geheime Abteilung."

Jin nickte eifrig. Olong versuchte sich an das Buch zu erinnern, in dem er schon einmal die Bezeichnung Shezar gelesen hatte. Achtsam studierte er die Buchrücken mehrerer Regale. Hin und wieder zog er ein Werk heraus, blätterte es durch und stellte es in die Reihe zurück oder reichte es an Jin zum Halten weiter, bis der Stapel so hoch war, dass man kaum noch den kahlen Kopf des Jungen sichten konnte. „Ich muss die mal ablegen", ächzte Jin unter der Last.

Währenddessen bemerkte Olong ein Buch mit abgewetztem Ledereinband, welches keinen Titel aufwies. Er nahm es und spürte sofort eine seltsame Macht, die von dem Werk ausging. Vor seinem geistigen Auge tanzte eine knappe Sekunde eine giftgrüne Flamme. Er schlug den Band auf, dessen Seiten handgeschrieben waren. Auf jedem Pergament prangte vielfach ein einziges Wort: Shezar. „Das ist es", hauchte Olong.

Sofort war Jin an seiner Seite und warf einen begierigen Blick auf das Papier. „Täusche ich mich oder sehen die Buchstaben alle gleich aus?"

„Shezar. Überall steht Shezar." Olong stellte sich zur Fackel, damit viel Licht auf die vergilbten Seiten fiel. Er blätterte an den Anfang. „Guck dir das an! Es beginnt mit schwarzer Farbe und einem sauberen Schriftzug." Olong wendete die nächsten Pergamente um.

„Was ist ein Shezar? Das klingt nach einem Namen", grübelte Jin.

„Was oder wer. Das steht hier nicht. Jetzt wird die Handschrift unruhig. Siehst du die wackligen Buchstaben? Die Farbe geht zu Ende." Olong blätterte angespannt eine Seite weiter.

Jin beäugte das aufgeschlagene Schriftstück: „Na ja, wenn schwarz alle ist, nimmt man halt rot."

Olong klappte das Buch ruckartig zu. Jins Nase hätte er dabei fast erwischt. „Das ist Blut", sagte er kurz angebunden.

Jin verzog angewidert das Gesicht bei der Vorstellung. „Wer auch immer das verfasst hat, der war ja echt besessen von diesem Shezar."

„Tadur." Olong hatte Jin seinen Rücken zugewandt und legte das Buch fassungslos ab – mit einem Gefühl, als wäre der Untergang eines Königreiches eingeläutet worden und er der Überbringer der niederschmetternden Botschaft.

„Was ist mit Tadur?"

„Er hat es geschrieben."

Stille zog sich durch die unterirdische Bibliothek. Nach einer gefühlten Minute wagte Jin vorsichtig zu fragen: „Und was hat das mit der Krankheit zu tun?"

„Es gibt einen Zusammenhang zwischen ihr, Shezar und Tadur. Noch kann ich ihn nicht erkennen. Horche! Die Glocke des Kirchturms schlägt die Stunde, in der du deinen Körper mit Geist und Seele in Balance bringen sollst."

Olong schob das Buch hastig in die Reihe, war froh, es vorerst los zu sein und nahm Jin bei der Hand, der versuchte, die Eindrücke gedanklich zu ordnen. Sie verließen schweigend die Kammer, zogen die Wand hinter sich heran, bis sie einrastete, schlossen ab und hängten das Bild an seinen ursprünglichen Platz zurück. Olong entschloss sich dazu, den Schlüssel in seiner Obhut zu belassen. Sollte Rassu irgendwann auf die Idee kommen, ihn aufzuspüren, wäre all das Wissen für immer verloren.

Der dicke Wälzer, der einst den Schlüssel barg, wurde mit leerem Inhalt wieder eingereiht und verschwand für das ungeschulte Auge in der Menge. Die Bibliothek wurde geöffnet und die zwei machten sich auf zur nächsten Unterrichtseinheit.

Es war inzwischen später Nachmittag, als Olong mit einer kleinen Auswahl seiner Schüler das Schärfen ihrer Sensibilität trainierte. Dazu ging er mit ihnen in eine große Halle, an deren Wänden das mystische Zeichen von Selene prangte – ein mit Rosenranken besetztes Schwert, auf dem drei Halbmonde thronten. Der Saal wurde früher für Feierlichkeiten und umfangreiche Zeremonien verwendet, wodurch er über fünf beachtliche Kronleuchter verfügte. Damals waren es fast fünfmal so viele Anhänger wie heute. Der Raum, dessen karges Mobiliar nur aus ein paar halbvollen Schränken bestand, blieb lange Zeit ungenutzt, bis Olong um die Erlaubnis bat, ihn während der eisigen Winde nutzen zu dürfen. Solch ein Schneesturm tobte lautstark vor den spitzbögigen Fenstern, deren filigranes Maßwerk von außen leider stetig mehr der Verwitterung erlag.

Die Kutten durften die Schüler während der Kampfkunstübungen gegen eine luftige Hose eintauschen, mit der sie sich frei bewegen konnten. Auf eine Bekleidung für den Oberkörper wurde verzichtet.

Olong ließ die überschaubare Meute dreißig Runden rennen, damit sie warm wurden und zugleich lernten, der Kälte, die sich bis nach drinnen fraß, zu trotzen.

Im Anschluss erhielt jeder Schüler einen Stab, der mindestens zwei Köpfe länger maß als die eigene Körpergröße. Zuerst verband sich Olong mit einem schwarzen Tuch selbst die Augen. Seine Lehrlinge, darunter auch Jin, bildeten einen Kreis um ihn, sodass Olong sich in ihrer Mitte aufhielt. Nacheinander sollten sie ihn angreifen und sie taten, wie ihnen geheißen. Olong war zwar für den Augenblick blind und doch sah er schärfer als die Sehenden. Er fühlte mit jeder Faser seines Körpers, aus welcher Richtung sich ihm eine bedrohliche Energie näherte, um auszuweichen oder zu parieren. Für die Schüler spielten sich die geforderten Angriffe innerhalb von Sekunden ab – Olong hatte das Zeitgefüge überwunden, nahm die Bewegungen für ihn vorteilhaft verlangsamt wahr.

Nach dem bemerkenswerten Schaukampf waren die Anwärter an der Reihe. Meister Olong verband nun Jin die Augen. „Du trägst die Macht in dir! Erwecke sie!"

Mit flatterndem Herzen besann sich Jin auf seine innere Stärke. Der erste Schlag traf ihn im Nacken und zwang ihn schmerzverzerrt auf die Knie.

„Hoch, Jin!", hörte er Meister Olongs harte Stimme. Mit dem nächsten Atemzug stand er auf und kassierte den zweiten Treffer, der ihm den Boden unter den Beinen wegriss.

„Stopp! Alle anderen legen ihre Stäbe nieder! Jin, du konzentrierst dich einzig auf mich! Suche mich! Fühle mich mit Haut und Haaren!"

Lautlos umkreiste Olong den in Mitleidenschaft gezogenen Jin, der sich wacklig aufrappelte. Da vernahm er plötzlich die Stimme seines Geistführers: „Sammle dich!" Jin atmete tief durch, unterdrückte die kreisenden Gedanken an Shezar und bemühte sich, die Halle gleich einem Energiefeld in seinem Geist zu erschaffen. Bevor diese Vorstellung ansatzweise präsent war, kollidierte er bereits erneut unsanft mit dem Boden.

Unverhofft spürte Olong die für ihn offenkundige Anwesenheit zweier Personen. Ohne zu sehen, wer die Schwelle zum Saal übertreten hatte, wies er die Schüler prompt an: „Verbeugt euch!" Ihre Augen suchten selbstverständlich den Grund dafür, erspähten den Hohepriester mit Gefolgschaft und sie knieten gehorsam nieder.

Mit einer Handbewegung gestattete der, in ein rotes Gewand gehüllte, alte Mann ihnen, sich zu erheben. Olong gab erwartungsgemäß von sich: „Wie können wir Euch zu Diensten sein, Hohepriester Rassu le Pier?"

Der Hohepriester war der Einzige, der seine schwarze, kurzgeschnittene Haarpracht behalten durfte und sogar darauf bestand. Dies gab Anlass zu heimlichen Spekulationen, ob es an seiner Eitelkeit lag oder einem alten Glauben zuzuschreiben war, der besagte, Kopfhaare würden verhindern, dass andere Menschen erkennen konnten, was man dachte.

Ein Vollbart zierte den eher schmächtig wirkenden Mann. „Zeige uns, wie weit ihre Ausbildung vorangeschritten ist!"

Jin fächerte sich Luft zu. Warum musste das ausgerechnet ihm passieren?! An seinen bescheidenen Kampfkünsten sollte Olongs kostbare Arbeit gemessen werden? Jin trug gewaltiges Wissen in sich, das er stundenlang auswendig im Monolog darlegen und umsetzen könnte, aber diese Art der physischen Beherrschung gehörte leider nicht zu seinen Stärken. Er musste sich besonders Olong zuliebe ins Zeug legen!

Mit flauem Gefühl im Magen rückte er den Verband über seinen Augen wieder zurecht. Dann begann dasselbe Spiel wie zuvor.

Abseits beurteilte der Hohepriester nach einigen Minuten knapp: „Viel Arbeit, viel Arbeit."

Der Mann mit blauer Kutte an dessen Seite kommentierte: „Das fiel den Jungen vor geschätzten drei Jahrzehnten leichter. Was hat sich verändert?"

„Die Menschen verlernen zunehmend, die Verbindung zu ihren Wurzeln, zur inneren Stimme, zu wahren. Das Vertrauen in die eigenen Kräfte schwindet. Der Glaube kursiert, man bräuchte neuerdings Hilfsmittel, um etwas

Gleichwertiges zu erreichen. Dass sie im Endeffekt alles in und bei sich tragen, ist irrelevant geworden."

Mit lauter Stimme rief der Hohepriester zu Olong: „Du musst sie härter rannehmen! Sonst wird das nie was."

Jin lugte unter dem Tuch hervor und entdeckte in Olongs Augen ein erbostes Feuer. Seit dem Amtsantritt Rassu le Piers wurde es fast jedes Mal durch dessen Anwesenheit entfacht. Jin hatte fest damit gerechnet, sich gewünscht, dass Olong der nächste Hohepriester nach Sa de Fra werden würde. Rassu, der sich oftmals in Konkurrenz mit Olong empfand, was dieser niemals beabsichtigt hatte, zeigte dem Ausbilder seitdem nur zu gern, dass er über ihm stand.

Zu später Stunde kam Olong schweißgetränkt in sein kleines Gemach im ersten Stockwerk am Ende eines langen, totenstillen Ganges. Er fühlte sofort eine Energie, die nicht hierher gehörte, und drückte den unwillkommenen Gast mit schnellen, präzise sitzenden Griffen an die kühle Wand.

„Aua!", wand sich die Person.

„Lucrezia? Was machst du hier? Bist du verrückt?! Das ist viel zu gefährlich! Du solltest die Kammer nicht verlassen! Bist du dir immer noch nicht darüber im Klaren, was mit uns geschieht, wenn das rauskommt?!"

Er ließ sie frei. Sie rieb sich die schmerzenden Handgelenke. „Was für eine herzliche Begrüßung!", äußerte sie ironisch. „Du brauchst nicht in Panik zu verfallen. Niemand hat mich gesehen. Ich bin lautlos gewesen wie eine Katze in schwärzester Nacht auf einem Beutezug."

„Woher weißt du, wo mein Zimmer ist? Hättest du die falsche Tür erwischt …"

Sie trat näher, legte ihren Zeigefinger an seinen Mund und flüsterte: „Es war aber nicht die falsche Tür. Emeraud hat es mir gut beschrieben."

„Freiwillig?", schob er sie ernst zur Seite und wusch sich in einer Schüssel den Schweiß vom Gesicht und dem blanken Oberkörper.

„Ich drohte ihm, dass ich nackt durch die Gänge tanze, wenn er es mir nicht verrät."

„Was willst du?"

Sie stand direkt hinter ihm, legte ihre Arme um seinen Bauch und hauchte: „Mich für deine Hilfe erkenntlich zeigen." Er drehte sich zu ihr um, schaute sie eine Weile an und entgegnete mit monotonem Klang: „Ich bin Priester. Wenn ich helfen kann, tue ich dies. Ich will keine Gegenleistung."

Sie begann Stück für Stück ihr Mieder zu öffnen und fixierte ihn dabei. Er unterbrach ihre Handlung, indem er seine Hand auf die ihre legte und nachdrücklich von sich gab: „Nein! Verstehst du das?"

Anfänglich verwundert hielt sie seine Zurückhaltung für ein reizvolles Spiel. Nie zuvor hatte sich ein Mann ihr verweigert. Wenige Male hatte sie ihren Körper verkaufen müssen, aber immer war sie es, die die Männer erwählt hatte, um daraus einen entscheidenden Vorteil zu ergattern. Nie hatte man über sie herrschen oder sie gar zu etwas zwingen dürfen.

Lucrezia strich von seinem muskulösen Oberarm bis zu seiner Hand herunter und drückte diese zärtlich an ihren Busen. Ihre Zunge benetzte verführerisch die weinrote Oberlippe.

Ohne jegliche äußere Regung sagte er unvermutet: „Ich vergebe dir."

Lucrezia stutzte. Diesen Moment nutzte er, um sie endgültig von sich zu halten und in seine bereitliegende Kutte hineinzuschlüpfen.

„Was?! Du vergibst mir?! Wie soll ich das bitte deuten?"

„Unser letztes Gespräch hat dich gewiss auf die irrsinnige Idee gebracht, dass wir Mönche uns nach weiblicher Berührung verzehren. Verzeih, ich habe mich unklar ausgedrückt. So wie wir leben, sind wir vollkommen zufrieden. Ich begehre nicht den fleischlichen Körper, obwohl es Umstände gibt, in denen es wahrlich schwer ist, diese Ansicht aufrechtzuerhalten. Doch glauben bedeutet, geprüft zu werden – standfest zu sein. Und ich lebe für meinen Glauben. Ich unterstehe meiner Göttin. Ihr gehört meine Liebe. Ihr will ich dienen und gehorchen."

„Das klingt nach einem törichten Hund, der seiner unsichtbaren Herrin einen Treueid geleistet hat."

„Spotte ruhig, Lucrezia! Ich bete dafür, dass du die Liebe und den Frieden, den ich in mir trage, eines Tages gleichermaßen in deinem Herzen willkommen heißen darfst."

Sie verschränkte beleidigt die Arme vor dem Brustkorb. „Wie kannst du *Nein* zu mir sagen?! Gefalle ich dir nicht? Du bist ein Mann! Hör auf, dich dermaßen tugendhaft darzustellen. Am Ende bist du lüsterner als alle anderen!"

Er baute sich zu voller Größe vor ihr auf. Sie ragte ihm bis zu seinen Schlüsselbeinen. „Du weißt nichts über mich, Lucrezia. Du bist mir nichts schuldig. Zumal dein Bruder immer noch nicht über den Berg ist. Solltest du nicht lieber für sein Wohl zuständig sein?"

Sie gab ein verärgertes, quietschendes Geräusch von sich, wie es, nach Olongs Meinung, nur Frauen konnten. In Seelenruhe schlug er die Bettdecke auf und bot ihr an: „Ein paar Stunden müssen wir warten, ehe ich dich in die Kammer zurückgeleiten kann. Manch ein Ordensbruder auf diesem Flur macht die Nacht zum Tag. Wenn du möchtest, stelle ich dir bis dahin mein Bett zur Verfügung. Schlaf ist ungemein wichtig."

Wortlos trampelte sie zum Lager, warf sich darauf, zog die Decke über sich und rollte sich wütend zur Wand.

„Gern geschehen", murmelte Olong, nahm sich aus dem Zedernholzschrank eine saubere Kutte, die er zusammengerollt als Kissen nutzte und legte sich auf den Boden.

Minuten der Stille vergingen. Lucrezia lag wach und fühlte sich von Herzschlag zu Herzschlag miserabler für ihre Taten und Worte. Sie drehte sich der Raummitte zu. Olong lag auf dem Rücken, die Hände auf dem Bauch verschränkt. Seine Umrisse erinnerten Lucrezia an einen erhabenen König, von dem sie einmal gelesen hatte, der exakt in dieser Stellung, zusammen mit seinem Langschwert, in einem Boot auf dem Meer bestattet wurde. Bogenschützen entzündeten die Barke vom Ufer aus mit ihren brennenden Pfeilen.

„Olong?", flüsterte sie in einer Lautstärke, in der sie selbst kaum ihre Stimme gehört hatte. Sie atmete bewusst lauter in der Hoffnung, er würde auf sie reagieren. Sekunden später räusperte sich Lucrezia. Dann noch einmal – forscher. Fortwährend verweilte er in völliger Gelassenheit. Mittlerweile wurde der Rotschopf wieder sauer, weil er sich ignoriert fühlte. Lucrezia hustete, bis sie irgendwann schimpfte: „Olong! Wach gefälligst auf!" Dazu warf sie das flache Kissen auf ihn.

Mit langsamer Bewegung nahm er die Stoffhülle von seinem Gesicht. Endlich richtete sich sein Blick auf sie. „Was möchtest du?"

„Da unten auf dem Boden muss es eiskalt sein. Komm ins Bett! Ich will nicht, dass du wegen mir noch krank wirst und dann meinen Bruder nicht mehr pflegen kannst. Du brauchst auch keine Angst zu haben. Ich werde dich mit meiner Leidenschaft nicht belästigen." Sie schmunzelte über ihren letzten Satz.

„Nein, danke."

Mit dieser Antwort hatte sie keinesfalls gerechnet. Zornig sprang Lucrezia aus dem Bett und stürzte sich gleich einer Furie, die im Grunde zerstören und leiden lassen wollte, auf Olong. Sie drückte ihre Schenkel fest an seine Hüften, in der Hoffnung, ihn dadurch an Ort und Stelle zu bannen, wusste jedoch nicht, wohin mit ihrer Rage, da sie sich noch halbwegs, für ihre Verhältnisse, kontrollieren konnte und packte einfach den Halsausschnitt seiner Kutte. Sie zerrte dermaßen grob daran herum, bis der Stoff endlich zerriss. Kurz gewährte er ihr den kindischen Ausbruch, ehe er ihre Handgelenke abfing, da sie ihn demnächst geohrfeigt hätte. Voller Raserei schaute sie schnaufend auf ihn hinab. Seinen klaren, durchdringenden Blick konnte sie in der Dunkelheit höchstens erahnen. Seine ruhige, die Situation beherrschende Ausstrahlung hingegen übertrug sich mit jedem Atemzug mehr auf sie. Der Wutanfall war verflogen, eine bestimmte Form der Erregung verblieb. Mit leichten, kreisvollen Bewegungen vollführte ihr Unterleib einen beginnenden Tanz auf dem seinigen. Die Schönheit spürte, wie sich seine eisernen Griffe lockerten, im Widerspruch zum starren Blick. Ihre Finger glitten über seinen prachtvollen Oberkörper, den der zerfetzte Stoff bis zum Nabel entblößte. Seine Hände ruhten an ihren warmen Schenkeln. Sie beugte sich vor und küsste ihn voller Verlangen.

Vierter der Vil Cemie im Jahre des Wolfsschädels 57.

Emeraud wachte seit Stunden an Micels Seite. Während der Kranke flüchtig in den Schlaf gefunden hatte, mangelte es dem erschöpften Priester an Erholung. Müde sank er auf seinem Stuhl immer mehr zusammen, bis ihm irgendwann die übernächtigten Augen zufielen.

„Das nennst du aufpassen? Ich hätte den Kerl dreimal rein- und raustragen können und du hättest es nicht bemerkt!", neckte der hereinspazierende Everos den Ordensbruder, der im Halbschlaf seine schwachen Lider öffnete und etwas Unverständliches murmelte.

„Hast du nicht einmal diesen irren Hahn gehört?" Everos grunzte und hielt sich den Bauch vor Lachen. Er stopfte den Rest vom Brötchen in seinen Mund und schmatzte: „Gut, dass Jin mich geschickt hat, dir Bescheid zu geben. Er hat wahrscheinlich vermutet, dass du einpennst. Du sollst zum Gebet gehen. Die anderen Blaupriester dürfen dich nicht vermissen."

Allmählich kam Emeraud mit Kopfschmerzen gänzlich zu sich. Seine Hand strich über den verspannten Nacken. Er fühlte sich ganz und gar nicht munter! Sein Magen knurrte. „Ich sehe bestimmt schon dünn aus", sagte Emeraud melancholisch und tätschelte dabei seine Wampe.

Everos klopfte ihm aufbauend an den Rücken. „Nach dem Gebet kannst du deine Kugel mit Schlemmereien wieder nähren." Er zwinkerte dem Älteren zu, der ihn verschüchtert anlächelte. „Und richte Jin bitte aus, dass er rasch zu mir galoppieren soll."

„Fürchtest du dich?", scherzte Emeraud. Everos gab sich Mühe, dies ins Lächerliche zu ziehen, aber es war richtig. Dieser Micel mit seinen schwarzen Flecken, die derweil überall an ihm prangten, war ihm ungeheuerlich. Everos vermied es, ihm zu nahe zu treten, geschweige denn ihn anzufassen.

Emeraud erhob sich träge, streckte mühsam seine Glieder und wünschte sich nichts sehnlicher als einen riesigen Krug randvoll gefüllt mit Bier oder Wein. Er schlurfte Richtung Tür und hatte sich bereits bis zur Treppe geschleppt, dort erreichte ihn ein bellendes Geräusch.

Micel hustete extrem stark. Everos, leicht nervös, versuchte beruhigend auf ihn einzureden. Wirkungslos. Micel rang zunehmend nach Luft und hustete fast ununterbrochen. Der Junge fühlte sich überfordert, wusste nicht anders zu reagieren, als dass er reflexartig sein Grauen vor einer Berührung auf Anhieb überwand und dessen Oberkörper etwas anhob. Da spuckte der kreidebleiche Micel Blut, welches dem entgeisterten Everos ins Antlitz spritzte. Ab jetzt verlief alles rasend schnell: Aus Micels Mundwinkeln floss Blut, gefolgt von Schaum. Sein gesamter Körper begann zu zittern, bis ein heftiges Beben daraus wurde. Emeraud war zurückgeeilt und hielt Micel fest, damit er nicht von der Tischplatte herunterfiel. Doch er konnte ebenso wenig tun wie sein junger Freund. Beide spürten die Angst der Hilflosigkeit in sich.

Micel riss seine Augen, die wie bei einem Blinden schlagartig trüb geworden waren, panisch im Todeskampf auf, gab furchtbare Töne von sich, gelegentlich konnte man meinen *Shezar* herauszuhören, und schnappte verzweifelt nach für ihn rarer werdender Luft. Seine Finger krallten sich mit fanatischem Druck in Emerauds Oberarm, der die Zähne zusammenbiss, um den ungeahnten Kräften standzuhalten. Der letzte Odem wurde aus den Tiefen seiner scheinbar zugeschnürten Kehle gepresst.

Micel war tot. Mit entsetztem Ausdruck sahen die beiden auf den leblosen Körper hinab. Da vernahm Everos aus den Augenwinkeln heraus eine Bewegung an der Tür. Dort standen überraschend mehrere bestürzte Priester in ihren blauen Gewändern.

Kapitel 2

Der Sohn kehrt zurück

Neunter der Vil Cemie im Jahre des Wolfsschädels 57.

Der glitzernde Schnee lag wie ein weißer Schleier über dem gefrorenen Waldboden nahe der Stadt Skyia. Auf leisen Sohlen schlich ein kleiner Krieger durch den Hain und suchte nach einer geeigneten Beute. Mit Bedacht setzte er einen Stiefel vor den anderen, hielt inne und lauschte. Mit der Ruhe eines stillen Gewässers und mit der Aufmerksamkeit eines Habichts zog er lautlos einen Pfeil aus dem Köcher, den er diagonal am Rücken trug, und legte ihn geschmeidig an. Er holte Luft, hielt den Atem an und spannte den Bogen. Im Visier hatte er eine Drossel, die voller Hingabe ihr Lied auf dem gegenüberliegenden Ast darbot.

Da sprang plötzlich ein Tier von der Größe eines Kalbs aus seiner Deckung hinter einem eingeschneiten Gebüsch hervor und griff sich gekonnt mit dem riesigen Maul den Singvogel.

„Hiwu!", meckerte der Junge und ließ die Waffe verstimmt sinken. Die Wölfin, deren eierschalenfarbenes Fell von schokoladenbraunen Linien durchzogen war, schrumpfte auf niedliche Welpengröße und tippelte erhobenen Hauptes samt der Trophäe zwischen den scharfen Zähnen zu ihm. Ihre drei Schwänze waren stolz aufgerichtet. „Schon gut, schon gut! Du hast wieder einmal gewonnen …" Akeru hockte sich zu ihr herunter. „Dein Vorteil, dass heute ein magiefreier Tag für mich ist. Karkara sagt immer, ich soll mich nicht nur auf den Zauber verlassen. Ich bin auch der Meinung, dass man sich mehrere Möglichkeiten offen halten sollte. Sonst könnte ich ja schließlich nie ein Kriegerkönig werden. Mirashi meinte auch, dass die Dinge stets anders eintreffen, als man sie erwartet." Hiwu legte die Beute vor seinen Füßen nieder und ließ sich hingebungsvoll streicheln. „Du bist so wahnsinnig schnell und triffst exakt dein Ziel! Wie machst du das?! Ich habe noch viel zu lernen …"

Hiwu stellte sich auf die Hinterbeine, um sein Gesicht abzuschlecken. Der schwarzhaarige Junge kicherte. „Ja, ich habe dich auch lieb. Das kitzelt!"

„Wenn du mich loswerden willst, hast du nur eine Möglichkeit, du hilfst mir bei meinem Vorhaben." Akira reichte seinem einstigen Verbündeten ein Pergament.

„Eine Karte? Wofür?"

„Sarai wird dort sein, wenn ich nicht mehr da bin. Sie wird dich brauchen."

„Und wie kommt es, dass du am Ende freiwillig das Weite suchst?", fragte der Barbar misstrauisch.

„Gibst du mir deine Einwilligung, darf ich bleiben."

Karkara guckte verdattert, hielt dies zuerst für einen schlechten Scherz, doch begriff rasch die Tragweite eines solchen Satzes. „Nie wieder sollst du einen Fuß auf Zeder setzen." Der Krieger wandte sich ab, da rief Akira ihm schwermütig nach: „Sei unbesorgt, ich werde ihr nicht verraten, dass mein Dasein von dir abhängig war. Das würde sie uns nie verzeihen … Um eines bitte ich dich, passe an meiner statt gut auf sie auf – und auf Akeru."

Der Ast eines Baumes brach unter dem Gewicht der Schneemasse. Das Geräusch riss Karkara aus seinen Gedanken, die ihn immer öfter unerwünscht heimsuchten. Die Geschichte vom Verräter Akira konnte ihm doch egal sein!

Er stapfte mit widerstandsfähigen braunen Stiefeln durch den knöchelhohen, knirschenden Schnee. Unter seiner warmen Kapuze lugte eine wilde Mähne hervor. Der gefütterte erdfarbene Mantel verbarg seine muskelbepackten Arme. Heute war der Speer sein Begleiter. „Hier steckt ihr zwei. Mach mir kein Schoßhündchen aus ihr!" Karkara zwinkerte ihm keck zu.

Auf dem Rückweg tollten Akeru und Hiwu wie Geschwister durch die wunderschöne perlweiße Landschaft. Karkara schulterte eine erlegte Hirschkuh und an seinem Gürtel baumelte die Drossel. Damit war der Nahrungsvorrat erfolgreich gesichert.

Ihre Schritte hinterließen deutliche Spuren im Schnee. Akeru machte sich einen Spaß daraus, wie Hiwu auf allen vieren zu laufen und bemühte sich, in ihre Fußstapfen zu treten.

„Trödel nicht!", überholte Karkara ihn.

Wie ein Frosch hüpfte das neunjährige Kind neben dem Barbaren her. „Mutter wird dich schelten, dass du einen toten Hirsch anschleppst."

„Würden wir verhungern, wäre sie viel wütender auf mich."

Akeru schmunzelte. „Aber ausgerechnet einen Hirsch! Ich weiß nicht, warum, doch es graut ihr vor dem Getier."

„Sagen wir ihr einfach, es wäre ein Wildschwein."

Akeru erhob sich und lief, beträchtlich erschöpft nach dem Vierfüßler-Gang, an seiner Seite. „Sie merkt sofort, wenn wir lügen. Dir sieht man das gleich an."

Karkara blieb stehen und schaute ihn verdutzt an. „Wie meinst du das? Wann soll ich gelogen haben?"

Akeru bemerkte erst ein paar Schritte später, dass der Barbar angehalten hatte und wandte sich ihm zu. „Keine Ahnung. Mutter hat gemeint, allen Männern sieht man an der Nasenspitze an, wenn sie einem einen Bären aufbinden wollen. Und dann sagte sie, ich soll erst gar nicht versuchen, sie jemals anzuflunkern."

Karkara lachte kurz auf. „Da hat sie dich mit ihren Weisheiten voll erwischt. Das hat sie nicht zufällig zu dem Zeitpunkt geäußert, als du dich einmal heimlich aus dem Staub machen wolltest, um mit Hiwu in den Wäldern zu jagen?"

Akeru räusperte sich und sah schuldbewusst woanders hin. „Ich bin ein Kämpfer wie du und gehöre nach draußen zu all den Abenteuern."

Karkara rückte die Hirschkuh mit einem Schwung auf seinem Rücken zurecht und stiefelte weiter. „Du musst nicht ausziehen, um ein Abenteuer zu entdecken. Lass es dich finden! Sarai hat einfach Angst um dich."

„Warum? Ich bin kein Junge mehr!"

„Oh, ich vergaß, dass die halbe Portion neben mir über Nacht zu einem Giganten geworden ist."

Akeru funkelte ihn böse an. „Nimm mich ernst! Ich bin dir bald überlegen." Karkaras Blick weilte wortlos auf ihm. „Du musst mehr mit mir üben! Wenn Mutter um mich bangt, wird es sie beruhigen, dass ich mich verteidigen kann."

Verteidigen oder angreifen? Wovor sollten wir uns alle mehr fürchten? Ich bete zu den Göttern, dass Sarai recht behält und du eines Tages den richtigen Pfad erwählen wirst – fernab von Tadurs Macht, die tief in dir schlummert.

Akeru plauderte vor sich hin, währenddessen Karkara ihn eindringlich musterte. In dessen sanften, selbstbewussten Gesichtszügen stach Akiras Bildnis, zum Leidwesen des Barbaren, allzu oft hervor. Seine rabenschwarzen Haare hatte Akeru zu einem lockeren Zopf gebunden – wie Karkara, als dieser jünger war. Die Kleidung ähnelte bewusst sehr auffallend der des Barbaren, seines großen Vorbildes. Akeru war weniger stark, dafür weitaus geschickter und strategischer. Der Wunsch nach beeindruckender Stärke loderte wie eine nie erlöschende Flamme in seinem Herzen. Das war ein gefährlicher Aspekt, wenn man bedachte, wessen Sohn er war!

Zarte Finger, die nach seinem Arm tasteten, rissen Karkara aus seinen Gedanken. Strahlende Kinderaugen schauten ihn nach einem ausgedehnten Vortrag an. „Vertraust du mir?", wiederholte Akeru seine Frage, deren Zusammenhang sich dem Barbar aus dem ihm fehlenden Inhalt nicht erschloss.

Diese klaren, tiefgründigen Augen ... Sie gehörten dem Sohn seines Feindes. Sie gehörten dem Enkel des legendären Teufels. Ausgerechnet dieses Kind hatte es geschafft, sich einen Platz in seinem Herzen zu erschleichen.

Karkara ließ die Hirschkuh fallen und drückte den Jungen unerwartet an sich. *Es mag dein leiblicher Sohn sein, Akira. Aber jetzt und fortan gehört er zu mir.*

Dreizehnter der Vil Cemie im Jahre des Wolfsschädels 57.

König Richard, welcher den Titel *der Unbesiegbare* trug, war Alleinherrscher über Zeder. Einst gebot er ausschließlich über das östliche Land Langsa, doch nach dem Sieg über Tadur im Jahre des Drachenbluts 56 ging die Macht mehr und mehr an ihn über. Andere würden sagen, er riss sie an sich – er hätte einzig auf den entscheidenden Moment gewartet.

Erstaunlich, dass die Völker solch eine absolute Herrschaft nach der Erfahrung mit dem Teufel überhaupt duldeten, aber kaum einer wollte sich darüber Gedanken machen. Richard hatte die Menschen von sich überzeugen können. Immerhin war er so schlau, darauf zu verzichten, Tadurs Thron im südöstlichen Gebirge Mongul zu besetzen. Er regierte weiterhin vom Herzen des Kontinents aus, in der Hauptstadt Sagem. Sein Tempel, der Shantall Mo Heros, bot etliche Vorzüge, als dass er diesen einfach aufgeben würde – zum einen war der Clan *Klinge des Donners* mit seinen Streitmächten, welche er für sich nutzen konnte, gleich nebenan, und zum anderen hatte er das besondere Heiligtum nach seinen Vorstellungen wieder aufbauen lassen und fühlte sich an diesem Ort mittlerweile heimisch.

Es war zwei Uhr morgens. Richard war mit einer schicksalhaften Nachricht geweckt worden, sprang schnurstracks aus dem Bett, schlüpfte ungeschickt in eine Hose, entriss einem Dienstboten grob den purpurfarbenen Mantel mit vergoldeten Bärenpranken-Knöpfen und warf ihn überstürzt über sein seidenes Nachthemd. Die Stiefel hätte er vergessen und wäre tatsächlich barfuß auf dem kalten Marmor bei diesen eisigen Temperaturen gelaufen, wenn er nicht über sie gestolpert wäre.

Während draußen ein jaulender Schneesturm tobte, marschierte Richard mit steifer Miene durch einen spärlich beleuchteten Gang. An den Wänden hingen kostbare Teppiche aus allen entlegensten Ecken und Winkeln Zeders. Manchmal nahm Richard sich bewusst Zeit, diese voller Zufriedenheit mit seinen Augen zu studieren – heute blieben sie vollkommen unbeachtet.

Seine Schrittfolge beschleunigte sich, bis er fast schon rannte. Sein siebenköpfiges Gefolge spurtete ihm hinterher.

Richard steuerte die nächste drei Meter hohe Tür an und signalisierte im Herantraben den Wachen, dass sie die Flügel bereits öffnen sollten. Die letzte Pforte stieß Richard dann selbst auf und stand letztlich im Thronsaal. Sein Herz schlug bis zum Hals.

„Ich bin hier", äußerte eine hallende Stimme, die dem erblassten Richard durch Mark und Bein ging. Konnte es wirklich möglich sein, dass *er* wiedergekehrt war?! Und wenn *er* es tatsächlich war, hatte er das Dunkle überwinden können?

Richards zielgerichteter Blick galt dem Thron – seinem Thron, auf dem ein Mann, Mitte dreißig, überheblich saß.

„Ja, ich bin es. Im Rauvo des letzten Jahres erreichten meine Füße nach einer schier nie enden wollenden Seereise Xanders Erdboden. Willst du deinen lang ersehnten Sohn nicht umarmen, Vater?", erhob sich der Angekommene und breitete seine Arme einladend aus.

Richard zögerte. Irgendetwas in ihm hielt ihn zurück. War das ein warnender Instinkt? War dieser Mann dort vorn wahrhaftig sein Sohn?

„Man könnte meinen, du fürchtest dich vor deinem eigen Fleisch und Blut", neckte der Mann den König mit einem seltsamen Grinsen.

Ein Dienstbote setzte Richard die geschwind mit dem Ärmel polierte goldene Krone auf. Dieser ließ es stumm geschehen. Ein Hofmeister pirschte zum Gast und wies ihn an: „Herr, verbeugt Euch vor dem Herrscher Zeders."

Richard entgegnete strikt: „Nein, das ist nicht nötig."

„Na, vielleicht doch, Vater. Ich bin knapp zehn Jahre fort und unser Wiedersehen fällt so nüchtern aus?" Der

Mann stolzierte anmaßend auf den König zu. Dabei hielt er seine Hände auf Brusthöhe geöffnet, um zu verdeutlichen, dass er nichts Böses wollte.

Richard fixierte ihn. „Woher weiß ich, dass du Rarcado bist?"

Ein kehliges Lachen, das Richard eine Gänsehaut bescherte, entfuhr dem Mann. Bis auf zwei Meter hatte sich der Gast genähert. Er trug ein blutrotes Hemd aus Baumwollsamt, welches schwarze Streifen im Ärmelbereich aufwies. Die Lederhose verfügte über eine durchgehende seitliche Schnürung. Die silbrig schimmernden Haare waren glatt gekämmt und reichten ihm bis zu den untersten Rippen. Eine Strähne hatte er wie zu Kindheitstagen streng zum Zopf gebunden. Stechende, moosgrüne Augen wie die eines dominierenden Tieres musterten den König.

„Mein Vater wünscht einen Beweis", murmelte der Mann vor sich hin und umkreiste mit lauernden Schritten den Regenten. „Was könnte Euch Erkenntnis verleihen? Lasst mich überlegen. Dies oder das. Nein, das wohl eher. Ja, ich denke, zwei Dinge dürften keine Zweifel mehr übrig lassen. Widmen wir uns einer kleinen Geschichtsstunde. Aber was ich zu sagen habe, wollt Ihr gewiss nicht den Pöbel aufschnappen lassen." Es folgte ein kurzer Seitenblick zu Richards Gefolge. Der König wog innerlich Verschiedenes ab und zog sich anschließend allein mit dem Mann in eines der Nebenzimmer zurück.

Richard hatte nicht die Nerven dazu, sich in Ruhe übend auf dem Sessel niederzulassen und lehnte sich bevorzugt an den kalten Kaminsims. „Ich höre zu. Sprich!"

„Am vierten des Thoras im Jahre der Krebsschere 56 schicktest du mich fort. Mutter hat dich angefleht, dies nicht zu tun. Stundenlang hat sie dich bekniet. Dein gefrorenes Herz war unter keinen Umständen zu erweichen. Dir ging es bloß um dein Reich. Und dafür stand ich dir im Weg. Allen sagtest du, ich wäre krank und bräuchte ein verändertes Klima, um zu genesen. Die gegenüberliegenden Küsten des Kontinents reichten selbstverständlich als Entfernung nicht aus. Du hast mich aufs Meer geschickt. Wie ein Verbannter wurde ich in ferne Reiche geschippert. Es dauerte sieben Jahre, bevor ich jemanden fand, der mich erlösen konnte – von etwas, von dem du nicht einmal mit Gewissheit wusstest, dass es dein Verhängnis hätte werden können. Aus einer jämmerlichen Vermutung heraus hast du mich zum Vagabunden gemacht. Du hast dein Volk über mich belogen, weil du die rechte Antwort gescheut hast. Dein Schwindel kostete darüber hinaus Mutter das Leben."

Die Vergangenheit war ihm lebhaft ins Gedächtnis gerufen worden. Mit ihm bald versagender Stimme stellte Richard seinem Gegenüber die entscheidende Frage: „Wovon hat man dich geheilt?"

„Es war keine Krankheit. Es war ein Fluch."

Richard spürte, wie sein Magen schmerzhaft rebellierte. Übelkeit stieg in ihm auf. Er kämpfte dagegen an, sich zu krümmen und bewahrte stattdessen wacker seine Haltung.

„Ja, Vater. Ich bin es. Ich bin Euer Sohn und der rechtmäßige Erbe. Ich bin Rarcado Richard Robaros von Langsa. Ich bin der Sohn, der verflucht wurde, um Euch mit größtem Nachdruck zum Gehen zu bewegen. Ihr solltet das Land unter jeglichen Umständen für immer verlassen – mit Eurer Familie. Die Herrschaft Eurer Blutlinie sollte endgültig ein Ende haben, bevor eine schlimmere Macht als einst Tadur zum Zuge käme. Ihr habt den Propheten für diese Worte getötet. Wusstet Ihr, dass er einer der drei

Verfasser der legendären Weissagung um den Teufel war? Ich fand es auf meiner Reise heraus. Ich hatte genügend Zeit, um nach seiner Herkunft zu forschen."

Richards weiche Knie gaben nach. Von tiefster Schuld gepeinigt, die seine sonst reine Fassade bröckeln ließ, sank er vor Rarcado nieder, der es genoss, über ihm aufzuragen. „Der Prophet hatte dir angeboten, ein friedliches, normales Leben mit deiner Familie weitab von Zeder zu führen. Das wolltest du nicht. Anzuführen war dir wichtiger."

Schwere Atemzüge verließen Richards weit geöffneten Mund. Er hielt sich mit schmerzverzerrter Mimik das Herz und rutschte auf seinen Knien die letzten Zentimeter zu Rarcado heran. „Ich habe schwerwiegende Fehler begangen, als ich den Propheten ermordet habe und dich sowie meine geliebte Charlett im Stich ließ. Das weiß ich. Im Sterben sprach er diese furchtbare Formel in der verhassten Sprache aus. Sein Fluch traf dich. Hätte er doch mich damit belegt! Dann wäre alles anders verlaufen. Dieser Wahrsager wollte einfach nicht begreifen, dass ich niemals so handeln oder gar sein würde wie Tadur."

Richard kullerten Tränen vom fahlen Gesicht herab. Er klammerte sich an Rarcados Beine und schaute verzweifelt zu ihm auf. „Vergib mir, mein Sohn! Vergib mir!"

Rarcado grinste höhnisch, beugte sich leicht zu ihm herunter und nahm Richards Kopf zwischen seine Hände. „Vielleicht hast du *seine* Worte falsch gedeutet, alter Mann. Du hast sie immer nur auf dich bezogen. *Du* würdest niemals so sein wie Tadur. Das ist korrekt." Richard starrte entgeistert zu ihm auf. Was sollte das bedeuten? Rarcados Griff verstärkte sich. „Dein Sohn kann dir nicht mehr vergeben, weil ich ihn übernommen habe. Was du siehst, ist ein Gefäß – gefüllt mit meinem Inhalt und seinen langweiligen Erinnerungen. Er hat wirklich alles dafür getan, diesen erbärmlichen Fluch loszuwerden, stetig in der Hoffnung, heimkehren zu dürfen. Worauf bezog sich die Verwünschung? Weißt du es noch? Was war dir mehr wert als ein gemeinsames Leben mit deinem Sohn und deiner Frau? Wäre er geblieben, hätte dein Land, in Unglück getränkt, ewiglich schlechte Ernte eingefahren und Plagen hätten euch regelmäßig heimgesucht. Die Entscheidung musste also zwischen Macht und Familie getroffen werden.

Der Fluch war übrigens insbesondere so gestrickt worden, dass Rarcado Zeder nie wieder hätte betreten dürfen, nachdem er es verlassen hatte."

Das wusste Richard nicht – was man ihm unvermeidlich ansah. Er verstand die Welt nicht mehr.

„Der Prophet spekulierte mit Erfolg darauf, dass du aus Angst vor den angekündigten Seuchen deinen verdammten Nachwuchs in die Walachei entsenden würdest. Der hellsehende Bastard hat allerdings nicht damit gerechnet, dass du ihn allein ziehen lässt. Du warst zum Wächter deines Sohnes bestimmt, hat dir das niemand verraten? Diese Aufgabe hast du durch deine Machtgier wohl ordentlich verfehlt."

Richard stockte entsetzt der Atem.

„Rarcado hatte viele Zauberer aufgesucht, um die Verwünschung zu entfernen. Keiner war annähernd mächtig genug. Die Zuversicht fast schon aufgebend, fand er in Anda Carnocc endlich, was er suchte. Einem außergewöhnlichen Schwarzmagier mit beeindruckenden medialen Fähigkeiten gelang es, ihn zu erlösen, doch machte dieser in seiner Überheblichkeit einen gewaltigen Fehler, der euch alle ins Verderben reißen wird. Er ebnete mir die Pforte, den Knaben zu besetzen."

Rarcados Iriden färbten sich leuchtend rot. Seine Fingernägel bohrten sich in Richards Kopfhaut, der sich mit der ihm verbliebenen Kraft zu winden versuchte.

„Der dämliche Prophet von damals hat den Richtigen und zugleich den Falschen verflucht. Denn er wird Rarcado in seiner beängstigenden Vision auf dem Thron gesehen haben – ohne zu wissen, dass ich zu diesem Zeitpunkt in ihm sein würde. Du hast ihn umsonst ins Exil getrieben. Der Wahrsager wollte deinen unschuldigen Spross von Zeder fernhalten. Hast du eine Vermutung, weshalb? Meine Theorie lautet, der *Schlüssel* zur gesamten Weltordnung läuft hier irgendwo herum. Und ich wette, du kannst mir sagen, wo ich ihn finde."

Neunundzwanzigster der Vil Cemie im Jahre des Wolfsschädels 57.

In einer Waldlichtung nahe der Freudenstadt Skyia ward eine Hütte innen sowie außen komplett aus naturbelassenem Holz erbaut worden. Karkara und sein Barbaren-Trupp hatten sich dieser Aufgabe hingebungsvoll gewidmet und ein gemütliches Heim durch Kraft, Können und Fleiß erschaffen. Der Anführer Buras sah es zwar nicht allzu gern, dass Karkara sich gewissermaßen vom Clan entfremdet hatte, aber was sollte er tun, um ihn zu halten? Er kannte die Antwort sehr genau: Ihn seinen Weg gehen lassen. Mit dieser Lösung verblieb Karkara wenigstens im Umkreis. Immerhin waren die Barbaren, mit ihrem etwa fünf Kilometer entfernten Hauptsitz Shadoran, sein Nachbar.

Zaghaft linste ein Eichhörnchen aus seinem Nest, hielt das rosafarbene Näschen in den frischen Wind und kletterte auf der Suche nach Nahrung den feuchten Baumstamm hinab, bis es bei einem lauten Geräusch zusammenzuckte und dahin verschwand, wo es hergekommen war.

Auch wenn der Schnee inzwischen endgültig geschmolzen war, sorgten die häufigen Regenschauer der Magenta für einen aufgeweichten Boden, der Akeru bei seinen Übungen ordentlich ins Rutschen und mehrfach zu Fall brachte.

„Du musst schneller ausweichen!", maßregelte Karkara den lernbegierigen Akeru scharf. Er unterwies ihn vor der Hütte und hielt ein schlankes, hölzernes Übungsschwert, das im Vergleich zu seinem sonstigen Breitschwert wie ein Zahnstocher in seiner Hand wirkte.

„Das mach ich ja!", beschwerte sich Akeru außer Puste. Seine Wangen glühten.

Karkara griff ihn erneut an. Akeru parierte ungeschickt mit einem Rundschild, bis er ihn irgendwann vor Erschöpfung durch die Wucht der Aufschläge nicht mehr heben konnte, folglich fallen ließ und die Angriffe fortan lediglich mit seinem Holzschwert abzufangen versuchte. Der Junge wusste, dass Karkara nicht einmal annähernd die Hälfte seiner Stärke nutzte, und doch fühlten sich Akerus Arme schon nach geschätzten zehn Minuten bleiern an. In diesen Momenten fragte er sich allzu oft, ob vielleicht doch die Magie die einfachere Form für ihn war.

Der über achtzigjährige, blinde Mirashi saß in seiner grauen Kutte und mit mehreren Decken, die sich wärmend um ihn schlangen, auf einem Holzstumpf, lehnte dabei an der Hauswand und hörte das Geschehen aufmerksam mit an. Nach einer Weile wagte er zu sagen: „Verbinde es! Verbinde die normale Kampfkunst mit deiner Magie!"

Akeru stützte sich hechelnd auf den Knien ab und guckte schweißgebadet zu Karkara. Schon einmal hatte Mirashi vor einigen Monaten diesen Vorschlag angebracht und der Barbar hatte sofort alles dagegengehalten, was er konnte.

Karkara hielt inne und betrachtete nachdenklich die spielerische Waffe. Sein Innerstes brodelte leicht vor Verachtung gegenüber diesem faulen Zauberkram! Würde er sein Breitschwert halten, dann würde er jetzt sein Spiegelbild in der Klinge sehen.

„Willst du mich gleich in den Boden rammen oder später?", griente Mirashi in Erwartung der Reaktion des Barbaren für seinen riskanten Hinweis.

Karkara atmete aus und hob entspannt seinen Kopf. „Er hat recht."

Akeru machte große Augen und Mirashi kicherte. „Was? Wirklich?!", rief der Junge vorfreudig aus.

Karkara nickte, nahm eine erwartungsvolle Haltung ein und winkte ihn herausfordernd zu sich. „Leg los!"

Akeru schöpfte unverzüglich neue Energie und konzentrierte sich auf den Schild, der ihm zu Füßen lag. Diesen in einem Gefecht einzusetzen, kostete viel Kraft, die er bisweilen unzureichend besaß. So machte sich Akeru seine Gabe zum Vorteil und ließ den Gegenstand mit seiner bloßen Gedankenkraft schweben. Als könnte Mirashi das Geschehen selbst sehen, erinnerte er: „Etwas von kurzer Weile und ohne Ablenkung zu bewirken, ist inzwischen ein Kinderspiel für dich. Im Gegensatz dazu ist die längere Aufrechterhaltung unter enormer Anforderung die hohe Kunst der Macht."

Karkara knirschte leicht verärgert mit den Zähnen. Er verabscheute Mirashis letztes Wort – vor allem in Bezug auf Magie.

Akeru machte sich bereit, Karkara zu attackieren, da riet der Greis: „Verteidigung ist wichtiger als Angriff. Eins nach dem anderen."

Akeru folgte ohne Zögern der weisen Empfehlung des alten Mannes und legte prompt sein Schwert beiseite. All seinen gedanklichen Einfluss richtete er auf den Schild, der ihn wie ein Schutzwall vor jeglicher Tat Karkaras bewahren sollte.

Der Barbar holte schnaufend wie ein Stier aus, schlug, eine sofort ermittelte Schwachstelle anpeilend, zu und prallte überraschend am Rundschild ab. Ein wenig verdutzt verflog Karkaras Missmut und wandelte sich in Neugier. „Das kann ja heiter werden."

Stetig wurden die präzisen Bewegungen des Barbaren flinker und energischer. Er testete rigoros, was zum jetzigen Zeitpunkt für Akeru möglich war und begriff sowohl mit Stolz als auch Argwohn, dass der Junge eines Tages das kleine Wörtchen Macht mit ungeahnter Bedeutung ausfüllen könnte.

Akeru hatte enorm zu tun, bei der hohen Geschwindigkeit, die sein Gegner vorgab, mitzuhalten und den Schild, entweder mit den Augen oder den Händen lenkend, geschwind an die entsprechende Position zu rücken. Zuletzt durchbrach Karkara den Wall, haute Akeru kurzerhand die Beine weg, wodurch der Bursche auf den Rücken krachte. Der Barbar hielt ihm siegreich die Schwertspitze entgegen.

Ein gelangweiltes Klatschen ertönte. Karkara blickte verwundert hinter sich und sah Sarai, die in einem moosfarbenen Kleid, welches sich sanft an ihren wohl geformten Körper schmiegte, an der Schwelle zum Eingang der Hütte stand. Sie neckte ihn: „Beeindruckend, du hast gegen ein Kind gewonnen. Sollte das ruhmreich gefeiert werden?"

Er grinste verschmitzt, rammte das Schwert in die Erde, schnappte sich ein Bein und einen Arm von Akeru, riss ihn in die Luft und schulterte den Jungen. „Willst du unser Spanferkelchen gar oder leicht blutig?"

„Mich gibt es gar nicht zu essen!", zappelte die halbe Portion entsetzt.

Karkara trabte mit Akerus Gewicht auf seinen breiten Schultern leichtfüßig auf Sarai zu, wich einem schmutzigen Lappen aus, den sie spaßeshalber auf ihn geworfen hatte, bis er schließlich vor ihr stand. Behutsam setzte er Akeru ab, der zu Mirashi hüpfte, um ihm weitere Tipps abzuluchsen.

Der Barbar wickelte eine ihrer braunen Haarsträhnen, die nicht zum hochgesteckten Dutt dazugehören wollte, um seinen Finger und schaute gebannt in ihre azurblauen Augen. Er liebte ihre Schelmerei und nahm ihr Spiel gern auf: „Welcher Preis mag wohl dem Sieger des Turniers gegönnt sein?"

Ihre roten Lippen lächelten ihn einladend an. Er zog sie selbstbewusst an sich und küsste sie innig.

Sarai spähte zu Akeru, der dank Mirashi in einer erzählenden Ausschweifung vertieft war. Sie übte während des Lippenbekenntnisses einen richtungsweisenden Druck auf Karkaras Arm aus. Mit einem Schmunzeln deutete er ihr Zeichen, schob sie nach und nach rückwärts ins Häuschen und drückte die Tür mithilfe des Fußes gedämpft heran. Hier drinnen wurden seine Küsse forderner, ebenso wie die ihrigen. Sie zog ihn ins Hinterzimmer und spürte seine warmen, saugenden Lippen an ihrem Hals. Seine Hände wanderten von ihrer Hüfte zur Schnürung des Gewandes. Sanft glitt sie ins große Bett und er legte sich vorsichtig über sie.

„Ich will dich", hauchte Karkara ihr ins Ohr und ihre Hände strichen von seinen muskulösen Oberarmen über den Nacken, den kräftigen Rücken, bis sie den Gürtel seiner wettergegerbten Hose erreichte und diesen sehnsüchtig öffnete.

Akeru setzte sich im Schneidersitz vor Mirashi auf einen zweiten Baumstumpf. „Was kann ich denn noch bewirken, außer Gegenstände zu bewegen?"

„Niemand wird als Held geboren."

„Was soll das denn bedeuten?", grübelte Akeru und stützte seinen Kopf auf die Hand.

„Du trägst beachtliche Fähigkeiten in dir. Manches muss aktiviert, anderes darf vollkommen neu erlernt werden. Die Zeit wird deine Anlagen zutage bringen. Du wirst viele Lehrer auf deinem Lebenspfad haben. Deine Schlüssel werden Geduld und Ausdauer sein. Vergiss nie, es war die Liebe, die dein Entstehen hervorgerufen hat."

„Ich bin geduldig", brabbelte Akeru – wohlwissend, dass es nicht so war. Da flammte in ihm auf: „Wie kann man die Elemente beherrschen?"

„Beherrschen kann man sie nie, weil sie keinem dienen. Du kannst allerdings einen Pakt mit ihnen schließen, von dem beide Seiten Nutzen haben."

Hiwu in Welpengröße kam angeschlendert, sprang auf den Schoß des Jungen und verdeutlichte ihm durch wiederholtes Anstupsen, er möge sie bitte genüsslich kraulen. „Ein Freundschaftspakt also?"

„Ja, so etwas in der Art."

„Wie mache ich das? Und was muss ich als Gegenleistung aufbringen?"

Mirashi bemerkte, dass Akerus Fragen zunehmend zielgerichteter wurden. Er strebte weniger nach allgemeinem Grundwissen, sondern mehr nach der exakten Tiefe ausgewählter Themen. Mirashi könnte ihn definitiv weit bringen, doch seit geraumer Zeit kündigte sich ein flaues Gefühl in ihm an, sodass selbst er zwischenzeitlich ins Zweifeln geriet, ob das wirklich gut für Akeru, im Endeffekt für alle, war. So rasch wie dieses seltsame, üble Empfinden sich auftat, so fix konnte Mirashi es positiv denkend fortschieben. Tadurs Geschichte gehörte unabänderlich der Vergangenheit an. Warum also klopfte dieser Schatten öfter an seine Gedankentür? Akeru war nicht Tadur.

Karkara sprintete schwungvoll zu den beiden. „Bereit für die nächste Runde, junger Krieger?", spornte er Akeru an, der sich freudestrahlend erhob.

Sarai wandte ihren zufriedenen Blick von der Gruppe ab und lief mit dem gefüllten Wäschekorb zum Silberstrom. Noch vor ein paar Jahren hätte sie sich nicht vorstellen wollen, Monshire jemals zu verlassen und wiederum davor war es Clifftown. Wie veränderbar ein Mensch im Grunde sein konnte. Dieser Wald, samt dem Barbaren-Clan und Skyia, war ihr zu Hause geworden. Wann genau nannte man etwas eigentlich so? Ging es hierbei ausschließlich um einen Ort oder war das zu Hause, die Heimat, dort, wo die Vergangenheit auf einen lauerte oder wo die Menschen wohnten, die man liebte?

Sie passierte mehrere Lichtungen und kreuzte einen Handelspfad, ehe sie den Fluss erreichte. Sie stellte den Weidenkorb am Ufer ab und entnahm das erste verschmutzte Kleidungsstück – eine Hose von Akeru. Sie hielt diese gegen die Sonne und staunte über die Länge. *Er ist groß geworden und wird von Tag zu Tag erwachsener. Du wärst stolz auf ihn, Akira. Nein. Du bist stolz auf ihn.*

Sie kam zum Waschen immer an die gleiche Stelle und wunderte sich, dass sie sich heute tiefer hinunterbeugen musste, um ins Wasser zu reichen. Durch die Regenfälle der Magenta hätte das fließende Gewässer üblicherweise ansteigen müssen. Heute schien es ihr, als wäre der Pegel auffällig gefallen. Aber möglicherweise bildete sie sich das ein.

Sarai tauchte die Hose ins Nass, da schoss ihr wie ein Stich eine Szene in den Sinn. *Ein schwarzhaariger Mann mit kurz gehaltenem Bart kniete verzweifelt vor ihr. Die Finger der überkreuzten Arme bohrten sich verkrampft in seine Haut. „Ich kann es nicht länger kontrollieren. Es ist zu mächtig. Ich verliere. Du musst handeln! Hörst du? Nimm keine Rücksicht auf mich!"*

Ein überwältigender, dröhnender Schmerz galoppierte durch ihren Kopf, zwang sie schlagartig, die Hose loszulassen, welche davontrieb, und ihre Handflächen qualvoll gegen den Schädel zu drücken. Sie krümmte sich vor Schmerzen, schrie qualvoll auf, bis Sarai ihre Stimme nicht mehr hörte, weil sie ihr versagte. Sie glaubte das verhängnisvolle Zeichen auf ihrem Rücken zu spüren, als wollte es erwachen, doch sie vermochte es irgendwie im Keim zu ersticken. Ohnmächtig sackte Sarai nach minutenlanger Pein zusammen.

Seit Wochen stöhnten die Menschen über die unerträgliche Hitze, die das Land heimsuchte. Auch die robusten, wetterbeständigen Pflanzen ließen nach und nach ihre Blätter hängen.

Im Palast war es glücklicherweise weniger stickig. Barfuß schritt sie über den spiegelglatten Marmorboden. Das schneeweiße, bis zu den Knöcheln reichende, Seidenkleid folgte fließend ihren anmutigen Bewegungen. Eine goldfarbene Stickerei wand sich wie ein Gürtel unterhalb ihrer Brust und betonte diese dadurch auf eine sinnliche Weise.

Die Diener neigten die Häupter vor ihr und schoben die Seidentücher, welche als durchschimmernde Vorhänge dienten, fort, um ihr den Weg freizumachen. Ungehindert trat sie auf den großen Balkon heraus. Ein junger Mann erwartete sie, winkte sie vor Freude erregt zu sich heran und rief sie übermütig zur Eile. Die letzten Meter kam er ihr ungeduldig entgegen, griff ihre elfenzarte

Hand und zog sie rasch zur Brüstung. Ein gewaltiges Heer erstreckte sich vor ihr auf dem weitläufigen Platz.

„Eines Tages werden sie mir gehorchen und du wirst an meiner Seite gebieten", flüsterte der Prinz ihr zu und drückte ihren Rücken berauscht an seinen Oberkörper.

Ihr Blick ruhte schweigend auf dem glorreichen Heerführer dort unten, der seine rechte Faust treu ergeben ans Herz schlug, mit dem linken Knie zu Boden ging und das rechte Bein angestellt ließ. Er verbeugte sich ritterlich vor dem größten aller Regenten, der soeben auf dem Vorhof die Truppen inspizierte, und die Soldaten folgten seinem Beispiel.

Sarais Augenlider öffneten sich benommen. Verschwommen meinte sie ein bekanntes Gesicht zu sehen, das sich über sie beugte. Rote Haare … Ja, irgendwoher kannte sie diese Person, allerdings war sie zu kurz bei Bewusstsein, als dass sie einen klaren Gedanken hätte fassen können.

Kühler Wind pfiff ihr um die Ohren und zerzauste ihre pechschwarze Mähne. Die rasante Fahrt ließ die fortwährende Hitze gefühlt in unerreichbare Entfernung rücken.

„Schneller!", spornte sie ihn heiter an und hielt seinen starken Arm fest umklammert. Er schwang die knallende Peitsche und die vier eingespannten Pferde bemühten sich, den Streitwagen mit einer Geschwindigkeit zu ziehen, als würde es um Leben und Tod gehen.

„Setz mich dort drüben ab", wies sie ihn beseelt an.

„Wie Eure Hoheit wünscht. Vielleicht sollte die Prinzessin erwägen, das Reiten zu erlernen, dann könnte sie jederzeit die Luft der Freiheit atmen", brachte der Heerführer die Pferde außerhalb der Stadtmauer zum Stillstand.

Sie stieg ab. „Ich bin frei."

„Erlaubt mir die Frage, was Ihr dann in der Walachei sucht?"

Sie strich ihr Kleid glatt und ordnete vergeblich ihre sonst akkurat glatt gekämmten Haare. „Die Götter."

Kapitel 3

Die Kutsche aus Sagem

Erster des Fairus im Jahre des Wolfsschädels 57.
Sarai sah sich auf König Richard zu rennen, der im Begriff war, fortzugehen. Je schneller sie wurde, desto mehr Distanz tat sich zwischen ihnen auf. Er durfte nicht einfach so entschwinden. Die Völker brauchten ihn! „Wartet!", *hallte ihre sorgenvolle Stimme durch den grenzenlosen, zwielichtigen Raum.*

Er drehte sich zu ihr, und ohne dass sich seine Lippen bewegten, hörte sie ihn sagen: „Hilf mir! Hilf mir, Sarai Thoras!"

Mit einem Ruck richtete sie sich im Bett auf. Das kühle Tuch war ihr dabei von der Stirn gefallen. Wo war sie?

„Endlich … Du bist wach. Du hast uns alle ganz schön erschreckt. Hast du Schmerzen? Was macht das Fieber?" Loskat, der rothaarige Barbarenfreund von Karkara, ließ sich auf einem Schemel neben ihr nieder. Er prüfte die Temperatur ihrer Stirn und sprach erleichtert: „Puh, die entsetzliche Wärme hast du zum Glück überwunden. Mirashi hat echt was drauf mit seinen Kräutern."

Sie fühlte sich im Jetzt noch nicht angekommen. Was war Traum und was war Wirklichkeit? Sie starrte auf ihre Hände und bewegte steif die Finger, als müsste sie sich erst an ihren Körper gewöhnen. Loskat quasselte wie aufgedreht, ohne dass sie dem Inhalt seiner Worte Beachtung schenkte. Diese seltsamen Traumgebilde, in denen sie unterwegs gewesen war, waren einerseits befremdlich und fern sowie andererseits vertraut real. Als sie die Augen vorhin öffnete, hätte sie beinahe geglaubt, in einem Leben zu erwachen, in dem ein beeindruckender Palast ihr Wurzeln bot. „Was ist passiert?", unterbrach sie ihn.

Er schluckte den Rest seines vorherigen Satzes herunter. „Ich habe dich vor drei Tagen bewusstlos und völlig glühend am Fluss gefunden. Mit Hotaro und Lecheck trugen wir dich nach Hause. Karkara war außer sich vor Sorge." Loskat, der zu seinem Kummer, trotz des akkurat gepflegten Henriquatre-Barts, weiterhin einen bubenhaften Eindruck erweckte, schmunzelte und rieb sich die kitzelnde Nase. „Hasaff hat absolut recht: Sobald Frauen ins Spiel kommen, werden aus den harten Männern …" Nun war er es selbst, der seinen Satz unabgeschlossen ließ, einen Moment schwieg und melancholisch ergänzte: „Karkara kann froh sein, jemanden zu haben, um den er bangen darf."

Loskat nahm das feuchte Tuch von ihrem Schoß und warf es in einen halbvollen Eimer, der am Bettende postiert war. „Karkara hat fast jede Minute bei dir gewacht. Er wollte unbedingt dabei sein, wenn du zu Bewusstsein kommst. Bedauerlicherweise gab es ein Problem an der Silberpfeil-Brücke. Er wurde gebraucht. Buras schickte mich, ihn herbeizuschaffen. Ich musste ihm versprechen, an seiner statt auf dich Acht zu geben. Er hat Akeru mitgenommen, damit der Junge Zerstreuung findet. Der Kleine hat unentwegt versucht, dich mit Zauberei zu erwecken. Er hat bitterlich geweint, weil er feststellen musste, dass es ihm nicht gelingen wollte."

Es klopfte zaghaft an der Tür.

„Komm ruhig herein, Mirashi. Sie ist wach", forderte Loskat ihn entspannt auf und erhob sich, um seinen Platz dem Alten zu überlassen.

„Hast du gut geschlafen?", tastete sich der Blinde Stück für Stück heran, bis Loskats Hand ihn erreichte und er vom Rotschopf zum Schemel geleitet wurde.

Das Gemach war recht eng. Das Bett allein nahm, gegenüber dem Schrank, viel Fläche ein. Immerhin musste es für drei Personen breit genug sein – oftmals schliefen hier Karkara, Sarai und Akeru zusammen. Manche Nächte schlich sich der Bursche auf leisen Sohlen zu Mirashis Schlafplatz im viermal so großen Vorraum, welcher für Zusammenkünfte genutzt wurde und Wohnstube, Küche sowie Esszimmer zugleich darstellte.

„Ich habe geträumt", sprach sie bedächtig.

Mirashi erwiderte: „Das tut jeder. Die meisten können sich nur nicht daran erinnern."

„Ich habe den Eindruck, dass diese deutlichen Träume Erinnerungen sind, die von der Dunkelheit ans Tageslicht emporsteigen wollen."

Loskat lümmelte sich an den Türrahmen und schäkerte: „Klingt nach unanständigen Geschichten."

Mirashi räusperte sich ermahnend. Loskat suchte lieber geschwind freiwillig das Weite, bevor der Greis ihn zu rügen beginnen und im schlimmsten Fall, den sich der junge Mann in seiner Fantasie ausmalte, in irgendein Insekt verwandeln würde.

Sarai krallte ihre Finger in die Bettdecke. „Wir haben Tadur endgültig besiegt und doch erscheint er mir lebendiger als je zuvor. Irgendetwas geht hier vor sich. Irgendetwas reagiert in mir und ich weiß nicht, worauf."

Mirashi sah sie mit gleichbleibender Miene an, während sein Innerstes die schauerliche Frage aufwarf, warum selbst Sarai Tadurs dunkle Kapitel aufschlug? „In jedem Traum verbirgt sich Wahrheit, häufig verschleiert. Was hast du gesehen?"

„Es sind vereinzelte Szenen in der Zeit, da der Pharao lebte. Sie sind von solch einer Klarheit, dass ich glauben könnte, ich wäre eben dort gewesen. Und in diesen Gebilden bin ich ein fester Bestandteil seiner Geschichte."

„Manchmal ist es vonnöten, dass wir uns an etwas aus der Vergangenheit entsinnen."

Sie wälzte die Decke von ihren Beinen und krabbelte aus dem Bett. Die ersten Schritte fühlten sich ungewohnt an. Sie schwankte leicht, fand aber rasch ihr Gleichgewicht.

„Richard von Langsa … Gibt es Neuigkeiten zu ihm?" Sarai schlüpfte in eine lange schokoladenfarbene Hose und eine weiße Tunika mit beigem Gürtel.

„Nicht, dass ich wüsste. Erwartest du eine Nachricht?"

Sie kämmte ihr kastanienbraunes Haar und flocht es seitlich zu einem Zopf, der bis zum Busen herab baumelte. „Er war im letzten meiner Träume. Ich wollte ihm zur Rettung eilen. Es war zu spät."

Ein Wiehern war plötzlich zu hören. Sarai spähte aus dem Fenster und entdeckte eine Kutsche. „Kriegen wir Besuch?"

„Zumindest hat sich niemand angekündigt." Mühsam rappelte Mirashi sich hoch. Sie unterstützte ihn dabei und führte ihn vor die Hütte.

Acht Soldaten mit dem Banner König Richards, dem *Eisernen Bären*, thronten im hellen Tageslicht auf ihren Pferden. Der Kutscher, dessen Hutkrempe alles oberhalb der großen Nase verdeckte, wartete auf dem Hochsitz, während ein schmaler Subaru mit goldfarbenen, kinnlangen Locken, drei Meter Abstand wahrend, dem gebannten Loskat nachdrücklich begreiflich machen wollte: „… habe den Auftrag, sie sofort mitzunehmen. Hörst du mir überhaupt zu?!"

Loskats Augen weilten anhimmelnd auf dem beeindruckenden königlichen Symbol. In seiner Vorstellung wurde er just vom Regenten zum Helden Zeders geschlagen.

Der Subaru stöhnte genervt. Umso erfreuter war dieser, als er eine Frau samt einem Alten hinter dem Rotschopf sichtete. „Sarai Thoras?"

„Wer will das wissen?", lautete ihre Gegenfrage.

Der Subaru verbeugte sich knapp. „Imil, der Bote des *Unbesiegbaren Herrschers.*" Er warf seinen vorgerutschten Umhang zurück. Auf dem Leibrock prangte das Emblem seines Clans, die Brieftaube mit einer Krone über dem Köpfchen. Das dazugestickte „R" verdeutlichte seine Treue zu Richard.

„Worum geht es?", löste sich Sarai mit einem angespannten, beklemmenden Gefühl in der Brust von Mirashi und trat näher auf Imil zu.

Der Subaru verkündete: „Verehrte Sarai Thoras, König Richard von Langsa schickt mich, Euch zu ihm zu bringen. Dringende Angelegenheiten des Reiches erfordern Eure unverzügliche Mitarbeit."

Loskat kam in diesem Moment zu Sinnen und protestierte: „Das kommt gar nicht infrage! Sie muss sich auskurieren."

Sarai war verunsichert. „Richard braucht meine Hilfe?"

„Wartet!", hallte ihre sorgenvolle Stimme durch den grenzenlosen, zwielichtigen Raum.

Ohne dass sich seine Lippen bewegten, hörte sie ihn sagen: „Hilf mir! Hilf mir, Sarai Thoras!"

Imil beteuerte: „Ja. Die Zeit drängt. Er hätte mich nicht geschickt, wenn es unwichtig gewesen wäre."

„Sie kommt nicht mit", wiederholte Loskat bestimmend, der zu seiner Verärgerung von diesem hochnäsigen Boten ignoriert wurde. Der Rotschopf wandte sich beschwörend an Sarai, die direkt neben ihm stand: „Das kannst du nicht tun. Zumindest nicht ausgerechnet jetzt! Wenn Karkara heimkehrt und du bist nicht da, vierteilt er mich und wirft meine Überreste gnadenlos in den Silberstrom." Aus ihrem Mienenspiel las er, dass sie beide Möglichkeiten abwog. „Ich bitte dich, warte auf Karkaras Rückkehr."

„Wir haben keine Minute länger", drängte der Subaru hartnäckig zum Aufbruch und appellierte an Sarai: „Ihr könnt etwas bewegen, das dem Geschick des gesamten Kontinents zugetan ist. Richard ersucht flehentlich Eure Hilfe."

„Gut", rang sich Sarai zu einer Entscheidung durch. „Ich packe meine Sachen."

„Nein!", stoppte Imil sie strikt. „Wir müssen sofort losfahren."

Loskat stellte sich vor Sarai und stierte sie eindringlich an. „Ich mag König Richard sehr, das weißt du. Aber Karkara gegenüber bin ich aus tiefster Freundschaft zu weitaus mehr verpflichtet. Ich werde dich hier und jetzt nicht gehen lassen."

„Begleite mich!"

Er überlegte kurz und rief Imil zu: „Macht Platz in eurem Kürbis! Ihr habt einen zusätzlichen Mitfahrer."

„Das geht nicht", schüttelte der Subaru stur sein Haupt. „Mein Auftrag bezieht sich einzig auf Sarai Thoras."

Da ertönte Mirashis Stimme aus dem Hintergrund: „Wozu benötigt man acht Soldaten, um eine Frau nach Sagem einzuladen?"

Loskat stutzte zuerst darüber, dass der blinde Mirashi die Anzahl der Kämpfer exakt benannt hatte, und anschließend über das aufgeworfene Thema.

Sarai musterte den Boten genauer. Es war kühl und doch perlte Schweiß auf seiner Stirn. Der Subaru schluckte schwer und wirkte zunehmend unruhiger. Er blickte zaudernd zu einem der Soldaten, dessen Gesichtsausdruck grimmiger wurde.

„Das ist keine Einladung", äußerte Imil kleinlaut. War er durch etwas oder durch jemanden eingeschüchtert worden?

„WAS?!", tat Loskat übertrieben, als hätte er es nicht verstanden.

Imil enthüllte mit lauterem Ton: „Es ist ein Befehl. Sie hat keine Wahl … Entweder sie schließt sich uns an oder …"

Ein Soldat zückte demonstrativ sein Schwert.

Loskat wich geistesgegenwärtig mit Sarai einige Schritte rückwärts. „Was soll das werden?" Das Bubenhafte schwand aus seinem Antlitz und der wache Verstand eines Kriegers zeichnete sich in seinen Zügen ab.

Ein Soldat lenkte sein rabenschwarzes Pferd vor Imil. „Wir wollen die Frau! Rück sie raus oder wir schlachten dich und den alten Sack wie Vieh ab."

„Ihr gehört nicht zu Richard. Solch ein Unterfangen hätte er niemals veranlasst", entrüstete sich Sarai.

Zu dumm, dass ich unbewaffnet bin, knirschte Loskat mit den Zähnen. Zwei Soldaten, die mindestens jeweils einen Kopf größer waren als er, glitten aus den Sätteln und bauten sich unheildrohend vor ihm auf. „Mirashi! Karkaras Breitschwert!", brüllte der Rotschopf und wünschte sich sehnlichst, dass es in dessen Macht lag, ihm die Waffe herbeizuzaubern.

„Unnötig." Mit leicht ausgebreiteten Armen schlurfte der Greis friedlich auf die feindliche Gruppe zu. „Ihr kommt zu uns, um eine der unseren zu entführen?" Je näher er kam, desto mehr Risse taten sich in den Schwertern der beiden verdutzten Soldaten auf, bis die Klingen schließlich zu Staub zerfielen. „Ihr habt wohl Karkara noch nicht kennengelernt?! Ihr habt zwei Möglichkeiten: Entweder ihr unterhaltet euch mit mir und wir klären das Ganze brüderlich oder er wird euch mit seinen effektiven Methoden vertraut machen."

„Zauberei", spuckte ein Reiter das Wort verächtlich aus. „Magie bekämpft man stets mit Magie. Richtig, Alyosha?"

Der unscheinbare Kutscher gab ein kehliges Lachen von sich. Er schob den Hut höher, sodass seine rot glühenden Iriden sichtbar wurden. Dunkles, aalglatt nach hinten gekämmtes Haar, ein akkurat gepflegter Zwirbelschnurrbart und eine faltenreiche Haut lugten unter der breiten Krempe hervor. Noch ehe der überraschte Mirashi handeln konnte, streckte Alyosha ihn und Loskat mit einer Druckwelle nieder. Sie prallten schmerzerfüllt gegen die robuste Hauswand.

Sarai schrie entsetzt auf und hastete bangend zu ihnen. „Mirashi??? Sag was!!! Mirashi???" Sie hielt seinen geschundenen Oberkörper. Er bewegte seinen Mund, aber sie konnte die Laute nicht verstehen.

„Lauf!", röchelte Loskat, der sich mühsam aufrappelte. Er umfasste mit schmerzverzerrter Mimik sein linkes Schultergelenk. „Flieh! Mach schon!" Wankend bezog er zäh Stellung vor Sarai. „LAUF!"

Alyosha sprang wie ein Jungspund vom Hochsitz. Wie Loskat war er etwa zwei Köpfe kleiner als die Soldaten. „Keiner verlässt das Areal. Es ist deine Entscheidung, Thoras, ob diese jämmerlichen Anhängsel überleben oder gerichtet werden."

Sarai zögerte. Sie ersehnte Karkara herbei und ebenso war sie dankbar, dass er fortblieb. Der Barbar könnte vermutlich auch nichts gegen diesen Hexer ausrichten. Am Ende würde er vielleicht sogar sterben, weil er bis aufs Blut um sie kämpfen würde. Es war gut, dass er mit Akeru woanders war.

Loskat sackte mit einem Mal auf die Knie und schnappte verzweifelt nach Luft. Alyoshas ausgestreckter Arm, die Hand zur Faust geballt, zeigte in die Richtung des Rotschopfes. Er erklärte: „Ich habe seine Luftzufuhr unterbrochen. Er wird in wenigen Sekunden ersticken, außer du folgst uns."

„Aufhören!", kreischte Sarai. „Ja!!! Ich werde tun, was Ihr verlangt."

Alyosha öffnete seine Faust. Loskats Lungen füllten sich mit Odem und er fiel kraftlos auf den Boden.

Ein Soldat marschierte zu Sarai, welche sich weigerte, von ihm berührt zu werden. „Überlebe, Mirashi!", küsste sie den Greis mit feuchten Augen und versagender Stimme. Sanft legte sie Mirashi nieder. „Tragt beide rein!", forderte sie forsch. Niemand reagierte. „Der Boden ist kalt. Die zwei können hier nicht liegen bleiben!"

Alyosha erklomm den Sitz, nahm die Zügel auf und erwiderte gelassen: „Du hast dreißig Sekunden."

Sarai biss sich wütend auf die Unterlippe. Sie spurtete ins Haus, sammelte alle Decken in Windeseile zusammen und warf diese über ihre Gefährten.

Der Soldat griff gereizt nach ihrem Arm, da schlug sie ihm zornig ins Gesicht und brach ihm die Nase. Sein Kumpane brachte den Blutenden zur Räson, ehe er Rache am Frauenzimmer ausüben konnte.

Sarai trampelte geradewegs zur Kutsche. *Karkara, kehre bald zurück! Kümmere dich um Loskat und Mirashi!* Imil hielt ihr charmant die Tür des prunkvollen Fuhrwerks auf. Sie hätte ihn am liebsten erwürgt, trat ihm absichtlich auf den Fuß und stieg ein. Der Subaru gesellte sich mit flauem Gefühl im Magen zu ihr.

Alyosha ließ die Pferde anlaufen.

„Verräter." Sarai saß dem Boten mit bedrohlichem, missbilligendem Blick gegenüber. „Du hast *ihm* wirklich einmal gedient. Ich kann mich an dich erinnern. Zumindest an deinen Namen. Er wird dich für diese Tat hängen lassen."

Die Anspannung war aus Imils Zügen gewichen und gab Schwermut preis. „Das würde er tun. Ich wäre froh, wenn er es tun könnte."

„Was soll das heißen?!"

„König Richard ist tot."

Die Traumbilder stachen ihr prophezeiend in Erinnerung. *Sie sah sich auf König Richard zu spurten, der im Begriff war, fortzugehen. „Hilf mir! Hilf mir, Sarai Thoras!"*

Sie schlug eine Hand fassungslos vor den Mund. Ihr Kopf drehte sich zum Fenster, ohne die vorbeiziehende Landschaft oder die eskortierenden Soldaten bewusst realisierte.

„Es passierte am fünfzehnten der Vil Cemie. Einen Tag vorher ereignete sich ein Reitunfall." Er wiederholte mit lächerlich winselndem Klang, weil es für seinen Verstand schier unbegreiflich war: „Ein Reitunfall! Richard wurde quasi im Sattel geboren. Er liebte den Gaul und die beiden konnten sich stets aufeinander verlassen. Jetzt ist er tot. Mausetot. Einfach so." Dann weinte der Subaru bitterlich und vergrub sein Antlitz in den Händen.

Sarai traute sich kaum zu fragen: „Wer hat seinen Platz eingenommen?"

„Der Sohn …", schluchzte Imil. „Rarcado ist unmittelbar vorher heimgekehrt."

Ihre Augen formten sich zu Schlitzen. „Und keiner von euch kommt auf die Idee, dass es da möglicherweise einen Zusammenhang gibt?"

Imil beruhigte sich langsam und wischte die Tränen weg. „Doch. Die Lager spalten sich. Die einen betrachten Rarcado als Segen und die anderen … Na ja. Fakt ist, dass er Richards einziges Kind und somit der Thronerbe über Zeder ist. Am Tag der Beerdigung will er sich krönen lassen."

„Wann soll das sein?"

„Am fünfzehnten des Fairus."

„Was spiele ich dabei für eine Rolle?"

Imil zuckte mit den Schultern. „Das müsstest du Alyosha fragen. Er ist der Ratgeber von Rarcado. Sie kamen irgendwann im Rauvo des letzten Jahres, angeblich aus den entferntesten Ländern, auf einem Schiff in Xander an und haben sich nun in Sagem eingenistet."

Wieder begegnete Sarai ihm abwertend: „Und du dienst dem, wer auch immer es sich auf dem herrschaftlichen Sessel bequem macht?! Dieser Sohn ist ein Fremdling im Reiche."

„Ich habe König Richard und seinen Nachfahren ewige Treue geschworen."

„Manche Bündnisse brechen einem das Genick. Ihr bringt mich nach Sagem?"

„Ja."

„Welch eine Ehre, ich darf gewiss der faszinierenden Krönungszeremonie beiwohnen", sprach die Ironie aus ihr. Sarai lehnte sich an, verschränkte die Arme vor dem Brustkorb und dachte an ihre Familie – Mirashi, Loskat, Karkara, Akeru. Sie hoffte, betete innerlich für eine rechtzeitige Rettung.

Imil lugte nach draußen und beobachtete: „Der Silberstrom führt genauso wenig Wasser wie der Respa. Selbst

Ashure, der See an unserem Hauptsitz, soll sich laut Auskunft meiner Landsmänner stetig verringern. Das ist sehr seltsam für diese Jahreszeit, obgleich uns der Regen nicht im Stich lässt."

„Noch nicht", hörte Sarai sich unbedacht sagen und war über ihre eigene Antwort erstaunt.

„Nun mal nicht gleich den Teufel an die Wand."

Sie herrschte ihn an: „Lass Tadur da raus!" Imil war verwundert über die Härte ihrer Erwiderung und zog es vor, zu schweigen.

„Wie wir die Banditen in die Flucht geschlagen haben, das war der Wahnsinn!", sprühte Akeru vor Elan und Siegeslaune. Er ahmte das Kampfgeschehen nach und erdolchte einen imaginären Gegner.

Karkara schaute ihm belustigt zu. „Warst du bei einer anderen Schlacht? In meiner Geschichte gab es keinen Toten, sondern nur wie Schafe blökende Knirpse, die zu ihrem Hirten gesaust sind."

„Knirpse? Na, wenn man selbst die Größe eines Riesen hat, kann man sie schon so nennen. Werd ich auch derart groß wie du?" Akeru fuchtelte wild mit einem Ast vor sich herum.

„Legen wir dich einmal täglich auf die Streckbank, dann bestimmt", neckte Karkara ihn und drückte den glücklichen, protestierenden Akeru seitlich an sich.

„Ich habe das Gefühl, dass Mama wach ist, wenn wir zu Hause sind."

„Hoffentlich gibt es was zum Essen."

Akeru pikste Karkara in die Rippen. „Sie hat dich gern."

Der Barbar schäkerte mit dem Jungen, bis sie die urige Hütte zwischen all den Baumstämmen erspähen konnten.

Akeru sprintete vergnügt voran. Karkara folgte im gemütlichen Tempo und konnte ihn, als der Kleine um die Ecke des Hauses bog, nicht mehr sehen.

Da erklang sofort ein zutiefst bewegender Schrei, der dem Barbaren durch Mark und Bein schoss. „Akeru …", stammelte er und preschte los.

Binnen Sekunden erreichte er das Haus und Akeru stürzte ihm mit tränenfeuchtem Gesicht in die Arme. „Ich glaube, sie sind tot", jammerte er erschüttert und krallte sich bibbernd an Karkara – Worte, die sich wie ein Dolch in dessen Herz bohrten. Ein Moment, der ihm einen Schock versetzte, für den er allerdings keine Zeit hatte! Unter höchster Selbstkontrolle – in Wahrheit schauderte es ihn innerlich – zog der Barbar Akeru hinter sich her, bog um die Ecke und entdeckte auf der Stelle Loskat, der regungslos ein paar Meter entfernt vom Eingang lag, Mirashi unmittelbar daneben.

„Warte dort!", wies Karkara den Jungen an und drehte den Rotschopf auf den Rücken. „Hey, Loskat! Wach auf! Wach auf!" Während Karkara an seinem Freund rüttelte, suchten seine Augen die Umgebung sorgenvoll nach Sarai ab.

Benommen öffneten sich die Lider des Rotschopfes. „Ich hab es nicht geschafft", murmelte er erschöpft. „Ich konnte sie nicht beschützen. Sarai ist fort. Sie haben sie mitgenommen. Da war ein Zauberer. Und Soldaten. Soldaten von König Richard. Ich habe versagt. Du kannst mich vierteilen, wenn du magst. Es tut mir unendlich leid."

Karkara drückte Loskats Hand freundschaftlich und versicherte ihm: „Es war nicht dein Fehler. Ich hätte hierbleiben sollen."

„Mirashi …?", flüsterte der Rotschopf. „Lebt er noch?"

„Ich bin gleich wieder bei dir", antwortete Karkara knapp und flitzte rüber zum Alten, der still an der Wand auf der Seite lag.

Akeru lief heulend auf und ab.

Karkara hockte sich zum Greis und berührte liebevoll dessen Schulter. „Mirashi? Hörst du mich? Mirashi?!"

Er lauschte nach dessen Atem, dem Herzschlag – nach irgendetwas, das Hoffnung gab. Nichts.

Sanft zog Karkara den alten Mann in eine sitzende Position. „Mirashi?" Dessen Haupt hing schlaff herunter.

Kreidebleich schaute der Barbar zu Akeru und dieser konnte voller Angst erkennen, dass die sonst vor Kraft strotzenden Augen des starken Kriegers wässrig waren.

Kapitel 4

Verhängnisvolle Vorzeichen

Ein gleißendes Licht tat sich plötzlich aus dem Nichts, nahe dem Unglück, auf und zwang Karkara dazu, seine Augen fest zu schließen. Blinzelnd stolperte Akeru schutzsuchend in Richtung des Barbaren. Karkara tastete derweil nach einem Gegenstand, mittels dem er notfalls zuschlagen könnte. Er bekam ein längeres Stück Holz zu fassen, das eigentlich in einem nächtlichen Lagerfeuer im Kreise seines Clans den entscheidenden Nutzen finden sollte.

„Hier müssten wir richtig sein", ertönte eine Stimme aus dem hellen Schein.

Jemand erwiderte: „Zumindest war das die vorletzte Möglichkeit, zeitweilig ein neues Portal zu erschaffen. Der Sand ist fast aufgebraucht."

„Man weiß halt nie genau, wie dicht man wirklich an das Ziel herankommt."

Ein dürrer Greis mit grauem Bart, der ungerade auf Unterleibshöhe abgeschnitten worden war, und einer zotteligen, strohigen Mähne materialisierte sich zusammen mit einem jungen, kahlköpfigen Mann neben einem Pferd vor Akeru und den anderen.

„Unmöglich …", fixierte Karkara den Gleichaltrigen fassungslos. Die Blicke der beiden trafen sich. Der junge Mann verkündete freudig: „Wir haben sie gefunden."

„Mirashi auch", wisperte der Alte und stiefelte würdevoll in einem apfelsinenfarbigen seidenen Gewand direkt auf den Zauberer zu.

Karkara stellte sich ihm jedoch in den Weg. „Wer bist du? Was schleppst du mir diese Brut hier an?"

„Brut?" Der Greis, gütig lächelnd, versuchte mit sanftem Ton das Vertrauen des Barbaren zu gewinnen. „Du kennst ihn, großer Kämpfer. Fürchte dich nicht vor dem Ebenbild, welches du meinst, in ihm zu entdecken. Er ist Michelle mon Di und niemand anderes. Lass mich nun zu Mirashi und bete darum, dass es mir gelingt, ihn zu erretten."

Karkara zog eine grimmige Miene. Das Ganze passte ihm überhaupt nicht! Dennoch tat er einen Schritt zur Seite. „Tu, was du kannst, für Mirashi und auch für Loskat! Wenn ich später Klagen höre, will ich wissen, wem ich den Kopf abhacken muss. Wie nennt man dich also?"

Der Fremde beugte sich zu Mirashi. „Früher hatte ich einen Namen. Irgendwann habe ich ihn vergessen, da die meisten mich nur *das Orakel* nennen."

„Ein Unruhestifter! Du kannst froh sein, dass du Sarai nicht vor ein paar Jahren begegnet bist. Da hat sie solche wie dich gejagt und hätte dich, ohne mit der Wimper zu zucken, kaltgemacht."

Das Orakel hielt seine Handflächen mit geringem Abstand an Mirashis Ohren, säuselte Sätze in der alten Sprache und ließ die beschworene Kraft konzentriert wirken. „Hast du ihr jemals gebeichtet, von wem die Entscheidung, ob eine gewisse Person bleiben darf, abhängig war?"

„Nie wieder sollst du einen Fuß auf Zeder setzen", wandte sich der Krieger triumphierend von Akira ab, der ihm schwermütig nachrief: *„Sei unbesorgt, ich werde es ihr nicht verraten. Das würde sie uns nie verzeihen …"*

Karkara wurde leichenfahl. Woher wusste der Fremde das? War das ein Test? Wut kochte in ihm hoch. Er schnauzte ihn an: „Ihr wollt allwissend sein?! Mehr als Phrasen dreschen könnt Ihr nicht. Die Drecksarbeiten überlasst Ihr natürlich anderen. Wenn Ihr so schlau seid, sagt mir, warum Sarai von Richard entführt wurde!"

Michelle, der die Zügel hielt, kam mit dem Pferd heran. „Der Schatten der Vergangenheit weilt über uns. Noch einmal wird nach der Willensstärke der Auserwählten verlangt."

Karkara sah ihn perplex an und musste mit einem Mal lachen. „Klingt, als würdest du mir weismachen wollen, dass die Scheiße von damals aufglimmt."

Michelles Züge blieben unverändert ernst.

Karkaras Lachen erstarb. Abwechselnd guckte er von Michelle zum Orakel. „Was geht hier vor sich? Ihr seid nicht grundlos angereist."

Mirashi öffnete abrupt seine Lider, zog wie nach einem hundertjährigen Schlaf Luft in seine Lungen und japste: „Sarai ist in Gefahr."

Das Orakel fing die panisch fuchtelnden Arme des Zauberers ab, der sich erst einmal orientieren musste. „Das sind wir alle. Der Feind ist an der Front."

Sarai braucht mich! Karkara stürmte ins Haus, griff nach seinem Breitschwert, warf rasch Proviant in einen Beutel und zerrte eine schmale Ledertasche hinter Mirashis Schrank hervor.

Hastig umklammerten Kinderarme energisch den geliebten Zauberer. „Du lebst! Du lebst!", winselte Akeru dankbar.

„Das haben wir meinem alten Lehrmeister zu verdanken", strich Mirashi dem Jungen zärtlich über das schwarze Haar.

„Orakel, was macht Ihr eigentlich in der Welt der Sterblichen? Ich hatte den Eindruck, dass Ihr Euren Turm nie verlassen wollen würdet."

„Für das, was uns bevorsteht, muss jeder Opfer bringen. Maßgeblich ist der Zusammenhalt. Der blaue Stern ist vom Himmel gefallen."

„Nein! Das ist unvorstellbar! Im Jahre des Drachenblutes 56 hat sich nichts am Firmament ereignet, das habt Ihr selbst berichtet und die Geschichte vom blauen Stern als reinen Mythos abgetan. Die Auserwählten bezwangen Tadur!"

Akeru fragte in die Runde: „Worum geht es in dem Märchen?"

Das Orakel genoss das Sonnenlicht, welches durch die Baumkronen brach. „Fällt der blaue Stern, kündigt er Tadurs Rückkehr an."

„Der Teufel ist besiegt", stand Karkara gereizt hinter ihnen, der den letzten Satz mitgehört hatte.

Die durchdringenden Augen des Orakels richteten sich auf den Barbaren. „Ist er das? War das wirklich Tadur?"

Ein Feuerwerk der schonungslosen Erkenntnis jagte durch Karkaras Leib. Sie hatten damals gegen Akira gefochten, den Sohn des Verhassten – nicht etwa gegen Tadur selbst?! Sollte das bedeuten, dass die wahre Schlacht ihnen erst noch bevorsteht? War das Gefecht vor einigen Jahren bloß ein Vorbote? „Sarai wird nie wieder kämpfen müssen. Hast du mich verstanden, Tattergreis?"

„Es gibt keinen Ausweg. So wird es sein, ob du das willst oder nicht, Barbarenmann."

Karkara spürte in sich einen Impuls, der ihn dazu drängte, sein Schwert zu zücken und diesen Propheten in zwei Stücke zu teilen.

Da wanden sich kleine Finger um sein Handgelenk. „Wirst du meine Mama beschützen?"

„Ich würde mein Leben für sie geben." Karkara nahm Akeru den langen Wanderstab ab, den er für Mirashi als Stütze geholt hatte, und reichte ihn an den schwachen Zauberer weiter. „Ich vertraue dem Bekloppten nicht, also pflege du Loskat! Ich verlasse mich auf dich." Der Barbar steckte die Finger in den Mund und pfiff.

Das Orakel, erstmals aus der Ruhe gebracht, reagierte aufgeregt: „Was hast du vor?! Wir müssen einen geschickten Plan ausdiskutieren. Der Fortbestand der Welt hängt davon ab. Die Befreiung der Auserkorenen habe ich veranlasst. Für sie ist gesorgt. Sei ohne Furcht!"

„Du faselst, ich handle. Deine Welt ist mir egal. Mich interessiert Sarai. Ich kümmere mich allein um meine Angelegenheiten." Er band sich das Schwert auf dem Rücken fest. Hiwu preschte als kleiner Welpe heran und wuchs, je geringer die Distanz zwischen ihnen wurde, in beeindruckende Höhe. Karkara schwang sich auf sie und holte Akeru zu sich hoch.

„Das Ledertäschchen habe ich dabei, Mirashi. Denk an Loskat! Wir sehen uns", verabschiedete sich der Barbar und ritt stürmisch davon.

Das Orakel schimpfte: „So ein dummer Junge! Los, folge ihm!" Michelle nickte und galoppierte ihm postwendend hinterher.

Dritter des Fairus im Jahre des Wolfsschädels 57.

Sie legten eine Pause ein. Unterschlupf konnte man nirgends suchen, da sich eine einzige grüne Ebene um sie herum erstreckte. Sarai wog die Erfolgschancen für einen Fluchtversuch ab, musste sich allerdings eingestehen, dass dieser kläglich scheitern würde.

Weder die Soldaten noch Alyosha fanden es notwendig, ihr Ketten anzulegen. Wozu auch? Der Hexer hätte sie wahrscheinlich binnen Sekunden mit einer bösen Macht ergreifen und zurückschleifen können.

Sie saß auf einem eiförmigen kühlen Stein, der geschätzte vierzig Zentimeter maß, und zupfte griesgrämig feuchte Grasbüschel aus. Sarai bemerkte mürrisch, dass Alyosha sich zu ihr gesellte. „Warum wurde ein Zauberer mit dem Trupp geschickt?"

„Das ist offensichtlich: Um auf alles vorbereitet zu sein. Jahrzehntelang habe ich geübt und geübt, bin dreihundertdreiundsechzig Monate von Kontinent zu Kontinent gereist, um meiner Berufung letztendlich, zu Diensten des neuen Absoluten, gerecht zu werden." Seine Augen bekamen einen seltsamen, stolzen Glanz. „In erster Linie bin ich ein Schwarzmagier. Nie wollte ich etwas anderes sein. Dazu entwickelte ich dank einer bemerkenswerten Disziplin und Ausdauer mediale Fähigkeiten. Als Medium, das in der beeindruckenden Lage ist, Geister zu beschwören, wandle ich zwischen den Toten und habe auf meine Chance gelauert. Das feinstoffliche Reich verlieh mir wahnsinnige Macht. Wenn man nicht untergehen will, muss man sich auf die Seite des Siegers schlagen. Da fällt mir ein, ich habe eine Nachricht für dich – von einem Akatari."

Sarai bekam eine Gänsehaut. Sie war nicht fähig, auch nur ein Wort zu sprechen. *Akira?!*

„Bist du gar nicht neugierig, was er dir mitzuteilen hat? Ich habe ihn in den Feuern der Unterwelt getroffen, von Schmerz und Leid gepeinigt. Du scheinst Vater und Sohn ungebührlich gestraft zu haben?"

Ihr stockte der Atem. War sie doch davon ausgegangen, dass Akira Erlösung hatte finden dürfen. Blufte Alyosha? Das musste es sein!

„Seine Worte lauteten wie folgt", beugte er sich flüsternd zu Sarai, damit ihr die Tragweite durch Mark und Bein fuhr. „Brenne, du Miststück."

Für einen Moment setzte ihr Herzschlag aus. Die Welt verharrte in völliger Stille. Mit aschfahlem Gesichtsausdruck starrte sie ihn unbewegt an.

Sarai richtete sich unvermittelt auf, holte mit der Faust aus, um diese in seine gehässige Fratze zu rammen. Er fing die Attacke ab. „Lüge!", fauchte sie. „Niemals! Niemals würde Akira so etwas sagen! Was wollt Ihr von mir? Wozu wird meine Anwesenheit gewünscht?"

Alyosha griente hinterhältig. Ein kalter Windzug brauste an den beiden vorbei, der gespenstisches Murmeln in sich trug. Die Iriden des Magiers, die inzwischen eine langweilige graugrüne Mischung angenommen hatten, begannen rot zu flackern. „Eine Auserwählte ist ein besonderes Geschenk."

Sarai stutzte. „Woher wisst Ihr …? Was ist mit Euren Augen?" *Seine Stimme ist tiefer geworden. Verstellt er sie?*

Sarai hörte klagende, leise Stimmen – aus allen Richtungen auf sie einströmend. Verunsichert wandte sie sich mehrfach um.

„Die Geister machen dir ihre Aufwartung", offenbarte Alyosha, dessen Ausstrahlung sich rapide verdüstert hatte, „kleiner Schlüssel."

Die Bestürzung ward ihr ins Antlitz geschrieben. Mit diesem geheimen Wissen hielt er alles, gnadenlos alles in seinen Händen. Er pokerte nicht. Es war ihm definitiv bekannt. Ja, sie war der Schlüssel, die Schutzpatronin Zirons. Sollte Sarai jemals durch das Verschulden eines Menschen zu Tode kommen, wäre das Ende der Auserwählten heraufbeschworen. Sie könnten nie wieder in dieser Welt inkarnieren und Tadur, sollte es ihm gelingen, sein unterirdisches Gefängnis zu verlassen, hätte keinen ernst zu nehmenden Gegner mehr, der sich ihm in den Weg stellen würde.

Wer hütete bislang das fatale Geheimnis? Vielleicht etwa eine Handvoll Lebender, aber sollte Alyosha wahrhaftig mit Verblichenen reden können, so waren es deutlich mehr. Ihr kamen all jene in den Sinn, die einst bei der Offenbarung, in einer Höhle im Gebirge Mongul, dabei waren und den Tod gefunden hatten. Schwarze Wölfe. Neru.

Akira …? War es Alyosha tatsächlich gelungen, Kontakt zu Akira oder einem der anderen aufzubauen?

Sarai schluckte den Kloß in ihrem Hals herunter. Ihr Magen rebellierte aufgrund der Flutwelle an schlechten Neuigkeiten. „Seid Ihr für oder gegen Tadur?"

„Du lebst. Verrät dir das nicht schon die Antwort?"

Wenn sie mich töten und im Anschluss Karkara sowie Michelle, ist der Zyklus der Wiedergeburt in unserer auserwählten Bestimmung unwiderruflich erloschen. Tadur hätte gesiegt. Warum lebe ich noch, wenn ich ihnen tot deutlich größeren Gewinn bringe? Alyosha meinte, er würde sich auf die Seite des Glorreichen begeben. Sieht er tatsächlich Rarcado in dieser Position?

Alyosha riss ein Brötchen in zwei Hälften, reichte ihr die eine, welche sie ablehnte, und biss in seine herzhaft hinein. „Ihr macht Tadur immer noch für jegliches verantwortlich? Ihr seid ein seltsames Volk. Habt ihr einen Sündenbock auserkoren, wird er selbst nach seinem Ableben noch an den Pranger gestellt."

Sie verteidigte die Ansicht vieler Menschen: „Für seine grausamen Taten ist das gerechtfertigt."

„Und wenn er es gar nicht war?", schmatzte Alyosha. Das aggressive Rot in seinen Iriden erstarb.

Sie versuchte in seinen auffallend weicher gewordenen Zügen zu lesen. Wollte er sie verunsichern? Was beabsichtigte er?

Ein leichtes Beben erschütterte den Untergrund. Alarmiert scharten sich die Krieger um Sarai und die Kutsche.

„Was war das?", fürchtete sich Imil und lugte aus dem Fuhrwerk.

Sarai verspürte ein angedeutetes Brennen an ihrem Rücken und vermutete dahinter das Symbol.

Alyosha lauschte in die Stille. Er wollte die Anspannung erleichtert fallen lassen, da bebte die Erde aus voller Kraft nach und spaltete sich unter ihren Füßen. Die Kutsche fiel samt den Rössern, dem kreischenden Imil und zwei Kriegern in die sich aufbrechende Schlucht. Drei Soldaten scheiterten daran, ihre Balance an der Schwelle zum Abgrund zu wahren und stürzten ebenfalls in die Tiefe.

Sarai sprang auf die andere Seite, welche sich etappenweise wegbewegte, gefolgt von Alyosha, der zu spät abgesprungen war und, über dem Graben baumelnd, bloß ihren Knöchel zu fassen bekam. Sie kollidierte hart mit der Erde, rutschte durch sein Gewicht zurück und krallte sich mit den Fingern irgendwie fest, um sich zu halten. Beide hingen über der Kluft.

„Ich kann nicht …!", stieß sie japsend aus. Die zitternden Arme, in die sich gefühlt tausende von Stecknadeln bohrten, wurden tauber, kraftloser.

Alyosha klammerte sich wie ein lästiges Insekt hartnäckig an ihr Bein. „Schatten erheben sich aus dem Licht,

Staub wird zu Asche, Meere versiegen, Felder verdorren, Berge zerfallen, Wüstensand färbt sich rot."

„Halt den Mund!", keuchte Sarai, wollte sich hochziehen, obwohl sie wusste, dies nicht schaffen zu können. Sie verlor den Halt und fiel.

Ein schwarzhaariger Mann mit kurzgehaltenem Bart kniete verzweifelt vor ihr. „Ich kann es nicht länger kontrollieren. Es ist zu mächtig. Es frisst mich von innen auf und wird alles vernichten, was wir lieben. Du musst handeln! Hörst du? Nimm keine Rücksicht auf mich! Sinara, ich flehe dich an! Beschwöre einen deiner Götter!"

Tränen ergossen sich über ihre Wangen. „Wenn ich das tue, verdamme ich dich zu einem Schicksal, das du nicht verdient hast."

Jäh streckte sich ein Arm nach Sarai aus und erwischte präzise ihr Handgelenk. „Ich hab dich", versicherte jemand. Durch den Sonnenstand konnte sie nur die Silhouette eines breitschultrigen Mannes erkennen. Karkara?

Alyosha machte sich lautstark bemerkbar: „Vergesst mich gefälligst nicht!"

Eine zweite Person trat an den Abgrund. „Alyosha, Alyosha", erklang es in kratziger Tonlage. „Man sieht sich stets zweimal im Leben. Knapp dreißig Jahre ist es her …"

„Nirva", hauchte er entrüstet und löste schlagartig freiwillig seinen Griff von Sarai. Er war bereit, es mit dem Schlund aufzunehmen, wenn er dafür nicht *ihr* gegenüberstehen müsste.

Ein windiger Zauber verließ Nirvas geöffnete Handfläche, welcher die verbliebenen Kämpfer, einer wollte zum Schuss mit Pfeil und Bogen ausholen, wie Spielzeugfiguren von der Ebene fegte.

Der starke Olong van Ga zog Sarai nach oben. „Geht es dir gut?"

„Danke! Ich hatte schon bessere Tage", scherzte sie und legte sich mit ausgestreckten Armen und Beinen erschöpft auf den Rücken.

Die Hexenmeisterin Nirva Soll, eine alte Frau in zigeunerhafter, bunter Kleidung, spähte in die Dunkelheit des Grabens. „Ein Jammer … Wir hätten ihn ausquetschen können … Was soll's … Das Orakel hat mich benachrichtigt, dich abzufangen, Kindchen. Der Frieden wird bedroht."

„Tadur ist tot", erinnerte Sarai beiläufig.

„Wir haben keinesfalls auf jede Frage Antworten, aber wir sehen sehr wohl, wenn sich etwas Schreckliches in der Welt zusammenbraut. Ich bin überzeugt, du *siehst* es auch."

Sarai legte eine Hand auf die pochende Stirn. „Was gibt Euch Anlass, das zu denken?"

„Du bist eine Auserwählte. Nicht irgendeine. Du bist *die* Auserwählte, der Schlüssel."

Sarai schmunzelte. „Von wegen, das wäre ein Geheimnis. Haben die Subarus die Meldung verstreut oder warum propagiert sich der Titel landesweit?"

„Es wissen die, die es wissen müssen."

Olong bot Sarai Wasser aus seinem Trinkbeutel an. Durstig und dankerfüllt nahm sie die Geste an. „Wieso habt Ihr Monshire verlassen?"

Abtei des Mondes, vierter der Vil Cemie im Jahre des Wolfsschädels 57.

Jin hastete mit rasendem Herzschlag die Treppe hinauf. Er rannte, als würde sein Leben davon abhängen. Wahrscheinlich war das auch so.

Olongs Tür öffnete sich und der hochgewachsene Mönch trat auf den leeren Gang heraus. Er spähte in beide Richtungen und wies den vermummten Schatten hinter sich an, ihm zu folgen. Da bog eine Gestalt hektisch um die Ecke, preschte auf den Meister zu und signalisierte dabei mit fuchtelnden Armen, sie sollten sofort wieder in das Gemach hineinschlüpfen.

Außer Puste warf Jin die Tür hinter sich zu und drückte sich mit dem Rücken abwehrend an sie, als würde er eine Elefantenhorde erwarten, die das Zimmer stürmen wollte.

Lucrezia, in eine Kutte von Olong gehüllt, schob die Kapuze vom Kopf. „Sag bloß, du willst mich persönlich nach unten geleiten." Sie hatte den Ernst der Lage noch nicht erkannt, im Gegensatz zu Olong.

„Was ist los?", fragte er besorgt.

Jins errötete Wangen glühten. Er hechelte: „Der Kranke …"

Lucrezias entspannte Miene wandelte sich abrupt in eine erschrockene. „Micel? Was ist mit ihm? Sprich! SPRICH!" Sie packte Jin und schüttelte ihn aus Furcht um Micel. Man könnte meinen, sie wolle die Worte aus ihm herauspurzeln lassen.

Olong zerrte sie vom Jungen fort. „Lass ab von ihm, sonst wirst du nichts erfahren!"

Bösartig brabbelte Lucrezia: „Sprich oder ich drehe dir den Hals um!"

Jin raunte stockend: „Micel … Er ist … Er ist …"

„Was denn?!", herrschte Lucrezia ihn an.

„Er ist tot", vollendete der junge Priester endlich den Satz.

„Nein. Das ist nicht möglich. Du lügst. Nein!" Tränen schossen ihr unwillkürlich in die Augen. „DU LÜGST!" Ihre Gefühle überwältigten Lucrezia. Sie wäre sogar dazu bereit gewesen, Jin für diese unverschämte Täuschung, welche sie ihm unterstellte, zu verprügeln. Olong fing die geplante Tat ab und presste die jammernde Lucrezia eisern an sich. Sie wünschte sich von Herzen, dass dieser Grünschnabel log, aber tief in ihrem Inneren hatte sie die Wahrheit in seinem Ausdruck erkannt.

„Meister", sprach Jin zögerlich weiter. „Man hat uns entdeckt."

Lucrezia vergrub ihr Haupt in Olongs Brustkorb, der mit ihr auf dem Boden kniete. Trotz der bedeutungsschweren Offenbarung verharrte Olong konzentriert in seiner tröstenden Position. Sein Blick stierte dabei konzentriert auf die gegenüberliegende Wand. Jin vermutete, dass Olong soeben in der Stille seine Geistführer befragte.

„Wen genau?", erkundigte sich der Ranghöhere nach wenigen Sekunden.

„Everos und Meister Emeraud. Als ich dazustieß, war Micel bereits verstorben. Selene sei es gedankt, ich wurde nicht entdeckt. Ich hörte im Verborgenen, wie sich Meister Piquell de Vason mit Meister Loras von Stätten über den Leichnam unterhielt. Sie mutmaßten eine sich ankündigende Seuche. Meister Serazon von Ronia und noch zwei oder drei andere, die ich nicht so schnell erfassen konnte, haben Everos und Meister Emeraud mit sich genommen."

Lucrezia horchte auf. „Du hast Micel also nicht tot gesehen?" Sie schob Olongs Arme strikt beiseite und erhob sich mit wiedergewonnener Kraft. „Vielleicht ist er gar nicht tot. Du wirst dich am Ende geirrt haben. Er lebt. Micel lebt."

„Die Tür zur Kammer stand sperrangelweit offen."

„Hast du ihn gesehen?"

„Die Priester sind ein und aus gegangen. Sie erzählten sich von einem verblichenen Fremden, der Verderben bringt."

„Hast du ihn GESEHEN?"

„Nein!", reagierte Jin forsch.

Lucrezia wollte sich selbst von der Lage überzeugen. Jin wahrte seinen Platz felsenfest vor der Tür und ließ sie nicht hinaus.

Draußen ertönte das Glockengeläut in einer bestimmten Reihenfolge und rief demgemäß alle Meister zu einer sofortigen Versammlung in den großen Saal.

Olong drehte die wütende Lucrezia zu sich und sprach betont ruhig: „Du musst uns verlassen. Jin wird einen Weg finden, *dich unbemerkt ins Freie zu bringen und dann lauf. Lauf und komm nie wieder! Ich bedauere, den Tod deines Bruders und dass unsere Maßnahmen nicht gereicht haben sein Leben zu erhalten."*

Sie ohrfeigte ihn. „Ich habe dir vertraut. Ich gehe erst, wenn ich bei ihm war."

Olong schaute sie schweigend an. Gleich einer Furie, die ihm die Krallen am liebsten durchs Gesicht ziehen würde, funkelte sie ihn böse an.

Jin gab zu bedenken: „Meister, Ihr wollt doch nicht etwa dieses waghalsige Unterfangen befürworten?" Im Herzen des Burschen meldete sich plötzlich ein Stich. Er war es gewesen, der dieser Frau mitsamt ihrem Bruder Zutritt gestattet hatte. Er war es gewesen, der einem kühnen Wagnis die Pforten geöffnet hatte. Und Olong hatte seine Entscheidung getragen, ohne zu wissen, worauf er sich einließ.

Jin senkte reuevoll seinen Blick. „Ich tue es. Ich bring sie zu ihm und anschließend raus. Ich werde das schon irgendwie schaffen." Der Junge fiel mit tränenfeuchten Wangen vor Olong auf die schlotternden Knie und senkte demütig sein Haupt. „Verzeiht mir, Meister, für den begangenen Fehler. Ich weiß nicht, wie und ob ich ihn jemals wieder gutmachen kann, aber ich schwöre Everos, Meister Emeraud und Euch vor den Schlingen des Hohepriesters zu schützen. Ich werde alle Schuld auf mich nehmen. Immerhin bin ich ja auch verantwortlich."

Olong zog Jin hoch und guckte in die verlorenen Augen seines Schülers. „Die Frage nach der Schuld ist unwichtig. Du hast nach deinem Herzen gehandelt. Alles ist, wie es sein soll. Und jetzt tust du, was ich dir sage."

Traurigkeit spiegelte sich in Olongs Miene. Er suchte nach geeigneten Worten, da kam ihm Sarai zuvor: „Ihr seid nicht freiwillig gegangen." Das war keine Frage. Er konnte sein

Innerstes vor Gram derzeit kaum verbergen und sie hatte wie in einem offenen Buch in ihm gelesen.

Er gestand: „Die Umstände zwangen mich dazu. Wie weit gehen wir, um jene zu retten, die wir gern haben? Jeden Tag treffen wir Entscheidungen. Die Lasten einiger davon tragen wir ein Leben lang, obgleich wir vielleicht wissen, dass es die richtigen waren."

Nirva räusperte sich lautstark. Solche Gespräche konnten sie später führen. Olong besann sich auf das Eigentliche: „Sarai, als der Schlüssel trägst du das Vermächtnis, den Zugang zur Weltordnung zu ebnen."

„Was soll ich können?", hakte sie ungläubig nach.

„Einst hatte die legendäre Göttin Seraphin diesen Platz inne. Sie war der Schlüssel und Zirons Schutzschild. Aus für uns unerklärlichen Gründen scheint dieser entscheidende Status auf dich übergegangen zu sein."

Sarai stand mit einem Ruck auf und hielt ihre Hände abwehrend vor dem Brustkorb. „Oh nein! Die Schlüssel-Geschichte bezieht sich auf die Wiedergeburt der Auserkorenen und nicht auf irgendwas Weiteres mit der gesamten Welt. Eine Bürde reicht ja wohl!"

Nirva pochte erbost mit ihrem Stab. „Ob du es willst oder nicht, so ist es nun einmal. Wenn alles um uns zerbrechen sollte, bist du die letzte Hoffnung, die diese Welt haben darf. Das bedeutet, du bist ab sofort noch wichtiger, als du es vorab schon warst. Der Schlüssel darf nicht durch Einwirken eines anderen sterben. Dann wären wir verloren. Verstehst du, Sarai? Du darfst nicht getötet werden und erst recht nicht unseren Feinden in die Hände fallen! In erster Linie müssen wir dich in Sicherheit bringen, dich verstecken."

Sarai raufte sich überfordert die Haare, drehte sich mit offenem Mund ab und schnappte frische Luft. Warum ausgerechnet sie?! „Alyosha wollte mich nach Sagem zu Rarcado bringen."

Nirva rümpfte ihre Nase. „Dem kann man nicht trauen. Er war vor etlicher Zeit mein Schüler, hat sich jedoch mehr und mehr den tückischen Mächten zugewandt. Alyoshas Ambitionen trieben ihn in eine gefährliche, teuflische Richtung."

Die Hände in die Hüften gestemmt, wandte sich Sarai der Hexenmeisterin zu. „Ihr meint also, dass er Tadur dient? Gehört er zu den *Schwarzen Wölfen*?"

„Alyosha war seit jeher ein Einzelgänger."

„Dann gilt seine Treue Rarcado und Tadur?"

„Er schließt sich einzig dem Mächtigsten an."

Sarai knetete ihren verspannten Nacken. „Das verstehe ich nicht. Ist er Rarcado zum Schein ergeben?"

Nirva und Olong tauschten vielsagende Blicke aus. Sarai bemerkte dies. „Was verschweigt ihr mir?"

Nirva überließ es Olong, die Vermutung darzulegen: „Die Zeichen deuten auf das angekündigte Ende unserer Welt. Eine Herrschaft wird eingeläutet, wie Ziron sie schon einmal erleben musste."

Eine dicke Staubflocke verfing sich in Sarais Mähne. Sie kämmte diese genervt mit den Fingern aus und zerdrückte den Schmutz. Entsetzt bemerkte die junge Frau, dass die Fluse sich zu Asche verwandelt hatte. „Staub wird zu Asche, Meere versiegen ... Tadur lebt – in Rarcado?!"

Nirva sprach zügig weiter: „Im Jahre des Drachenblutes 56 habt ihr Außerordentliches geleistet. Wider Erwarten ist das vermeintliche Ergebnis ein ungeschriebenes Blatt. Aber was euch zuvor gelungen ist, den Sieg zu erringen, kann ein zweites Mal von euch vollbracht werden. Ihr seid die Hoffnung. Die Völker brauchen euch wiederholt. Nur dieses Mal ist es für dich sicherer, wenn du deinen beiden Mitstreitern aus der Distanz Hilfe gibst. Du bist die Garantie, der Joker, für den Notfall. Solange du lebst, werden deine zwei Wegbegleiter stets reinkarnieren. Du musst überleben!"

Stocksteif starrte Sarai in die Ferne. Eine vereinzelte Träne kullerte hinab. „Ich soll mich verkriechen und Karkara sowie Michelle in den Tod entsenden?"

„Wir haben keine andere Wahl! Womöglich werden sie gar nicht sterben. Und selbst wenn, dann wird ihre Seele sofort in einen neuen, geeigneten Körper schlüpfen, um ihrer Bestimmung hier gerecht zu werden. Bist du am Leben, erhältst du auch ihre Existenz."

Kapitel 5

Drei Auserwählte

„Du hast eine Minute. Sollte das Erdzittern erneut einsetzen, rennst du prompt zu mir", bremste Karkara Hiwus Lauf und ließ Akeru von ihrem Rücken gleiten. Dieser beteuerte: „Ich beeile mich." Auf schnellen Sohlen pirschte der Junge über das Grasland, um sich zu erleichtern.

Karkara vernahm Hufschläge, schaute über seine Schulter und stöhnte gereizt. „Was willst du?!"

Michelle hatte ihn auf seinem Schimmel eingeholt. „Ihr braucht mich. Zu dritt sind wir unbesiegbar. Nettes Haustier."

Hiwu murrte. Der Ausdruck gefiel ihr nicht.

„Ich mag ihn ebenso wenig", klopfte Karkara ihr mitfühlend an den Hals.

„Du hast mich noch gar nicht richtig kennengelernt."

„Das verrät mir mein Instinkt. Hast dich vom Priester zum Magier gemausert oder weshalb hängst du mit dem Langbart herum?"

Michelle war über die kleine Verschnaufpause froh. „Auf meiner Wanderung, zu der Meister Olong mich beordert hatte, entdeckte ich etwa sechs Monate nach der seltsamen Begegnung mit euch bei *Satans* einen Turm. Darin wohnte das Orakel. Es hat mich vorbereitet, mich gelehrt, was ich wissen sollte. Es meinte, der Tag würde sich anbahnen, an dem meine wahren Fähigkeiten benötigt werden würden."

„Der Kampf gegen Tadur war im Jahre des Drachenblutes 56. Ich muss dich leider enttäuschen, aber du bist ein paar Jahre zu spät dran. Pech, wenn man sich nichts sehnlicher wünscht, als ein Held zu sein."

Michelle strich sich über den kahlen Schädel. „Du siehst Akira in mir? War das sein Name? Bist du deshalb dermaßen schlecht gelaunt? Die Fragen, die ihr mir bei *Satans* gestellt habt ... Ihr habt geahnt, wer ich bin. Zu diesem Zeitpunkt war mir das noch unbekannt. Warum habt ihr nichts gesagt?"

„Bla, bla." Karkara hievte den wiederkehrenden Akeru, der seine Hose zurechtrückte, auf Hiwu und ritt voran. *Als ob EIN ihn plagender Priester nicht gereicht hätte ...*

In seinem Inneren spürte Karkara, dass Michelle die Wahrheit sprach. Ein großer, entscheidender Kampf stand bevor. Er wollte Sarai auf Gedeih und Verderb aus der Sache raushalten. Wie sollte er das anstellen?

Eine weite Ebene lag vor ihnen. Hiwu wurde langsamer, bis sie zum Stillstand kam. Sie hielt ihre Nase schnüffelnd in den Wind.

Karkara durchkämmte die Umgebung mit seinen Augen. „Witterst du sie?"

Hiwu trabte an und steuerte schnurstracks auf die etwa zwei Kilometer entfernte Schlucht zu.

Akeru klatschte vor Begeisterung. „Mama!" Dabei wäre er fast runtergerutscht, hätte Karkara ihn nicht zwischen seinen Schenkeln eingeklemmt.

„Akeru! Karkara!", rief Sarai selig von der anderen Seite des Grabens hinüber. Der Barbar trieb Hiwu an, die tiefe Kluft zu umrunden, wofür sie knapp zehn Minuten aufbringen mussten.

Akeru hopste ungeduldig herunter und umarmte Sarai glücklich. „Mirashi lebt!", offenbarte er ihr, während sie ihn mit Küssen überschüttete.

„Dem Himmel sei Dank! Und Loskat?"

Karkara stand ihr gegenüber. „Der wird schon wieder", lächelte er sie an. Sarai zog ihn zu sich und küsste den Barbaren hingebungsvoll.

Nirva beobachtete Michelles Ankunft. „Die Auserwählten sind komplett."

„Meister!", sprang der junge Mann erstaunt aus dem Sattel und fiel vor Olong ehrerbietig auf die Knie. Seine Stirn berührte den kühlen Grund. „Ich hätte nie damit gerechnet, Euch hier anzutreffen."

Olong holte ihn hoch. „Keine Verbeugung, Michelle! Wir sind fernab von Monshire. Mir scheint, du hast auf deiner Reise vieles *gefunden*?"

Michelle nickte eifrig. Olong lobte seinen Schüler.

Sarai deutete Michelles Anwesenheit mit eindringlichem Blick auf Nirva: „Ihr wollt uns tatsächlich wiederholt gegen den Teufel antreten lassen?"

Sie schwieg dazu, denn die Antwort war bekannt. Stattdessen äußerte die Hexenmeisterin nach einer Pause: „Das Orakel ist mir im Rauch eines mächtigen Feuerzaubers erschienen. Wie ihr euch dementsprechend denken könnt, wird mir zwangsläufig eine bedeutende Rolle in der Geschichte Zirons zuteil. Das Orakel hat Michelle und mich auf den Weg gebracht, angereichert mit wertvollen Hinweisen. So wusste ich zum Beispiel, wo ich dich, Sarai, aufstöbern konnte. Olong lief mir auf halbem Pfade vor die Füße. Er brachte eine fürchterliche Botschaft, welche sogar die Subarus auf ihren weltweiten Botengängen inzwischen bestätigen, die in Kürze jeden

Einwohner unseres Planeten betreffen wird. Eine schreckliche Krankheit, die den Tod an unsere Häuser bringt, breitet sich aus. Die Atmosphäre verändert sich. Immer mehr Menschen werden an den Folgen dahinsiechen. Olong forscht nach einem Heilmittel. Sarai muss in Sicherheit geschafft werden. Das ist meine Aufgabe. Und ihr", sie guckte von Karkara zu Michelle, „werdet den Teufel niederstrecken."

Nirva beäugte Akeru, schnappte sein Kinn und drehte es musternd von rechts nach links. „Er ist bereits krank."

Sarai schlug die faltige Hand der Alten weg. „Nein!"

„Ob du es willst oder nicht, dein Sohn ist betroffen. Versagt euer Angriff, wird das Kind elendig sterben, wie viele andere."

Sarai verteidigte ihre Ansicht: „Wo soll er sich denn angesteckt haben?!"

Nirva wurde wütend. „Es geht nicht darum, dass irgendeine Erkältung übertragen wird. Begreif doch endlich, es betrifft uns alle! Früher oder später fallen sogar die Starken wie die Fliegen. Zuerst sind die Schwachen, die Empfindsamen und die besonders Feinfühligen dran, weil sie die leichten Nuancen, die sich atmosphärisch verändert haben und wie ein Wirbelsturm in Bälde über uns hereinbrechen werden, vor dem Großteil der Lebewesen wahrnehmen. Das Ende steht uns bevor."

Sarai wollte das nicht glauben. „Weshalb sollte Tadur beabsichtigen, ausnahmslos alles zu zerstören? Wenn es nichts mehr gibt, worüber soll er herrschen?! Die Vormachtstellung war sein größtes Ziel!"

Akeru sah verwirrt zu Karkara und fasste sich temperaturfühlend an die Stirn. „Werde ich sterben? Ich fühl mich gar nicht krank."

Sarai ballte ihre Hände zu Fäusten, atmete ganz tief durch, wandte sich von Nirva ab und hockte sich zu Akeru. „Du wirst leben und du wirst ein berühmter Krieger werden, dessen Name in zig Landen in aller Munde ist. Ich habe dir bislang nie erzählt, wer dein Vater war …"

Warum wollte sie ausgerechnet jetzt solch ein brenzliges Thema anschneiden? Um ihm oder gar sich selbst Hoffnung zu machen, er würde als Enkel des Teufels verschont werden? Karkara haderte mit sich, ob dies der richtige Moment war, darüber zu reden. Doch es war nicht seine Entscheidung. Er trieb die anderen aus Respekt ein gutes Stück von Sarai und Akeru fort.

Der Junge plauderte: „Na ja, der Drache meinte, ich treffe meinen Vater irgendwann. Das dauert zwar länger als vermutet, aber das ist nicht schlimm." Zu gern hätte Akeru einen näheren, neugierigen Blick in den spannenden Abgrund riskiert, der ihn momentan mehr als ein tiefsinniges Gespräch lockte, doch Sarai drückte ihn sanft nieder, sodass sie sich auf die Wiese setzten.

Akeru hatte bislang keine Fragen zu seinem Vater gestellt. Möglicherweise, weil Karkara einen beachtlichen Teil der Lücke ausfüllte. Oder hatte der Junge Rücksicht auf sie genommen? Akeru und Akira … Es gab die Begegnung. Ihr schlechtes Gewissen machte sich bemerkbar. „Akira war ein geheimnisvoller, starker Mann."

„Mächtiger als Karkara?"

„Das weiß ich nicht. Die beiden haben unterschiedliche Stärken. Karkara ist ein geborener Kämpfer, während Akira ein beachtlicher Stratege war."

„Wenn du sagst, ‚war', ist er verstorben?"

Ich habe ihn getötet. Und als er tatsächlich erneut ins Leben fand, verzichtete ich darauf, dir das kundzutun und zwang ihn, sich dir gegenüber nicht preiszugeben. Was bin ich für ein schlechter Mensch? Fehlbar. Egoistisch. An wie vielen Menschen habe ich mich schuldig gemacht? „Ja", sprach sie zögerlich. „Meinst du, man kann einen furchtbaren Fehler wieder in Ordnung bringen?"

Akeru schaukelte auf seinem Po mit angewinkelten Beinen, die von seinen Armen umfasst wurden. „Mirashi sagt, dafür ist es nie zu spät."

Sarai sinnierte kurz über seine Worte, dann begann sie mit guter Laune gemeinsame Erlebnisse mit Akira zu schildern und betonte dabei, was den einstigen Priester charakterlich auszeichnete. So malte sie ihrem Sohn in seiner Vorstellung ein grobes Bild des Mannes, von dem er abstammte.

Akeru hörte still zu und seine Miene war für sie uneinschätzbar gleichbleibend. Was ging in ihm vor? Sie wollte gerade nachhaken, da schlussfolgerte das Kind: „Er war ein Auserwählter?"

Sarai stockte. Noch immer hatte sie mit keiner Silbe verlauten lassen, dass Akira einen extremeren Rang bekleidete, wenn man das überhaupt in dieser Art bezeichnen konnte.

Dein Vater ist Tadurs Sohn und genau jener ist unser größter Feind. Und egal wie viel Zeit vergehen mag, die Menschen werden stets glauben, dass du eines Tages das Erbe der Finsternis antreten wirst. Deshalb musst du deinen Ursprung verschweigen. Deine wahren Wurzeln dürfen niemals bekannt werden. Du musst das Blut in deinen Adern leugnen!

All diese Sätze hatte sie in Gedanken an Akeru gerichtet, der sie aufmerksam ansah. Wie sollte sie ihm als Mutter diese Hiobsbotschaft übermitteln? Sarai hatte unüberlegt gehandelt, indem sie sich von Nirva vorhin provozieren ließ.

„Ich hole dir deinen Vater zurück", erhob sie sich plötzlich voller Entschlossenheit. War dieses Vorhaben erfüllbar? Was schon einmal möglich war, gelang gewiss ein zweites Mal – wie Nirva Soll es predigte. Es würde sich ein Weg auftun.

Wer hätte beispielsweise wirklich gedacht, dass die bestialische Gefahr im Jahre des Drachenblutes 56 von drei jungen Menschen abgewendet werden konnte oder dass Sarai jemals einen Turm finden würde, der sich überall und nirgends verbarg?

„Verzeih, Akeru, ich hätte dir früher von ihm erzählen sollen. Alles, was es weiterhin zu wissen gibt, wird Akira dir selbst berichten. Das verspreche ich dir." Sie zwinkerte ihm zu und marschierte prompt zu Olong. „Beeilt Euch mit dem Heilmittel! Ich vertraue Euch meinen Sohn für die notwendige Dauer an!" Sie drehte sich zu Nirva und warnte bedrohlich: „Solltet Ihr Euch getäuscht oder mich belogen haben, werden wir eine unvergessliche Unterhaltung führen. Stirbt Tadur, ist der Fluch in Gestalt der Krankheit gebrochen!"

Nirva verzichtete darauf, zu erwähnen, dass Letzteres reine Spekulation war.

Karkara beobachtete Sarai, ahnte, worauf sie hinauswollte und stob zu Akeru. „Von Mirashi", reichte der Barbar ihm eine dunkelbraune Ledertasche mit langem Gurt. „Er hat monatelang Loskat damit beschäftigt, diese Dinger ausfindig zu machen. Ich durfte sie dir erst geben, wenn heikle Zeiten es erfordern."

Erwartungsvoll langte Akeru in die geöffnete Tasche und entdeckte einen Haufen Schriftrollen. Ungeduldig rollte er eines der vergilbten Pergamente aus. Karkara blickte ebenso fragend drein wie der Junge.

„Schöne Bilder", kommentierte der Barbar schlicht die Zeichnungen, der alten Sprache war er ohnehin nicht mächtig, und zerwuselte Akeru spielerisch die Haare.

Dieser wand seinen Kopf leicht gereizt aus dem Griff und starrte die Schriftzeichen gebannt an. „Das ist eine Anleitung?!"

„Der Hüne da drüben, Olong nennen sie ihn, wird eine Weile auf dich aufpassen. Du kannst bestimmt einiges von ihm lernen." Karkara deutete mit dem Zeigefinger in die Richtung des Priesters.

Unbeeindruckt merkte Akeru beleidigt an: „Na toll! Ihr schiebt mich nach Belieben ab! Warum wollt ihr mich loswerden?! Habt ihr Angst um mich? Bei dem Riesen kann mir auch etwas widerfahren. Ich kenne ihn ja nicht einmal! Oder stehe ich euch im Weg? Du hast mich trainiert und ich bin richtig geschickt geworden!"

Karkara überlegte und grapschte herausfordernd nach der Ledertasche. „Du hast recht. Wir geben die Rollen einfach Olong. Der hat Zeit und wird sie studieren, um neue Kräfte zu erlangen, und du reitest mit uns nach Sagem, um eine Schlammschlacht auszufechten."

Akeru drückte die Tasche energisch an seine Brust. „Das kommt gar nicht infrage! Die gehören mir."

„Der blaue Sack, den der Große da am Leib trägt, gibt Aufschluss darüber, dass er ein Priester des Mondreiches ist. Die sollen ziemlich schlau sein. Wenn du Glück hast, kann er die Texte lesen und sie dir übersetzen."

Akeru lugte neugierig zu Olong hinüber. „In diesem Fall könnte er mir sogar die Sprache beibringen."

„Halt die Ohren steif und mach keinen Ärger!", verabschiedete sich Karkara. „Und nimm einen gesunden Abstand zu Nirva ein! Die ist ein bisschen verrückt."

Akeru nahm mutig Kontakt zum Meister auf, indem er ihn seitlich anstupste. Der Junge verwickelte ihn gleich in ein ausgedehntes Gespräch, welches von Sarai unterbrochen wurde, die ihren Sohn zum Abschied liebevoll umarmte, ihm leise Worte der Liebe zutrug und anschließend auf Hiwus Rücken kraxelte.

Nirva musterte das Geschehen. „Was soll das werden? Wir müssen dich unverzüglich vor Tadur verstecken!"

Karkara stieg hinter Sarai auf. „Du willst einen geschlachteten Teufel, Nirva. Den sollst du kriegen."

Die Hexenmeisterin wetterte: „Seid ihr von allen guten Geistern verlassen? Sarai darf nicht zu ihm! Darauf wartet er doch!!!"

Karkara gab Hiwu das Zeichen zum Start. Die Wölfin rannte los.

„Das werde ich nicht zulassen!", grölte die Alte und beschwor Magie. Michelle eilte auf sein Reittier, trieb es an und hetzte den zwei Auserkorenen hinterher.

Schlangen, gelenkt von Nirva, rasten mit der Geschwindigkeit eines Gepards über den Boden.

„Schneller, Hiwu!", drängte Karkara. Die Reptilien waren binnen Sekunden in Reichweite und schnappten nach Hiwus Füßen. Um auszuweichen, schlug sie Haken.

Ein zischender Blitz verließ Michelles Handfläche, als er dicht genug bei seinen Verbündeten war. Die Schlangen zerschellten an einer aufleuchtenden energetischen Barriere.

Nirva biss sich erbost auf die Unterlippe. „So ein Dummkopf! Das wird das reinste Selbstmord-Kommando! Das Orakel hat ihm die Regeln eingetrichtert und der Narr handelt nach eigenem Ermessen! Uns bleibt *ein* Trumpf. Sollte *er* versagen, gibt es keine Zukunft."

Die Frau, die er liebte, war ihm so nah, wie er es sich für jeden Augenblick wünschte. Ihre duftenden Haare wehten ihm ins Gesicht. Dieser Geruch, süß wie Mandelholz, gab ihm das wohlige Gefühl, angekommen zu sein.

Gelegentlich beugte er sich mehr vor, um seine Wange an ihre zu schmiegen oder ihr schmeichelnde Sätze ins Ohr zu flüstern.

Ihre Anwesenheit gab ihm Frieden. Dadurch empfand er es weniger störend, dass Michelle inzwischen neben ihnen ritt und nicht mehr keuchend hinterherjagen musste.

„Wie hast du ihn gefunden?" Sarai drehte ihr Gesicht in Karkaras Richtung, damit er sie besser hören konnte.

„Ich ihn?! Oh nein! Der hat sich einfach zusammen mit einem Tattergreis gleich einer Gottheit vor uns aufgebaut."

Sarai spähte zu Michelle, der im gleichen Moment zu ihr sah. Sie würde gern erfahren, was für ein Mensch er war – äußerlich die bedeutende Ähnlichkeit zu Akira, aber was oder eher wer war er in seinem Inneren? Sie lächelte ihn an und Michelle freute sich.

Am Abend rastete die Gruppe auf freiem Feld. Sie waren ein reichliches Stück vorangekommen. Sarai fütterte die kleine, erschöpfte Hiwu mit einem leckeren Klumpen Käse, den sie in Karkaras Beutel gefunden hatte. „Wo bist du aufgewachsen? Erzähl uns was von dir, Michelle!"

Er setzte sich zu den beiden ans Lagerfeuer. „Ich wurde in Estropus geboren. Das ist eine Handelsstadt im Nordosten. Ich war der Sohn des Friedhofswärters. Wir pflegten die Gräber und wachten über sie wie die Eulen über die südlichen Wälder. Monpeer, mein Vater, war sehr krank und verstarb unmittelbar nach meinem neunten Lebensjahr. Da ich unmündig war, wurde unser Haus der Stadt überschrieben und später versteigert. Verwandte gab es keine. Meine Mutter hatte ich nie kennengelernt. Mir blieb das

Leben auf der Straße. Hier durfte ich erstmals begreifen, was es heißt, um sein täglich Brot zu kämpfen."

Diese Traurig- und Hilflosigkeit, die deutlich in seiner Geschichte mitschwang, war Sarai leider bekannt.

„Die liebe, prägende Kindheit ..." Karkara schnitt sich eine Scheibe vom Brot ab und warf Michelle eine weitere zu. Dankbar fing dieser sie auf.

„Monpeer war das Beste in meiner Kinderzeit. Er war ein wundervoller Vater und hat mir viel beigebracht."

Karkara biss in seine Schnitte und schmatzte: „Wie man Unkraut zupft?"

Für diesen dämlichen Kommentar warf Sarai ihm zurechtweisend ihren Schuh an den Kopf. Der Barbar rieb sich die getroffene Stelle und schaute sie zuerst ein wenig grimmig, dann aus der Reserve lockend, an. „Meine Liebste", sagte er galant und hob die Beute zwischen Daumen sowie Zeigefinger in die Höhe, „ich glaube, du hast da etwas verloren. Wenn es dich bei den frischen Temperaturen leicht frösteln sollte, kannst du dir gern dein Pantöffelchen bei mir abholen."

Karkara ignorierte ihre ungeduldiger werdenden Aufforderungen, den Schuh gefälligst zu ihr zurückzuwerfen. Schließlich marschierte sie zu ihm hinüber. Er schoss hoch, nutzte den Moment der Überraschung und ließ sie mit geschickten Bewegungen zielgenau in seinen linken Arm fallen, um sich leicht über sie zu beugen und ihr schelmisch einen Kuss abzuluchsen.

Wie konnte sie ihm böse sein? „Danke", betonte sie überaus freundlich, stibitzte die beige Stiefelette und tippelte zu ihrem Platz. Erst jetzt bemerkte Karkara, dass sie die restliche Hälfte seiner Brotscheibe mitgenommen hatte. Sie warf ihm zwinkernd einen Kussmund zu.

Michelle hielt seine Hände wärmend an die tanzenden Flammen. „Gräber können einem viel verraten. Gibt es jemanden, der um dich weint, findest du dort Blumen oder Kerzen. Oft stand ich vor den Ruhestätten, die unbesucht waren – damit die Toten sich gewahr sein durften, dass da doch jemand war, der ihrer gedachte. Was ist schlimmer? Vergessen zu werden oder bei niemandem in herzlicher Erinnerung zu sein?"

Sarai hatte viele Menschen verloren, die sie mochte. Entfallen würde ihr keiner davon. „Wie kamst du nach Monshire?"

„Zwei unendlich lange Jahre gelang es mir irgendwie, in den Gassen von Estropus zu bestehen – zu wenig zum Leben, zu viel zum Sterben ... Eines Tages wurden die Kinder wie Ratten eingesammelt und auf die Heime in der Umgebung verteilt. Warmes Essen, ein Dach über dem Kopf ... Warum wir alle dort nicht schon eher waren? Nun, das hatte seine Gründe ..." Michelle schluckte den schweren Brocken im Hals herunter. Sarai wollte nachfragen, aber beließ es instinktiv dabei.

„Das Heim, in dem ich untergebracht worden war, wurde durch die Truppen des Teufels zerstört. Estropus lag, wie die meisten Städte, durch die Tadurs Unheil zog, fast vollkommen in Schutt und Asche. Seit Längerem hatte ich überlegt, mich einem Clan anzuschließen, wo ich endlich Wurzeln schlagen könnte. Mit fünfzehn stand ich vor Monshires Toren."

Hiwu kroch gähnend auf Sarais Schoß. „Wusstest du zu diesem Zeitpunkt, dass du ein Auserwählter bist?"

Michelle schüttelte sein Haupt. „Das erfuhr ich erst vom Orakel."

Sarai verschluckte sich und hustete stark. Hatte er eben *das* Orakel erwähnt? Das Orakel, welchem sie einen Besuch abgestattet hatte?

Dreißigster des Xagan im Jahre des Schlangenbisses 57.
Vor knapp sechs Monaten war Michelle diesen beiden seltsamen Fremden im Laden von Hubrus Satan begegnet. Eine junge Frau hatte ihn mit sonderbaren Fragen überschüttet, als hätte sie etwas Bestimmtes in seinen Antworten gesucht. Michelle erinnerte sich sehr genau an den entgeisterten Ausdruck des wilden Mannes, der zu ihr geeilt war. Die zwei hatten jemand anderen in Michelle gesehen. Das hatte sie sogar zugegeben. Seitdem träumte er erstaunlicherweise bald jede Nacht von ihnen. Er kämpfte an ihrer Seite gegen eine Macht, die kein Gesicht besaß. An seiner linken Wade verspürte er im Traumgebilde mehrmals ein deutliches Brennen und trotz des realistischen Schmerzes war es ihm unmöglich, vorzeitig zu erwachen. Ein rätselhaftes Band in Form eines grünschimmernden Signums sollte dort zwischen ihm und den Fremden unweigerlich entstehen. An manchem Morgen pochte die berüchtigte Brandstelle ohne erkennbaren Grund.
Zwei Tagesmärsche von der Wüstenstadt Graban im Südwesten Zeders entfernt, dürstete es ihn, dass er befürchtete, nicht einen Schritt weitergehen zu können. Seine Vorräte waren aufgebraucht. Weit und breit war keine Rettung in Sicht. Doch mit einem Mal erspähte er einen außergewöhnlichen Turm mitten in der einsamen Wüste. Fantasierte er, weil der Durst und die Hitze der Region, obwohl die Jahreszeit im kalten Zeichen der Zasra stand, ihm zu schaffen machten?
Michelle schleppte sich durch den erwärmten Sand zum schlichten Tor des steinernen Bauwerks. Auf den Knien betätigte er die angenehm kühle Klinke und rief erschöpft in die sich vor ihm auftuende Dunkelheit hinein. „Ist da wer? Hallo?!" Niemand

antwortete. Entmutigt sackte sein Oberkörper zu Boden. Plötzlich nahm er wie in Trance einen Lichtschimmer wahr. Mit ermüdeten Augen entdeckte er zwei nackte Füße vor sich.

"Ich habe dich erwartet, Michelle mon Di", ertönte eine einladende Männerstimme. Mit einem Hauch von Berührung wurde der Ermattete in die Senkrechte gezogen. Die Hände des Greises ruhten an den Oberarmen des jungen Mannes, der gar nicht wusste, wie ihm geschah.

"Ich werde dich vorbereiten, damit die Welt noch eine Chance besitzt."

Der Husten war gebannt. Sarai goss zügig Wasser in die Kehle. Auf Karkara wirkte sie unruhig.

Michelle aß weiterhin sein Brot. „Das Orakel meditiert tagelang, manchmal sogar mehrere Wochen hintereinander. In dieser Zeit bewegt es sich nicht einen Zentimeter. Es sitzt einfach nur kerzengerade da, mit verschränkten Beinen und auf den Schenkeln abgelegten Armen. Ich musste erst verstehen, dass es dadurch seine geistigen Wanderungen antritt. Es erklärte mir, dass man sich leicht in der Schönheit eines anderen Reiches verlieren kann. Ich versuchte mich ebenfalls im Meditieren und stellte fest, es ist schwieriger, als es den Anschein macht. Dafür gibt es dir allerdings mehr zurück, als man vermuten würde."

„Dann habt ihr die ganze Zeit also gefaulenzt?" Für Karkara klang diese Art der Ausbildung extrem mangelhaft.

„Keinesfalls. Meditation schult deinen Geist enorm. Die Seele wird gestärkt und der Körper lernt exzellent, aus der Stille zu lesen. Außerhalb der Besinnungsübungen hat mich das Orakel wie ein Kampfkunstmeister unterwiesen."

Karkara schaute ihn skeptisch an. „Kaum zu glauben."

Michelle griente. „Er ist flink wie ein Wiesel und überaus klug. Sein Herz ist am rechten Fleck. Du solltest ihn wirklich näher kennenlernen." Karkara rollte genervt mit den Augen. Das war gewiss das Letzte, was er jemals tun wollen würde.

„Mein Wissen über euch und Tadur erhielt ich vollständig vom Orakel. Bevor ich ihm begegnete, war ich wie ein Blinder unterwegs."

Sarai musterte ihn schweigend. *Du weißt also alles vom Orakel? Er hat dich bewusst angeleitet? Geformt? Bist du Freund oder Feind?*

Karkara war sich ebenso unsicher, was er darüber denken sollte. Sarai sprach es aus: „Verfolgst du tückische Absichten? Warum hilfst du uns?! Du stellst dich demgemäß gegen dein wertgeschätztes Orakel und Nirva."

Michelle guckte ehrlich in die Runde. „Wir sind ein Team. Wir hätten die schweren Pfade im Jahre des Drachenbluts 56 zusammen beschreiten sollen. Damals konnte ich nicht an eurer Seite sein, aber jetzt bin ich für euch da."

Der Barbar und die junge Frau tauschten miteinander Blicke aus.

„Wie hast du Karkara gefunden?"

Michelle angelte aus der Tasche seiner tannengrünen Robe eine Phiole heraus. „Dank magischem Sand", präsentierte er das funkelnde Pulver im birnenförmigen Glasgefäß. „Wenig ist übrig geblieben ... Mit ihm überbrückt man ganze Kontinente innerhalb weniger Sekunden. Leider funktioniert er nicht immer so, wie der Anwender es sich wünscht. Unser angepeiltes Ziel war Sarais Aufenthaltsort. Wir brauchten mehrere Anläufe."

„Und trotzdem habt ihr sie voll verfehlt", brummte Karkara. „Elendige, faule Hexerei ... Steck das lächerliche Ding bloß weg!"

Sarai war von dem in Regenbogenfarben schimmernden Sand fasziniert, den Michelle ihr aus nächster Nähe zeigte. „Diese winzigen Körnchen könnten uns direkt zu Tadur bringen?" Sie legte ihre Finger vorsichtig um den runden Bauch der kostbaren Phiole. Sarai spürte eine beeindruckende Macht, die von dieser Kleinigkeit ausging.

Michelle hielt das Gefäß dabei weiterhin am engen Glashals. „Da wir uns nicht allzu sehr auf die örtliche Treffsicherheit verlassen können, sollten wir die Magie nur im Notfall entfesseln."

„Wie stellt man das mit dem Sand an? Wo kriegt man so was her?"

„Man bestreut seine Handfläche mit einer haselnussgroßen Menge und verschließt sie mit der Faust. *Crox Manui* leitet gleich einer Beschwörungsformel das Prozedere ein. Die Gedanken müssen klar auf das Ziel ausgerichtet sein. Nichts anderes darf darin vorkommen, das die Route beeinflussen könnte."

„Crox Manui …", wiederholte Sarai glühend.

„Jetzt benennt und visualisiert man im Idealfall den Bestimmungsort oder den Namen jener zu erreichenden Person. Sofort danach wirfst du den Sand über dein Haupt. Wen du zu dieser Zeit berührst oder er dich, wird mit dir reisen."

Nach einer kurzen Atempause für Sarai führte Michelle fort: „Das Orakel hat mir nie verraten, wie es zu diesem Sand kam. Ich weiß nicht, ob der Weise ihn gefunden hat, geschenkt bekam oder selbst herstellen konnte. Laut dem Orakel gäbe es kein zweites Gefäß mit diesem Inhalt."

Berauscht sinnierte die junge Frau: „Welche bahnbrechende Erleichterung diese winzigen Körnchen verschaffen! Die Distanzen zwischen den Kontinenten könnten binnen eines Wimpernschlags überwunden werden und nicht mehr in Wochen, Monaten oder Jahren?! Wieso wurde etwas so Beeindruckendes geheim gehalten?"

„Weil es verboten ist", antwortete Karkara emotionslos und holte sie aus ihrer Euphorie zurück. „Dreckszeug!"

„Er hat nicht ganz unrecht", entgegnete Michelle. „In den falschen Händen könnte solch ein Wunder zu einer gefährlichen Waffe werden. In manch einem Geschichtsbuch der alten Epochen findet sich bereits die Erwähnung des Sands. Es gab ihn also schon immer, er geriet nur in Vergessenheit."

Der Barbar warf ermahnend ein: „Oder jemand sorgte absichtlich aus reinem Gewissen dafür, dass er in der Versenkung verschwand."

„Die verbliebene Menge ermöglicht exakt eine letzte Reise."

Ungern ließ Sarai das interessante Fläschchen los, damit Michelle es verstauen konnte.

Die Auserwählte streichelte über Hiwus glattes Fell, die inzwischen auf ihrem Schoß eingeschlafen war, und wechselte das Thema, um sich innerlich abzukühlen. „Wie hast du die Schlangen beseitigt?"

„Meine Gabe erlaubt mir, Schutzschilde zu errichten. Das Orakel offenbarte sie mir und bildete mich darin aus. Dies war wohl der eigentliche Grund für meinen vorübergehenden Verbleib im Turm."

Karkara knüllte genervt den Beutel, nutzte ihn als Kopfkissen und legte sich laut schnaufend auf den Rücken. „Was würden einige ohne Zauberkunst nur machen?!"

Sarai schmunzelte. Dass Karkara davon äußerst wenig hielt, hatte er nie für sich behalten. „Angriff." Ihr Blick schweifte vom Barbaren zu Michelle. „Verteidigung." Für

Akira kam ihr spontan *Heilen* in den Sinn. Sie schaute an sich hinab. Wofür war sie zuständig? Was machte ein *Schlüssel*? Einfach existieren? Töten? Hoffentlich gewinnen?

Karkara schwante, welche Gedanken in ihr vorgingen.

„Die den Frieden bringt."

Verdutzt sah sie zu ihm.

Er lächelte sie an. „Sarai Thoras, die den Frieden bringt."

Zehnter des Fairus im Jahre des Wolfsschädels 57.

In fünf Tagen würde die Krönung in Sagem stattfinden. Das Ereignis war in aller Munde. Bereits in zwei Tagen hätten die drei die Hauptstadt erreicht.

Ein kleines Wirtshaus, welches vier bescheidene Zimmer zur Übernachtung anbot, kreuzte ihren Weg. Nachdem die Gruppe viele Nächte unter freiem Himmel verbracht hatte, war es überraschenderweise Karkaras Vorschlag, in die Spelunke einzuziehen.

„Und wenn sie uns erkennen? Wenn Soldaten dort direkt auf uns lauern?", gab Michelle zu Bedenken. Karkara winkte die Zweifel sorglos ab. Sarai verspürte ein mulmiges Gefühl in ihrem Magen, doch vertraute Karkaras Urteil. Er war definitiv nicht mehr das Kind von früher, welches sich einfach durchsetzen wollte.

Hiwu machte einen Abstecher zum Jagen in den angrenzenden Mischwald Tareyka.

Michelle führte sein Pferd in die verwitterte Scheune. Der dürre Knecht übernahm es und beteuerte ihm, sich während seines Besuchs in der Schenke beflissen um das edle Tier zu kümmern. Michelle zagte, die Aufgabe einem Fremden zu überlassen. Karkara wollte allerdings nicht länger warten und beschloss das Versprechen des Knechts argumentativ zu untermauern, indem er ihm eine ordentliche Tracht Prügel androhte, sollte er es brechen. In der Schankstube hauste eine gähnende Leere. Die junge Wirtin lehnte gelangweilt am Tresen, spielte mit einer goldfarbenen Locke und riss die klimpernden Äuglein freudvoll bei der Ankunft des Trios auf, vor allem anlässlich der männlichen Gäste. Sofort richtete sie siegesbewusst ihr üppiges Dekolleté, zupfte das Strumpfband verführerisch an die richtige Stelle und schritt mit wallendem Rock auf die Ankömmlinge zu.

„Grüzi, wat wollta habn?" Der rassige Blondschopf setzte einen unverschämt sinnlichen Blick auf, welcher vermuten ließ, dass er Karkara in seiner wilden Vorstellung die Kleider begierig vom Leib zerrte.

Sarais gute Laune war dahin. „Ich wusste gar nicht, dass tierische Wollust ansteckend ist." Zu ihrem Ärger wurde die Auserwählte schlankweg ignoriert.

„I bin di Bärbel", leckte sich der blonde Engel über die Oberlippe und zwinkerte Karkara aufreizend zu. Michelle nahm das Ganze recht gelassen und bestellte: „Ein Weizenbier, bitte."

„Mach zwei draus", schloss der Barbar sich seinem Vorgänger an.

Bärbel beugte sich vor, um ihre gewaltigen Busen staunenswert darzubieten. „So schmucke Kerle lofen hir net oft uf. Wollta übernachtn? Ihr hätt viele Pfortele davon."

Amüsiert lugte Karkara zu Sarai, die innerlich vor Wut kochte. „Wenn du den heutigen Abend überleben möchtest", gab er der Wirtin den gescheiten Rat, „dann versuch deine Gunst bei dem Mönch."

Ein wenig enttäuscht, nicht diesen starken, rauen Mann abzubekommen, nutzte sie gleich die zweite Chance und drückte dem perplexen Michelle ein Bussi an die Schläfe.

Karkara gackerte herzhaft wie ein altes Waschweib. Auch Sarai musste kichern.

„Für die erlauchte, hübsche Dame neben mir einen vorzüglichen Tee. Husch, husch!", alberte der Barbar. Spätestens jetzt war Sarais gesamter Groll verflogen. Sie rückte dichter zu Karkara auf und küsste ihn. Er drückte sie dabei mit einer Hand fester an sich. Dieser Kuss schmeckte irgendwie anders. Was war anders? Er passte nicht zu den Schäkereien, weil er für die aktuelle Situation eine seltsame Tiefe besaß.

Das merkwürdige Gefühl im Bauch meldete sich wieder. Sie löste sich von seinen warmen Lippen, strich über den Dreitagebart und schaute in die klaren Augen eines Mannes, dem im Grunde ganz und gar nicht zum Scherzen zumute war.

Er schien zu ahnen, was sie ihn fragen wollte, da legte er den Zeigefinger beruhigend an ihren wunderschönen Mund und wiegelte ihre aufkeimenden Gedanken ab. „Ich hab Hunger. Wie sieht's bei euch aus? Ich werd uns mal was bringen lassen und die Trudel antreiben." Er erhob sich und lief zum Tresen, wo Bärbel die Getränke einschenkte. Sarai schaute ihm stumm nach und kaute nachdenklich auf einem Fingernagel.

„Es ist lustig, mit euch zu reisen", bemerkte Michelle.

„So war es nicht von Anfang an", erwiderte sie trocken und wandte sich gänzlich dem Jüngeren zu. „Versprich mir, dass du meinen freien Willen würdigst!"

„Du hast Angst, ich würde dich hintergehen?" Er war enttäuscht. Vertrauen aufzubauen war tatsächlich ein hartes Los.

„Versprich es mir!"

Er legte seine Hände über die ihrigen und starrte sie aufmerksam an. „Sarai Thoras, ich, Michelle mon Di, verspreche dir, nein, ich schwöre dir, dass ich dich nicht an Nirva oder das Orakel ausliefere. Ich achte deinen freien Willen!"

Diese Worte waren für sie bedeutsam. Sie atmete erleichtert aus und zog zufrieden ihre Hände zurück. Karkara brachte auf einem Tablett die Getränke und verteilte die gefüllten Gläser.

„Prost!", stießen die Männer an, nickten Sarai zu und schütteten das erfrischende Bier genüsslich in sich hinein.

Michelle wischte sich den weißen Schaum vom Mund. „Wie wollen wir in Sagem vorgehen? Bedrängen wir Rarcado ohne Unterlass, sobald die Schwelle zur Hauptstadt passiert ist? Warten wir die Zeremonie ab?"

Sarai pustete den Tee kühlend an. „Wozu warten? Bringen wir es schnellstmöglich hinter uns."

„Kann man einen Teufel so einfach töten? Wie ist euch das damals gelungen?" Die letzte Frage richtete Michelle vorrangig an Karkara, da er glaubte, dass dieser den entscheidenden Stich, Stoß oder Schlag ausgeführt habe.

Sarai rührte mit dem Löffel klirrend ihren Tee um. „Am Ende ist auch Tadur nur ein Mensch. Ein Mensch, der blutet wie wir."

Michelle war über den hartherzigen Satz verwundert, aber vielleicht musste man die Angelegenheit in genau dieser Art anpacken. „Also marschieren wir rein, bringen ihn um und können gehen? Würdet ihr mir zur Sicherheit ein paar mehr Details gönnen?"

Karkara war auffällig still. Michelle sprach ihn an: „Wie würdest du es regeln? Hast du einen Plan, von dem wir wissen sollten?"

Sarai trank den ersten Schluck. Der Barbar saß ihr gegenüber und fixierte sie. „Ja, ich habe einen Plan."

Sekunden der Stille traten ein, welche Michelle behutsam zu beenden wagte: „Weihst du uns ein?"

Bärbel stellte einen geflochtenen Korb mit drei Brötchen in die Mitte der Runde. „Da Essn kommt gle", verschwand sie in der Küche.

Neugierig beäugte Sarai ihren Geliebten und wärmte sich mit leckeren Zügen des inzwischen halbleeren Teegefäßes.

Karkaras Blick weilte eisern auf Sarai, trotzdem er zu Michelle redete: „Du und ich, wir stöbern ihn noch vor der Zeremonie im Palast auf. Wir werden nicht zögern und nicht nachlassen, ehe sein Kopf auf dem Marmor rollt."

„Wie willst du an den zig Wachen vorbeikommen?", erkundigte sich Michelle.

„Das überlässt du mir. Du sorgst für den Schutz."

„Damit wir uns präzise verstehen: Wessen Schutz?"

„Deinen und meinen."

Sarai schlürfte den Rest ihres Getränks und setzte das Glas ab. „Bin ich in deinem Konzept verschollen? Was soll ich tun?"

Karkaras Miene spannte sich an. „Ich habe dich nicht vergessen. Du bist nicht Teil meines Plans."

Sie stutzte. „Was soll das heißen?!"

„Du wirst uns nicht begleiten."

Sarai wollte zuerst lachen, weil sie es für einen seiner Witze hielt, doch sein Ausdruck blieb unverändert ernst. „Karkara, ich habe genau zu verstehen gegeben, dass das *meine* Entscheidung ist. Meine allein."

„Ich werde nicht zulassen, dass du dich noch einmal in eine dermaßen riesige Gefahr stürzt. Du wolltest nie wieder kämpfen, ist dir das entfallen?!"

Sie konnte es kaum fassen, was sie da hörte. Der geöffnete Mund und das dezente Wanken des Kopfes verdeutlichten ihre Betroffenheit. Und das ausgerechnet von *ihm*! Ihre Fingernägel kratzten über die Oberfläche des Tisches. „Vor allem *du* solltest meinen Entschluss tragen können! Ich habe dir vertraut. Was soll das?!" Ein plötzlicher, stechender Schmerz ließ ihre Hand zur Stirn gleiten. Das war kein Zufall! „Ist das dein Werk?!" Angestrengt stierte sie Michelle an, der ihr treu versicherte: „Nein! Ich gelobe dir, ich weiß nichts darüber, was hier vor sich geht."

Karkara verweilte abwartend auf seinem Stuhl. „Ich habe ein Mittel in deinen Tee getan, welches dich innerhalb der nächsten zwei Minuten das Bewusstsein verlieren lässt."

Fuchsteufelswild stob sie in die Höhe und riss den Tisch im Affekt mit blanker Wut um. „Wie konntest du?! Bist du von allen guten Geistern verlassen?" Sie stapfte auf ihn zu. Nun erhob er sich, fing ihre Handgelenke ab, ehe sie ihn ohrfeigen konnte.

Tränen rannen ihr die Wangen herunter. „Wieso? WIESO, Karkara?"

„Weil ich dich liebe. Ich würde alles, ausnahmslos alles, dafür tun, um dich zu retten." Aufrichtig und mit einer Last, die er nie hätte tragen wollen, sah er sie an. „Du wirst mich hassen. Das ist mir bewusst, aber dafür wirst du leben, Sarai. Zusammen mit deinem Sohn."

Sie fauchte: „Du kannst Tadur nicht ohne mich töten."

„Das werden wir feststellen."

„Du ... bist ... wahnsinnig ..."

Sie geriet ins Taumeln. Er hielt sie. „Noch eines, bevor ich dich verlasse. Ich will, dass du die Wahrheit von mir erfährst. Zu lange schleppe ich sie mit mir herum. Akira ... Ich war es, der ihm verbot, zu bleiben."

Ihre Augen weiteten sich vor Bestürzen. Ihr Mund formte einen Satz, den ihre Lippen jedoch nicht mehr hörbar preisgeben konnten. Ihre Finger krallten sich an ihn, bis die Kraft aus ihr wich und der erschlaffte Körper in seinen Armen hing.

Michelle stand fassungslos neben Bärbel, die, angelockt durch den Lärm, hinzugeeilt war. „Was hast du getan?!", raunte der junge Mann.

Stumm ruhte Karkaras' herzzerreißender Blick auf seiner geliebten Sarai.

Ein kräftiger, magischer Wind stieß die Tür der Schänke auf. Bärbel schrie vor Schreck.

Die Hexenmeisterin Nirva Soll trat herein. „Gut, gut. Du hast weise gehandelt, großer Krieger."

Am Tag des Erdbebens.

Nirva beäugte Akeru, schnappte sein Kinn und drehte es von rechts nach links. „Er ist krank. Ob du es willst oder nicht, Sarai, dein Sohn ist betroffen."

Der Junge guckte ängstlich zu Karkara. „Werde ich sterben?"

Sarai konterte beharrlich: „Du wirst leben und du wirst ein berühmter Kämpfer werden, dessen Namen in zig Landen in aller Munde ist. Ich habe dir bislang nie erzählt, wer dein Vater war …"

Hielt sie diesen Moment für angebracht? Sie würde wissen, was sie tat … Karkara entschied prompt, die anderen ein Stück fortzutreiben, und ließ Sarai mit Akeru allein. Wie viel würde sie ihm erzählen? Wie würde Akeru im Anschluss auf ihn reagieren? Könnte sich etwas zwischen ihnen verändern?

Nirva ließ sich nur mit Nachdruck vom Fleck bewegen. „Du wirst sie verlieren." Sie war sich absolut gewiss darüber, dass sie durch diese Behauptung seine volle Aufmerksamkeit erhaschte. Er überspielte es auf seine Art und Weise: „Irgendwann schlägt für jeden sein Stündlein."

„Bist du bereit, ihr Leben aus egoistischen Gründen aufs Spiel zu setzen? Ist deine gefährliche Liebe so verdammend, dass du einem Sohn seine Mutter raubst?"

Er stellte sich abseits mit ihr. *„Was willst du, alte Schachtel?"*

Sie stierte ihn manipulativ an. *„Ich möchte sicher gehen, dass Sarai der Bedrohung fern ist. Und ich wette, du wünschst dir insgeheim nichts sehnlicher. Denke daran, sie ist die Trophäe, nach der es Tadur verlangt. Du lieferst sie ihm aus, solltest du das falsche Unterfangen befürworten."*

Sie hatte recht und zugleich unrecht. Man wüsste nicht, was passiert, ehe es geschehen war. Dennoch drangen ihre Worte wie Gift in sein Innerstes. War seine Liebe verdammend? Gewährte er ihr die Teilnahme an der Schlacht, weil er sie bei sich haben wollte?

Nirva flößte ihm ein: *„Dir geht es nicht um die Welt. Daraus hast du von Beginn an keinen Hehl gemacht. Und doch bist du einer der Auserwählten. Irgendwann einmal muss dir also auch Ziron etwas bedeutet haben. Egal. Sarais Schicksal liegt in deinen Händen. Stirbt sie, wirst du im Todesfall nicht reinkarnieren, um sie jemals wiederzusehen."*

Karkara stockte der Atem. Zuerst warf sie ihm Egoismus vor und dann stach sie direkt in die klaffende Wunde. Würde er Sarai, wenn der Kreislauf der Wiedergeburt beendet wäre, tatsächlich nie mehr in ein neues Leben begleiten dürfen? Das konnte Nirva gar nicht wissen! Wäre der Kreislauf mit Tadurs endgültiger Vernichtung nicht ohnehin durchbrochen?

„Zieh Leine!", äußerte er abwertend und machte kehrt.

Nirva griff nach seinem Arm. *„Überlege es dir genau! Deine Liebe wird sie zerstören und uns alle mit ihr."* Sie ließ ein kastaniengroßes Ledersäckchen in seine Hosentasche gleiten.

„Was ist das?" Seine Finger angelten danach.

Nirva schlug auf seine Hand. *„Lass es stecken! Für den Fall der Fälle schüttest du ihr das ins Getränk. Solltest du die richtige*

Entscheidung zugunsten ihrer Verantwortung treffen, so erwarte ich euch am zehnten des Fairus im letzten Wirtshaus, welches euren Pfad säumt, bevor ihr wie Totenbringer in Sagem einfallt."

„Dir ist bewusst, dass sie sich nicht verstecken will, und dessen ungeachtet verlangst du dieses heimtückische Wagnis von mir?"

„Bringe Finsternis über uns alle oder rette sie, die du liebst."

Kapitel 6

Eine Welt im Wandel

Mit nackten Füßen rannte sie über die kalten Steinplatten. Die pechschwarze Mähne flog üppig hinter ihr her. Das schneeweiße Seidengewand raschelte mit vertrautem Klang. Sie kicherte vorfreudig, wurde langsamer und spähte erwartungsvoll um die Ecke. Der lang gestreckte Gang war menschenleer. Es war selten, keinen Diener anzutreffen, der bienenfleißig seinem Auftrag nachging. Nicht einmal ein patrouillierender Wächter kreuzte ihren Streifzug.

„Wo steckt er?", flüsterte sie neugierig und wollte sich mit Trippelschritten in den angrenzenden Flur vortrauen, da wurde sie stürmisch von hinten gepackt und quietschte schreckhaft vor Freude auf.

„Hab ich dich!", verkündete der schwarzhaarige, muskulöse Mann frohlockend und hob das bildhübsche Mädchen in die Luft. Sie lachte aus tiefstem Herzen und zupfte neckisch an seinem kurz gehaltenen Bart. Seine ausdrucksstarken Augen funkelten sie glücklich an. Behutsam ließ er sie herunter und hauchte dabei einen Kuss an ihre Stirn, die durch den dichten, exakt waagerechten Pony nahezu komplett verdeckt war.

Sinara reichte ihm im Alter von etwa fünf Jahren knapp bis zur Hüfte. Die markante Gürtelschnalle mit dem Emblem des Reiches, seines Reiches, war ihr dann stets in Augenhöhe. Zwei gebogene Hörner, aus denen jeweils ein Pfeil in die Höhe ragte, waren mit einem horizontalen X und einem davon ausgehenden zickzackförmigen Strahl verbunden. Das Zeichen des womöglich mächtigsten Herrschers dieser Zeit, Tadur.

„Wann kriege ich es?", tippte Sinara an das Symbol des Lederbandes. Er streichelte über ihre Haare und hockte sich zu ihr herunter. „Wenn du so weit bist. Gedulde dich!"

„Darf ich mir die Stelle aussuchen?"

Er schaute sie verwundert an. Damit beschäftigte sie sich schon? „Du machst dir viele Gedanken darüber."

„Weil es wichtig ist."

„Wohin soll es denn?"

Sie drehte sich schwungvoll um und sah keck über die Schulter zu ihm. Ihre Hände malten eine fantasievolle, umfangreiche Form vor sich hin. „Riesengroß! Über meinen ganzen Rücken."

Zum Anfang eines jeden Monats wurden unzählige Brote und Wassereimer auf dutzende Karren geladen. Sinara lief an Tadurs Hand ein Stück des einsamen Pfades, bevor sich die Fuhrwerke in alle Winde verstreuten und von Stadt zu Stadt tingelten. „Warum verschenkst du die Laibe an die Menschen? Bringe sie doch den Göttern als Opfergabe dar!"

„Götter können nicht verhungern", erwiderte Tadur.

„Warum willst du nicht, dass dich die Völker fürchten, wie es das Streben vieler Regenten ist?"

Tadur überreichte einer Greisin am Wegesrand, die ihm gerührt dankte, eines der Brote, die er noch bei sich hatte, um sie selbst zu verteilen.

„Liebe ist die stärkste Waffe. Würdest du für jemanden mit Leidenschaft kämpfen, den du verehrst und schätzt oder den du verachtest?"

Auf leisen Sohlen schlich die kleine Sinara über den Korridor. Draußen war es stockduster. Die entzündeten Kerzen und Fackeln an den weiten Wänden gaben zumindest spärlich Licht preis.

Sinara verschwand im Schatten einer ausgestellten Rüstung, als ein Wächter an ihr vorbeiflanierte. Auf Zehenspitzen lief sie geschwind weiter, bis sie endlich das gewünschte Gemach erreichte. Fast lautlos betätigte sie die Klinke und schlüpfte in den überwiegend dunklen Raum. Vor einem breiten Fenster badete ein prunkvolles Bett im Vollmondlicht, dessen weiche Decke sich sanft an den Körper eines Kindes schmiegte.

„*Akatari*", *wisperte Sinara in die Nacht.* „*Akatari! Wach auf!*" *Sie krabbelte auf die gemütliche Lagerstätte und rüttelte ihn zärtlich.*

Verschlafen öffnete der wenige Jahre ältere Junge seine schweren Lider. „*Ist es Morgen?*"

„*Nein! Akatari, werd wach! Ich hab dir was zu erzählen.*" *Ungeduldig hopste sie neben ihm auf und ab.*

Der Junge drehte sich müde fort. „*Sag mir das später. Ich schlafe jetzt.*"

„*Akatari! Die Götter haben wieder zu mir gesprochen*", *platzte es aus ihr heraus.*

Sofort rollte er sich aufnahmefähig zurück. „*Und? Na los, berichte!*"

„*Ein Titan wird dem Reich zur Ehre Tadurs geschenkt. Er wird deinem Vater loyal ergeben sein ebenso wie seine außergewöhnlichen Streiter. Das Meer bringt sie zu uns. Sie werden die Macht des Pharaos erweitern und das Land mit ihm und für ihn zur Blüte führen, welche du eines Tages ernten darfst.*"

„*Will er denn überhaupt sein Imperium ausbauen? Er sei zufrieden, wie es ist, meinte Nicoletto. Ein Titan? Und wenn er sich gegen Vater stellt?*"

Sinara schüttelte hartnäckig ihr Haupt. „*Die Götter lieben Tadur. Er steht unter ihrer Obhut.*"

Akatari verschränkte die Arme hinter seinem Kopf. „*Wie soll ich der Größe meines Vaters jemals gerecht werden? Bleibst du bei mir?*"

„Ich bin eine Prinzessin", sagte sie spitzbübisch. „Wer standesgemäß um mich wirbt und Tadurs Segen empfängt, darf mein Gemahl werden."

Mit einem Ruck schlug Akatari die Decke auf, zog Sinara aus dem Bett und postierte sie vor sich. Er kniete ritterlich nieder und gab ihr einen Handkuss. „Ich will es sein, mit dem du, bezeugend vor deinen Göttern, den Bund schließt."

Es dauerte fast ein Jahrzehnt, ehe Sinaras Vision zur Wirklichkeit wurde. Tadur kehrte von einer wochenlangen Reise über den südöstlichen Ozean heim.

Wie eine überwältigende Pharaonin saß die sich zur Frau entwickelnde Sinara majestätisch auf Tadurs Thron – in einem goldfarbenen, ärmellosen Kleid samt einem Kragen und einem Gürtel, beide in eisblau und verziert mit dem Ornament des Reiches, sowie einem Stirn-Diadem aus Isissymbolen. Akatari stand ihr zur Seite, als Tadur den Empfangssaal mit seiner Gefolgschaft betrat. Ihre Schönheit, die Anmut und die begehrenswerte Ausstrahlung verschlugen selbst ihm den Atem. Der Mächtige stockte und fand erst nach etlichen Sekunden seine Stimme wieder. „Das … Das ist … Kekros. Mein Sohn, Akatari, und meine Nichte, Sinara."

Ein junger Mann, vermutlich Ende zwanzig, der seine Haare zu einem langen Pferdeschwanz gebunden hatte, trat aus der überschaubaren Menge hinter Tadur vor. Er verbeugte sich in Sinaras und Akataris Richtung. Aus seinem ernsten Mienenspiel war nichts anderes zu lesen als absolute Treue gegenüber dem Regenten.

Tadur anvisierend, erhob sich Sinara in einer fließenden Bewegung. „Wir grüßen dich, geweihter Pharao." Wohin war das niedliche Mädchen entschwunden, welches ihn früher zum Spielen aufforderte? Sinara schwebte ihm entgegen und reichte ihm bis ans Schlüsselbein. Warum war ihm nicht zeitiger aufgefallen, dass sie kein Kind mehr war? Ihn beschlich eine seltsame Vorahnung.

Der Ausdruck, mit dem sie ihn anschaute … Konnte sie seine Gedanken entziffern?

Sie wandte ihren fesselnden Blick dem Fremden zu. „Willkommen, Kekros. Wir haben dich erwartet. Meine Götter kündigten dich an. Sie meinten, du wärst nicht allein …" Sinara spähte zur Anhängerschaft.

Kekros holte sich per Augenkontakt Tadurs Erlaubnis, zu reden: „Ihr habt ins Schwarze getroffen, Prinzessin." Er schnipste. Drei Gestalten lösten sich aus den Reihen. „Ihre Namen lauten Sakobi, Jaseri und Casca."

Tadur wurde vom Volk geliebt. Er war der geachtetste Herrscher auf Zeder. Die Einwohner bereiteten ihm berauschende Triumphzüge, wie man sie nach dem glorreichen Sieg über einen Feind kannte, obwohl sie sich im Endeffekt einfach erkenntlich zeigen wollten.

Doch der unruhige Wind und der rauschende Atlantik kündigten Veränderungen an. Tadur sollte ein anderer werden … Sinara begriff nicht, warum sie ihn im Traumgebilde in einen Schatten gehüllt sah. Er stand eindeutig nach wie vor in der Gunst der Götter. Was war der Auslöser seines Wandels?

Einmal im Jahr erwies Sinara den Tempeln der Scharame, einem Katzenvolk, welches Tadur diente und zugleich selbstständig blieb, den Segen der Götter. In einer aufwendigen Zeremonie drang das heilige Flüstern durch die goldenen, prunkvollen Hallen. Die kalbsgroße Katzengöttin Shir überwachte das Geschehen.

Erschöpft passierte Sinara am Abend des darauffolgenden Tages den geheimen Ausgang der Höhle. Sie strauchelte, fiel unelegant und schlug sich das Knie blutig.

„Das ist nicht schlimm", brachte sie tapfer vor. „Akatari heilt die Wunde."

Kekros, der hier, im Wald des Überlebens, als ihre Leibgarde ausgeharrt hatte, schaute sich die Verletzung prüfend an, riss daraufhin ein Stück seines Hemdes ab und band es ihr um. Er war kein Mann, der viel redete oder seine Gefühle zeigte. Seine Aura hingegen offenbarte glasklar die gewaltige Stärke, die enorme Willenskraft und sein reines Herz.

Mutig, dass Kekros sich überhaupt traute, sie zu berühren, sei es auch nur, um den Verband anzulegen. Tadur hatte strikt, in einer warnenden Ansprache zu all seinen Ergebenen, vor wenigen Wochen überraschend Sinaras Nähe zu Männern verboten. Wehe dem, der das Gesetz brechen würde!

Sie wollte sich hochstemmen, da griff Kekros ihr unter die Beine und hob sie auf seine Arme.

„Was tust du?!", errötete sie irritiert. „Tadur wird dich bestrafen lassen."

„Lasst das meine Sorge sein."

Tadur hatte die schweren Vorhänge zugezogen und gebot, ihn unter keinen Umständen zu stören. Tagelang schloss er sich in seinem Gemach ein. Akatari und Sinara duldeten dies nicht länger und befahlen Nicoletto, des Pharaos engstem Freund, die Tür aufzubrechen. Akatari wich beim Anblick, der sich ihm bot, erschrocken zurück. Sinara drängte sich kühn an ihm vorbei und wies den Prinzen scharf an, die wenigen Zeugen direkt fortzuschicken: „Verlieren sie ein Wort darüber, soll man ihnen die Zungen abschneiden."

Sinara spürte mit jeder Faser ihres schlanken Körpers die fremdartige, böse Aura, die den Regenten umgab. „Tadur? Ich will dir helfen. Ich bin es, Sinara. Dir geht es nicht gut …" Vorsichtig steuerte sie ihn mit unterdrückter Angst an. Über seinen Schreibtisch gebeugt kritzelte er besessen in einem Buch herum. Er hatte die Anwesenden gar nicht wahrgenommen.

„Du hast dich geschnitten?!" Seine Hände waren blutverschmiert. Entsetzt bemerkte sie, dass er die Schreibfeder bewusst mit seinem Blut tränkte.

Tadur kniete verzweifelt vor ihr. Die Finger der überkreuzten Arme bohrten sich verkrampft in seine Haut. „Ich kann es nicht länger kontrollieren. Es ist zu mächtig. Es frisst mich von innen auf und wird alles vernichten, was wir lieben. Du musst handeln! Hörst du? Nimm keine Rücksicht auf mich! Sinara, ich flehe dich an! Beschwöre einen deiner Götter!"

Tränen ergossen sich über ihre Wangen. „Wenn ich das tue, verbanne ich dich zu einem Schicksal, das du nicht verdient hast."

Er würgte und spuckte unter Ekel eine schwarze, zähe Flüssigkeit aus. Er konnte sich kaum noch aufrecht halten. „Sinara, wir haben keine Zeit mehr. Es ist mein Wille. Tu es! TU ES! Erlöse mich! Rette deine geliebte Welt!"

„Und was ist mit dir?!", jammerte sie kläglich. „Ziron braucht dich! Ich brauche dich! Kämpfe dagegen an, noch ist es nicht zu spät!"

Er keuchte: „Sinara, ich will von Zeder wenigstens als derjenige gehen, der ich bin. Bitte lass nicht zu, dass es in mir den letzten Funken Menschlichkeit erlöscht! Du musst handeln!" Tadurs Kraft war endgültig aufgezehrt. Dieses Gefecht würde er tatsächlich verlieren. Ihr stets erfolggekrönter Pharao unterlag einer ungreifbaren Bestie. Sich dies einzugestehen, war das Schlimmste, was sie bis dahin in ihrem Leben erfuhr.

Aus Leibeskräften schrie sie weinend mit ausgebreiteten Armen und dem in den Nacken gelegten Kopf in den Abendhimmel hinauf: „Götter, ich beschwöre euch, bannt Tadur!" Sokrates war es, die Sinaras Ruf folgte. In der Überlieferung war sie als Seraphin bekannt geworden.

„… bannt Tadur!", wisperte sie wiederholend. „… verbanne ich dich zu einem Schicksal, das du nicht verdient hast." Sarai öffnete benommen ihre Lider. Was war das für ein seltsames Empfinden? Ein spiralartiger Wind umströmte sie, schien ihr die Luft zu rauben, wie bei einem Fisch an Land, der vergeblich bemüht wäre, seine Kiemen mit Sauerstoff zu füllen. Aber sie konnte immerhin atmen, irgendwie. Zu ihrem weiteren Grauen fühlte sie keinen Boden unter ihren Füßen. Fiel sie ins Leere? Schwebte sie? War sie tot?

Der bizarre Wirbelwind leuchtete in den verschiedensten Regenbogenfarben. Befand sie sich in einem Lichttunnel? Was war das?! Träumte sie?

Ein Schatten stand dort unten. Entweder war er weitaus kleiner als Sarai oder sie verweilte auf einer Art hoch gelegenem Podest.

Winkte der Schatten ihr zu? Sie beobachtete die Gestalt. Nach und nach nahm diese eine erkennbare Form an. Das war ein Mensch. Sie glaubte, ihm schon einmal begegnet zu sein. Woher kam ihr dieses Gesicht bekannt vor? Ein haarloser Mann in einem blauen Gewand … War das eine Tracht? Das Bild einer Abtei kam ihr in den Sinn.

Der Mann fuchtelte aufgeregt mit seinen Armen. Wollte er ihr etwas sagen? Seine Lippen bewegten sich stürmisch und seine Miene zeugte von einem Ausdruck, den sie nicht so recht deuten konnte. Schimpfte er? Nein!

Eine Kutte, ja, so nannte man die Kleidung, die er trug. Sie gehörte zu einem Priester. In der Abtei war sie schon gewesen. Sie erinnerte sich an sanfte Hügel und sattes Grün.

Dieser Mann war nicht wütend. Er war panisch. Seine Stimme drang gedämpft zu ihr, als wären zig Wände zwischen ihnen.

„Was?" Sie verstand ihn nicht. In ihrem Kopf klingelte ein schriller Ton. Sie kniff die Augen schmerzhaft zusammen und presste die Hände an die Ohren.

Olong.

Sie riss die Lider schlagartig auf. Olong tobte da unten.

„Wach auf! Wach auf!", hämmerten seine impulsiven Worte auf Sarai ein. Ihr Herzschlag raste.

Im nächsten Moment platzte der Wind wie eine Blase und sie stürzte aus sechs Metern Höhe hinab. Olong fing sie gerade so auf und plumpste hart mit ihr auf seinen Hintern. „Du musst fliehen! *Er* ist hier!" Seine unbedeckten Körperstellen waren mit schwarzen Flecken übersät.

„Wovon sprichst du? Was ist passiert? Wo ist Akeru? Wo sind Karkara und Michelle?" Seine Unruhe steckte sie an.

„Du hast drei Monate geschlafen. Nirva hat dich in Sicherheit gebracht. Wir sind im Inneren eines Berges von Urisek. Der Plan ist gehörig schiefgelaufen." Mit letzter Reserve zog er Sarai auf die Beine, um sie zur Flucht zu bewegen. „Du bist die einzige Hoffnung, auf die die Welt nun noch bauen darf."

Sie klammerte sich verzweifelt an ihn. „Wo ist Akeru? Sag es mir! Was ist in den drei Monaten geschehen? Hat Karkara versagt? Ist er tot?"

„Die Welt stirbt, Sarai."

Ein ohrenbetäubender Knall und eine damit verbundene Staubwolke, die sich in einen Aschenebel verwandelte, donnerten durch die Höhle.

Beide waren vor Schreck zusammengezuckt.

„LAUF!", schob Olong sie energisch voran, da durchbohrte ihn rücklings ein massiver Pfeil, der sich nach Sekunden zauberisch auflöste und ein dampfendes Loch im Brustkorb des Priesters hinterließ. Olong sackte leblos nieder.

Mit bleichem Antlitz, stocksteifen Beinen und gefalteten, zittrigen Händen auf Kinnhöhe starrte Sarai unter Schock auf den Leichnam des Priesters. Aus ihren geweiteten Augen rann innerhalb kürzester Zeit ein Fluss von Tränen. Sie hörte deutlich die nahenden Schritte und trotzdem war es ihr unmöglich, sich zu verstecken oder sich überhaupt zu bewegen.

„Du empfängst mich freiwillig, Schlüssel?", hallte die belustigte Begrüßung durch den Unterschlupf.

Sarais Herz schlug kontinuierlich schwer gegen die Brust. Aus den Augenwinkeln heraus bemerkte sie die Ankunft der gefürchteten Gestalt. Hölzern drehte sie ihren Kopf dorthin. Sie wusste nicht, ob soeben die Angst vor dem Ungewissen oder der Hass wegen des skrupellosen Mordes am Ordensbruder in ihr überwog.

Sie kicherte vorfreudig, wurde langsamer und spähte erwartungsvoll um die Ecke. Der Palast, welcher größtenteils aus weißem Marmor bestand, bot viele Korridore, die herrlich zum Spielen einluden.

Stürmisch wurde das Mädchen von hinten gepackt: „Hab ich dich!" Sinara lachte und zupfte neckisch am kurz gehaltenen Bart des vertrauten Mannes.

Doch da meldeten sich noch andere Gefühle in ihr – jene, die zwar einem ferneren Leben entsprangen und dennoch erstaunlich präsent waren.

Tadur röchelte unter immenser Anstrengung: „Ich will von Zeder als derjenige gehen, der ich bin. Bitte lass nicht zu, dass es in mir den letzten Funken Menschlichkeit erlöscht!"

Tadur war stets der Feind. War er das?

War es angemessen, ihn aufgrund der durch die Völker überlieferten Geschichten vorzuverurteilen? Half das Schwarz-Weiß-Denken? War sie nicht schon einmal an solch einem Punkt gewesen, als sie eine Hetzjagd auf Wahrsager betrieben hatte?

Das Quäntchen der Hilflosigkeit und der Trauer im Gefühlschaos verschwand wie ein Ertrinkender im grenzenlosen Ozean und brachte allmählich einen klaren Verstand sowie die Kontrolle über den Körper hervor.

„Tadur … Du hast eine Ewigkeit auf dich warten lassen." Olong hatte die junge Frau warnen, sie retten wollen und jetzt befand sich der vermeintliche Tyrann leibhaftig vor ihr. Sein Gefäß war zwar ein anderes als jenes in ihren wahrhaftigen Träumen, aber der Inhalt blieb derselbe.

Massive Stiefel und eine silbrige Rüstung glänzten im Schein der lodernden Fackeln. Das lange Haar war zusammengebunden und hing stolz herab. Sie hatte Rarcado, den Erben König Richards, nie zuvor gesehen. Die Erzählungen, er würde äußerlich erheblich nach seiner Mutter kommen, die weiße Mähne war nämlich kennzeichnend für das Sirenenvolk, stimmten.

„Erstaunlich, dass die garstige Hexe dich tatsächlich drei Monate vor mir verbergen konnte." Es klang wie ein Lob. „Dachte sie wirklich, zusätzliche Zeit würde euch helfen? Schwachsinn! Dass ich dich aufstöbern würde, war selbstverständlich. Hast du meinen edlen Bogen bemerkt? Ein echtes Prachtstück!" Plauderte er mit ihr?!

Blaue Blitze umkreisten den wuchtigen Bogen. „Tanzende Energien", war Rarcados Umschreibung für Magie.

Sie beobachtete ihn genau, suchte insgeheim nach Anzeichen, ob sie den *wahren* Tadur von einst in ihm ausfindig machen konnte oder ausschließlich diese Bestie. Vielleicht gab es den Damaligen nicht mehr? Möglicherweise gab es sogar niemals ein besitzergreifendes Wesen, sondern bloß einen Vorwand zur Entschuldigung für seine eigene, abstruse Entwicklung.

Rarcado begann in völliger Gelassenheit, die Waffe samt Köcher sowie die außergewöhnlich dünne Rüstung abzulegen. „Die ist nun überflüssig – eine spezielle Anfertigung, um jegliche Art von Abrakadabra abzuwenden. Niemand wird es erneut wagen, sich mir in den Weg zu stellen. Sind auch kaum welche übrig …"

Karkara und Michelle schossen ihr in den Sinn. „Was ist aus meinen Freunden geworden?"

Die Panzerungen für den Oberkörper hatte er inzwischen entfernt. Anstatt der üblichen Polsterung kam ein blutrotes Hemd samt pechschwarzen Ärmelstreifen darunter zum Vorschein. Er setzte sich auf einen Stuhl, befreite die Beine von der unwesentlichen Last und schwätzte dabei: „Sollte ich die kennen? Der Priester liegt dir zu Füßen und die Hexe zerstückelt vor dem Eingang. Unter den zig Leichenbergen findest du gewiss weitere deiner Gefährten."

Hatte sie richtig verstanden?! Nirva war ebenfalls tot? Leichenberge? Wer war überhaupt noch am Leben? Ihr wurde schlecht. Eine dermaßen große Übelkeit stieg in ihr auf, dass sie sich ruckartig abwandte und mehrfach würgend erbrach.

Rarcado löste das letzte Metallstück von der nussbraunen Hose und scherzte: „Die letzte Mahlzeit lag dir wohl quer im Magen. Falls du hungrig sein solltest, draußen wird gegrillt. Du bist herzlich eingeladen."

Ermattet wischte sich Sarai den beschmutzten Mund ab. Sie hatte sich auf die Knie gestützt, atmete bewusst tief und erhob sich mit durchgestreckter Wirbelsäule. Sie drehte sich dem Arroganten mit strafendem Blick zu. Wer auch immer dieses Geschöpf tatsächlich war, es war eindeutig zu weit gegangen!

Rarcado machte es sich auf dem Stuhl bequemer. „Bevor du etwas anrichtest, das du im Nachhinein bereust, solltest du eines wissen."

Sie fixierte ihn erbost und kanalisierte dabei unbeabsichtigt enorme Energien. Ihr war vollkommen egal, was er zu sagen hatte. Plötzlich übernahm ein grollender Verteidigungsimpuls in der Auserwählten das Zepter. Ihre blauen Iriden färbten sich spektakulär düster. Tadurs Zeichen erglimmte kochend heiß auf Sarais Haut. Ihr Rücken stand gefühlt in Flammen. Trotzdem war der Zorn gewaltiger als der zu erduldende Schmerz. Eine giftgrüne Aura, die einen tosenden Sturm mit sich brachte, zirkulierte um die junge Frau.

Rarcado verging das hinterhältige Grinsen. „Was soll das werden?! Willst du den Teufel mit seinen eigenen Waffen schlagen?"

Der entfesselte Orkan stürzte wie eine Flutwelle über Rarcado herein. Dieser sprang reaktionsschnell zur Seite, rollte sich ab und brüllte: „Du willst mich töten? Dein Sohn stirbt im selben Moment!"

Die imposante Macht wich just restlos aus Sarai, als wäre ein Geist im Zuge einer Entfluchung aus ihrem Leib gefahren. Akeru?! Verunsichert sank sie matt auf ihr Gesäß. Täuschte Rarcado sie?! „Mein Sohn …? Wo ist er?"

Der Unmensch rappelte sich hoch und sah triumphierend auf sie. „Er befindet sich in meiner Obhut. Ein neckischer Junge, der davon überzeugt war, mir mit ein bisschen Hokuspokus den Wind aus den Segeln zu nehmen."

„Er ist dein Enkel …! Warum tust du ihm das an?!"

„Weshalb stellt ihr euch alle gegen mich?"

„Du bist das Böse, das Ziron heimsucht." Ein ermahnender Stich in ihrer Stirn rief drastische Bilder hervor.

Tadur flehte sie an: „Nimm keine Rücksicht auf mich! Sinara, beschwöre einen deiner Götter!"

„Wenn ich das tue, verbanne ich dich zu einem Schicksal, das du nicht verdient hast. Götter, bannt Tadur!"

Rarcado streckte ihr seine Hand entgegen. „Komm mit mir und du wirst deinen Sohn wiedertreffen."

Sarai hielt inne. *„… verbanne ich dich zu einem Schicksal, das du nicht verdient hast."* War das jetzige Szenario am Ende ihre Sünde? Hätte sich das Blatt ohne ihr Zutun segensreich wenden können? Hatte sie ihn zu jenem Resultat gemacht, das er heute präsentierte? Welches Recht nahm sie sich in der einstigen Inkarnation heraus, Tadurs Werdegang zu beeinflussen?

Das Leben war ein Puzzle, welches man fertigzustellen anstrebte, bevor man dem Tod begegnete. War Sarai ein solches Puzzleteil für ihn, das über Jahrhunderte eine Lücke darstellte? Ihr dämmerte, welch fatalen Fehler sie begangen hatte, obgleich Tadur sie dazu aufgefordert hatte, indem er nach Hilfe schrie und Sarai mit dem Exil antwortete.

Mit wässrigen, ehrlichen Augen schaute sie zu ihm auf. „Verzeih mir", drang kläglich hervor. „Ich habe einen Frevel an dir begangen … Es ist meine Schuld, dass du in der Unterwelt gefangen warst. Ich beschwor die Götter und *ich* verdiene deinen Zorn. Niemand sonst. Ich weiß nicht, ob ich es jemals wiedergutmachen kann … Ich will es gern versuchen, Tadur." Erstaunt verfolgte Rarcado, wie sie sich vor ihm beugte. „Du willst *mich* … Lass meinen Sohn und die Völker frei, schenke der Welt Frieden und ich gehöre dir. Ich unterwerfe mich deinen Sanktionen widerstandslos." Ihre Fäuste öffneten sich. Sie weinte, eine

Zeit lang das einzige Geräusch in der Höhle, bis Rarcado ein kehliges Lachen entfuhr.

Er klatschte erheitert. „Was für ein bemerkenswertes Schauspiel!" Der Mann hievte Sarai in die Höhe. „Du gehörst mir ohnehin, Schlüssel, weil die Liebe dich an deinen Sohn bindet und du nicht zulassen wirst, dass ihm etwas Verheerendes geschieht. Korrekt?"

Die Auserkorene presste die Lippen aufeinander. Tadur hasste sie, ohne jeden Zweifel. Sarai zu ermorden, wäre zu einfach für das, was sie ihm angetan hatte. Er wollte sie leiden lassen und verfügte über das beste Druckmittel.

Rarcado hakte ihren Arm bei sich ein und spazierte mit ihr nach draußen. Je näher sie dem Ausgang kamen, desto derber stank es nach verkohltem Fleisch.

Es begrüßte sie kein Tageslicht, sondern ein fortan währendes Abendrot mit zuckenden Blitzen am sternenlosen Firmament. Asche flog durch die Luft und ganze Häufchen davon zierten den steinigen Grund, der von Geysiren gepflastert war. Gemäß Olong sollten sie sich im Urisek-Gebirge befinden. Von den einstigen Bergen waren zu ihrem Entsetzen lediglich Hügel übrig geblieben, die sich in einer tristen rotbraunen Ebene verloren. Olong hatte recht. Die Welt lag im Sterben.

Seltsame Gestalten, die sie an Tierkrieger erinnerten, tummelten sich freudvoll um ein Feuerchen, über dem ein Braten hing, der überaus gar war.

Rarcado wiederholte sein Angebot: „Also, wenn du Appetit hegst, die Hexe schmeckt bestimmt hervorragend."

Sarai realisierte die Tragweite seines Satzes, stierte ihn entgeistert an und wollte Rarcado im Affekt ohrfeigen. Er blockte wirksam. „Jede Wunde, die du mir zufügst, erweist du auch deinem Sohn. Warum, glaubst du, ist er noch nicht bei den Toten, während über zwei Drittel der gesamten zironischen Bevölkerung bereits verendet sind?! *Ich* halte ihn am Leben, denn ich habe mich mit ihm verknüpft. Wieso, fragst du dich? Ein kooperativer Schlüssel ist generell ein Erfolgsrezept." Er zwinkerte ihr zu.

„Was erwartest du von mir? Richte mich und wir sind schneller beim letzten Akt deiner Rache."

„Rache … Wer will sich denn hier rächen? Ich benötige dich lebend."

„Wofür?"

„Du wirst mir ein Geschenk darbieten." Seine erheiterte Miene veränderte sich ins Fanatische. Er musterte konzentriert ihren Oberkörper, als würde sich ihr Innerstes wie ein Buch vor ihm öffnen, indem er beliebig lesen wollte. Wonach suchte er?

Geistesgegenwärtig kreuzte sie schützend die Arme vor der Brust. Er stutzte, steckte dann keck die Zeigefinger in den Mund und pfiff laut. Daraufhin ertönte ein fürchterliches Kreischen aus der Ferne, das einem durch Mark und Bein fuhr.

Ein grauer Punkt flog geschickt an den Fontänen vorbei, bis sich ein grässliches Untier vor ihnen auf zwei gewaltigen Hinterpranken niederließ. Der dicke Schwanz besaß messerscharfe Stacheln, die einem Gegner gewiss tödliche Verletzungen verursachen konnten. Kurze Vorderarme, welche nutzlos erschienen, waren aus dem kräftigen Brustkorb herausgewachsen. Den Rumpf zierten athletische, fledermausförmige Flügel. Der Schädel eines Drachen mit aufragenden Hörnern und der platt gedrückten, abscheulichen Fratze eines Monstrums, dessen Speichel an den spitzen, schiefen Zähnen tropfte, ragte Furcht einflößende eineinhalb Meter über Sarai.

„Was ist das?", wich sie angstbebend zurück.

Rarcado tätschelte dessen Hals und griff nach dem Zaumzeug. „Das ist Volta, ein Rashuhep, eines der getreusten Tiere. Wo ich herkomme, gibt es Dutzende davon. Glücklicherweise war es mir möglich, ein paar Eier mitzubringen."

Dieses Ungeheuer stammte aus der Unterwelt? Welchen Kreaturen mochte er noch die Pforten aufgestoßen haben?

Rarcado schwang sich in den Sattel der abstoßend hässlichen Bestie und straffte die Zügel. Qualm drang aus den großen Nüstern.

„Nein, ich laufe", sagte Sarai strikt und marschierte los.

Rarcado trieb den Rashuhep neben sie. „Uns bleiben geschätzte zwei Stunden, um nach Sagem zu gelangen. Zu Fuß bist du tagelang unterwegs."

Sie ignorierte ihn und vor allem den warmen, faulig riechenden Atem des Ungetüms, der sich widerwärtig an ihre rechte Wange schmiegte.

Rarcado verdeutlichte ihr: „Bin ich in den zwei besagten Stunden abseits der Hauptstadt, bleibt der notwendige Impuls für deinen Sohn aus, der ihn am Leben erhält."

„Woher weiß ich, dass er nicht schon tot ist?" Sie war gestoppt.

Er beugte sich nach vorn, um ihr näher zu sein. „Du darfst hoffen."

Sie biss sich auf die Unterlippe und wog die Möglichkeiten ab. Letztlich saß sie hinter ihm auf.

Hätte Sarai einen Dolch, würde sie diesen schonungslos in seine Halsschlagader rammen wollen. Sie könnte ihn würgen oder einfach aus dem Sattel schmeißen, wenn sie weit, weit oben wären. Aber all das würde Akerus Verdammnis bedeuten. In erster Linie war sie eine Mutter, die ihr unschätzbar wertvolles Kind vor Schaden bewahren musste!

Ihr waren gewissermaßen die Hände gebunden. Ob sie wollte oder nicht, sie war handlungsunfähig – zumindest bis zu dem Zeitpunkt, an dem sie sich ein realistisches Bild von Akerus Situation machen konnte.

Der Rashuhep erhob sich mit starken Flügelschlägen und wirbelte viel Asche auf, die Sarai husten ließ. Der Eingang der Höhle, die Wesen, welche sich an Nirvas Überresten labten, all das rückte in die Ferne.

Für einen Moment schloss sie ihre Augen und stellte sich vor, ihre Arme wären um Karkaras Taille geschlungen und sie würden auf Hiwu in ein grünes Tal reiten. Wieder erinnerte sie sich wohlig an Monshire. Was verwob sie mit diesem besonderen Ort? Ein Stück Frieden? Akira?

„War es für dich sonderbar, mich in dieser neuen Hülle anzutreffen?", holte Rarcado sie aus ihrer Utopie.

Sprach der echte Tadur zu ihr? „Was macht uns aus, was bestimmt, wer wir wirklich sind? Der innere Kern – samt den erworbenen Erfahrungen und besiegelten Entscheidungen. Wir verwenden die Gabe, ihn für das ungeschulte Auge zu verkleiden, eine Illusion zu erschaffen und dennoch bleibt er in seiner Reinform bestehen. Wann hast du Ziron aufgegeben?"

„Ziron hat mich nie interessiert."

Vehement erwiderte Sarai: „Das ist gelogen! Du hast dich für die Menschen, die Welt eingesetzt. Du warst stets bedacht, Gutes zu tun."

Er schwieg eine Weile. Sie segelten über ein leer stehendes Dorf. War das Barbohl? Nichts, absolut gar nichts unter ihnen bewegte sich – eine stille, karge Landschaft.

„Das klingt, als würdest du mich preisen, anstatt zu verachten."

Ausgerechnet Sarai verteidigte den legendären Widersacher Tadur? Was war los mit ihr?!

Frohlockend hob er das bildhübsche Mädchen in die Luft.

Sarai sah das barmherzige Antlitz des mächtigen Mannes in ihrem Geiste. Sie spürte den Schmerz, den er gelitten haben musste – jahrhundertelang verloren und verdammt, gezüchtet zum ärgsten Feind.

Nochmals tropften ihr Tränen vom Kinn. Sinara, welche stetig mehr in Sarai erwachte, lehnte ihren Kopf an den Rücken des geliebten Tadurs. „Du willst heimkehren. Ist es so?"

Mit belegter Stimme reagierte er: „Nichts lieber als das. Jede Seele sehnt sich danach."

„Warum willst du Ziron dann zerstören? Was ist ein zu Hause ohne jene, die man liebt? Tadur, ich möchte helfen. Noch ist es nicht zu spät. Und dieses Mal werde ich dich nicht verlassen oder fortschicken."

„Sei still!", herrschte er sie jäh an. „Halt deinen Mund, Weib, du hast keine Ahnung!"

Die Härte schüchterte Sarai zuerst ein. Mutig schluckte sie die Verunsicherung herunter. „Erkläre es mir! Was verstehe ich nicht? Die alten Kapitel sind geschrieben, das stimmt, dafür …"

Mit rasendem Blick und tiefrotem Gesicht schaute er zu ihr zurück. Sie erschrak vor der blanken Boshaftigkeit, die er ihr entgegenschleuderte. Prompt packte er grob ihre Schulter und riss sie kaltblütig von ihrem Platz. Sarai fand keinen Halt und stürzte hinab.

Kapitel 7

Die Hinrichtung

Rarcado schnaufte einige Male, um der Wut Herr zu werden, dann schnellte er mit dem Rashuhep im Sturzflug Sarai hinterher.

Das Gefühl zu fallen ähnelte dem, verliebt zu sein. Ihr Bauch kribbelte. Die anfängliche Furcht, die ihr Herz kurzzeitig aussetzen ließ, wandelte sich in ein sanftes Lächeln. Ihr Rückgrat war dem nahenden Erdboden zugewandt, wodurch sie den weinrot gefärbten Himmel im Visier hatte. Ob sie im Jenseits ihre Verbündeten finden würde?

Ein grauer Punkt raste auf Sarai zu. Würde sie den Aufprall, sollte das Untier zu langsam sein, entsetzlich merken?

Der Rashuhep überholte Sarai mit einer wahnsinnigen Geschwindigkeit, die ihr bloß von Drachen bekannt war. Rarcado lenkte Volta exakt unter den Leib der Auserwählten, sodass sie ihm direkt in die Arme fiel.

Vierzehnter der Mireyu im Jahre des Wolfsschädels 57.
Den verbliebenen Flug über hatten sich die beiden angeschwiegen. Das düstere Sagem, umgeben von einem üblen Geruch, Rauchwolken und weiteren Rashuheps, die Patrouille flogen, lag in Reichweite.

Volta landete etwa einhundert Meter vor dem Haupttor. Sarai war froh, endlich festen Boden unter ihren Füßen zu haben. Warum hatte Rarcado darauf verzichtet, den ausgedehnten Hof im städtischen Areal als Landeplatz anzusteuern?

„Ein erfrischender Spaziergang?", bot er ihr elegant an. Sarai ignorierte seine noble Geste und ließ ihn stehen.

Rarcado folgte ihr in entspanntem Tempo. Zweimal drehte sie sich nach ihm um, der Abstand zwischen ihnen wurde angenehm groß.

Sarai peilte eigensinnig das riesige, geöffnete Tor an, atmete überwiegend durch den Mund, weil der Gestank schlimmer wurde, als sie in irgendetwas Glitschiges trat. Ihr Instinkt warnte sie strikt davor, sich genauer damit zu befassen. Die junge Frau wollte den Weg einfach hinter sich bringen, tapste zur Seite, in der Hoffnung, dort ungehindert voranzukommen, jedoch geriet ihr Fuß in die gleiche Substanz, die mutmaßlich ganz Sagem wie ein bitterer Willkommensgruß umgab. Mühsam kämpfte sie sich voran, rutschte auf den letzten Metern aus und landete in der widerwärtigen Pampe.

Das Dämmerlicht verkomplizierte die Entschlüsselung der schmierigen Masse, welche sie verabscheuend von sich wischte.

Sarai pflückte, einen Brechreiz unterdrückend, undefinierbare Teigstücke mit eingewickelten Fäden und verhärteten Krümeln aus ihrer angeschmuddelten Mähne.

Rarcado schloss zu ihr auf: „Du bist die Erste, die ein Bad im Blut, in den Knochen, Häuten und Haaren ihrer Landsleute nimmt. Es sind so viele gestorben und wir wussten nicht, wohin mit ihnen, dass wir sie klein zerlegt in den neu angelegten Garten gebettet haben."

Sarai ließ den Brei fallen und rieb ihre Hände nervös an der besudelten Hose. Länger konnte sie die Haltung nicht wahren, der Ekel überwog und sie erbrach erneut. Der Würgereflex holte nur Schaum hoch, der Magen war leer.

Die Auserkorene flüchtete in die Stadt, rannte, ungeachtet der fremdartigen Wesen, die ihren Pfad kreuzten, bis die Beine ihr den Dienst versagten und sie zusammenbrach. Sarai rang jammernd nach Luft.

„Pst!"

Japsend spähte sie zum gegenüberliegenden Herrenhaus, dessen Fenster einen Spalt geöffnet war, der Vorhang wackelte leicht.

„Kommt rüber! Schnell!", zischte es von dort. Schwankend hievte sie sich torkelnd zur Tür, wurde geschwind hereingezogen und hinter ihr wurde alles verriegelt.

„Trinkt was!", reichte der Unbekannte ihr eine Wasserflasche, die Sarai dankbar und durstig annahm. „Ihr habt Glück, dass Euch kein Flatterspeer erwischt hat."

„Du meinst die Rashuheps?", keuchte sie.

„Rashu- was?"

Sie winkte ab und goss sich ein bisschen der Flüssigkeit ins Gesicht. „Gibt es noch mehr Überlebende?"

Der Jüngling nickte, schnappte sich die brennende Kerze und geleitete sie rasch in den Keller. „Oberhalb des Erdbodens ist es unsicher. Die fliegenden Teufel machen Jagd auf uns Menschen, und die Schatten-Soldaten unterstützen sie. Das Haus verfügt über eine Geheimtür im unterirdischen Gewölbe, die uns so manchen Tag vor dem Schlimmsten bewahrt hat. Wir haben sämtliche Vorräte ins Tiefgeschoss getragen. Das Jahr des Drachenblutes 56 hat uns vieles gelehrt, aber das da draußen ist wirklich die Unterwelt."

Warum trieben diese wuchtigen Kreaturen die Übriggebliebenen nicht aus ihrem Bau?

Trug der Bursche eine Kutte? „Stammst du aus Sagem?", fragte sie.

„Nein. Ich bin aus Monshire. Die Seuche war gerade ausgebrochen."

„Du wolltest helfen?"

„Eigentlich suchte ich meinen Lehrmeister." Er drückte drei Steinplatten in einer bestimmten Reihenfolge an der Wand tiefer. Sie bemerkte dabei, dass auch er von den schwarzen Malen gekennzeichnet war. „Ich heiße Jin, Jin de Gross."

Sie stierte ihn wortlos an. Er schob die steinerne Tür, die sich erst jetzt erkennbar abzeichnete, kraftvoll nach innen auf.

„S … Sinara", stammelte sie und lief ihm zögernd nach. „Wurdet ihr nie von den Rashuheps belagert?"

„Sie sind gewaltig und schonungslos, aber ihre Geduld hat niedrige Grenzen."

Zehn Menschen, wovon mindestens sechs sehr krank waren, hausten hier auf engstem Raum. Der eine spuckte dunkles Blut und hustete, dass man glauben könnte, er würde ersticken. Ein anderer lag im Fieberwahn, faselte unverständliche Sätze, und ein Dritter saß regungslos in einer Ecke. Jeder von ihnen trug die Flecke.

Jin hüllte eine fröstelnde, alte Frau in eine Felldecke. „Das ist Mari Botton. Ihr gehört das Anwesen. Ihr verdanken wir den Hinweis zu diesem Unterschlupf."

„Ihr harrt aus und wartet? Worauf?" Sie schalt sich im Nachhinein für diese dämliche Erkundigung! Welche andere Chance hatte der überschaubare Haufen?! Sarai war selig, überhaupt Menschen anzutreffen.

Jin reichte ihr ein mottenzerfressenes Tuch, damit sie sich wenigstens grob säubern konnte. Ihr verdrecktes Äußere schien ihn nicht zu verschrecken. Wie viel Leid und Grausamkeit waren die Anwesenden schon gewohnt?

„Mein Meister, Olong van Ga, findet das Heilmittel. Es kann nicht mehr lange dauern. Bis dahin müssen wir durchhalten." Sarai fühlte sich noch elender als zuvor. Sollte sie ihm Olongs Verscheiden preisgeben?

Jin beäugte ihren silbernen Anhänger. „Ist das Selenes Zeichen?!" Die Auserkorene umfasste das Schmuckstück und ließ es hinter dem Ausschnitt der verschlissenen Tunika verschwinden.

Skeptisch musterte er sie gewissenhafter. „Ich kenne Euch! Der Anhänger ... Meister Olong hatte auch so einen ... Es ist unüblich, dass sich eine Frau das Symbol der Priesterschaft der Alten Zeit um den Hals hängt. Wer seid Ihr tatsächlich?"

Sarai wandte sich ab. „Ich nannte dir meinen Namen."

Jin zeigte sich hartnäckig: „Euer Antlitz ... Unsere erste Begegnung liegt zig Jahre zurück ... Das Mädchen!" Er schlug überzeugt mit der Faust in seine Handfläche. Sarai gebot ihm, still zu sein. Jin pirschte näher und flüsterte: „Ihr seid das Mädchen aus der Abtei! Die Auserwählte?!"

„Leise!", ermahnte sie ihn forsch.

„Die Krankheit ist die Saat des Teufels. Grimm und etliche Meister munkelten darüber. Ich durfte heimlicher Zeuge des Gesprächs werden."

Mit wachen Augen schaute sie ihn an. „Wie meinst du das?"

„Meister Olong und ich pflegten einen Erkrankten, der in seinen letzten Zügen *ein* Wort ständig rezitierte. In der Bibliothek stießen wir dazu auf ein Buch aus Tadurs Lebzeiten. Er selbst hatte es verfasst."

Jin spurtete zu einem Stapel Krimskram, wühlte darin, bis er seine Tasche aus der ungeordneten Menge an Plunder herausfischte. „Mein Geistführer riet mir, es mitzunehmen", übergab er Sarai das Exemplar. Als hätte der junge Priester ihr eine Granitplatte anvertraut, riss die Last des Werkes die Auserkorene regelrecht zu Boden. Tadurs Aura strömte auf sie ein. Sarai hörte ihn verzweifelt rufen: „Hilf mir!"

Tadur hatte die schweren Vorhänge zugezogen. Tagelang verbarrikadierte er sich in seinem Gemach. Schließlich verschafften sich Akatari und Sinara Zugang. Der Prinz wich erschrocken zurück, während sich Sinara kühn an ihm vorbeidrängelte und der fremdartigen, bösen Ausstrahlung, die Tadur umgab, gewahr wurde.

Über seinen Schreibtisch gebeugt, kritzelte er besessen in einem Buch herum. Seine Hände waren blutverschmiert. Entsetzt bemerkte Sinara, dass er die Schreibfeder bewusst mit seinem Blut tränkte.

Sarai ließ den Ledereinband scheu los, sodass man mutmaßen könnte, sie hätte sich an ihm wie an einem heißen Topf verbrannt. Skeptisch hatte Jin die junge Frau beobachtet und hob das Buch mühelos auf. „Geht es Euch gut?"

„Hast, hast du es gelesen?", erholte sie sich stotternd von der Vision.

„Es gibt nicht viel zu erschließen. Es handelt sich um ein einziges Wort – in unendlicher Wiederholung. Dasselbe, welches der sterbende Micel verlauten ließ." Jins Lippen formten das Entscheidende, aber sie konnte es nicht mehr hören, da ein kolossaler Knall das Haus samt Keller zum Beben brachte. Ein Teil der Decke bröckelte und drohte einzustürzen.

Panisch hechtete ein Mann zum Hebel, öffnete die schwere Tür, wollte dem Begräbnis entkommen und hastete einem Rashuhep ins Maul.

In Sarais Schädel summte der hohe, brutale Ton, den sie inzwischen mehrfach kennengelernt hatte. Sie hielt Jin am Kragen fest bei sich. Seine Antwort könnte lebenswichtig sein. In ein paar Sekunden könnte sie ihn hören!

Krieger, die keine eigenen Leiber besaßen, deren Rüstungen durch Schattenmagie zusammengehalten wurden, stürmten den Unterschlupf und schlachteten alles, was noch lebte. Sarai stellte sich, gering schwankend, schützend vor den Bibbernden in seiner grünen Kutte.

Rarcado machte der Gruppe seine Aufwartung. „Volta vergisst nie einen Geruch. Es war eine Leichtigkeit für meinen edlen Rashuhep, dich zu finden, Schlüssel. Danke, dass du fernerhin den Nahrungsvorrat und Spieltrieb meiner besonderen Lieblinge sicherst."

„Lass zumindest den Jungen am Leben, ich flehe dich an!", bettelte Sarai.

„So etwas Ähnliches werde ich heute noch einmal von dir hören." Rarcado schnipste emotionslos und ein Soldat bohrte unbeirrbar seinen Speer in Jins Rippen. Sarai schrie und fing den sich vor Schmerzen krümmenden Körper des Priesters ab.

„She… She… ez…" Jin verstarb.

Sarai beugte sich über ihn und weinte um den jungen Mann.

Mitleidslos sprach Rarcado: „Spar dir deine Tränen! Du wirst sie später wahrlich benötigen." Er entdeckte belustigt den Schriftband zu ihren Füßen. „Ein Schundroman? Damit beschäftigt ihr euch hier unten in der Verdammnis?"

Erkannte Tadur *sein* Werk nicht? Ehe Sarai es greifen konnte, zerrten zwei Soldaten sie nach draußen.

„Wo ist mein Sohn?"

„Du bist weggerannt. Ich dachte, du verzichtest."

Sie stoppte Rarcado. „Hast du sein Leben erhalten? Lebt er?!"

„Du wirst es nach dem Spektakel erfahren."

In Begleitung des Rashuheps Volta und einiger Soldaten näherten sie sich dem weitläufigen Forum in Sagems Kern, dem Sacroer.

Ohne seinen Anhang erklomm Rarcado mit Sarai die Stufen zu einem Balkon, der durch seine Größe fast an eine Terrasse erinnerte. Beim damaligen Auftritt der orakelhaften Zwillinge oblag dieser hochgelegene Platz, von dem man tatsächlich den gesamten Hof überblicken konnte, König Richard und seinem Gefolge.

„Wir kommen in den Genuss der Ehrenplätze. Dir wird aufgefallen sein, dass wir bauliche Veränderungen im Areal vorgenommen haben. Es sollte einen bestimmten Charakter erhalten. Was sagst du?"

„Eine Arena", verschlug es ihr entrüstet den Atem. Der Markt war komplett umzäunt aus den verschiedensten Materialien, von hölzernen Trennwänden, über zwei Meter hohen Steinmauern sowie aufgestapelten Knochen und Leichenbergen.

Eine Gänsehaut durchfuhr Sarai. Wer sollte in dieser Kampfstätte sein Limit erreichen? Sie wagte es nicht, dies als Frage auszusprechen.

Rarcado fixierte den Schatten auf einem gegenüberliegenden Dach – die Silhouette einer hockenden, übergroßen Fledermaus, welche sich vor dem tanzenden Feuer einer kesselartigen Schale, von denen mehrere kreisförmig um die Arena postiert waren, deutlich abhob. „Es gab einen Menschen unter euch, der mir ernsthaft zusetzte. Er metzelte in meinen Reihen wie kein Zweiter."

Gemäß Rarcados Fingerzeig erhob sich das schwarzhäutige Tier, mit einem rundlichen Klumpen in der Fußkralle, in die Lüfte. Dachziegel rieselten wie eine kleine Lawine zu Boden.

Sarais Knie wurden weich. Ihr schwante grauenhaft, auf wen er sich bezog. Sie stützte sich auf das Geländer. *Götter, bewahrt mich vor dem Eintreten meiner schlimmen Befürchtung.*

„Diese Herausforderung hat mich darin unterwiesen, wie dicht mir die Gefahr war. Er und sein Getreuer hätten mich doch fast erwischt." Rarcado erzählte dies beschwingt. „Sein Haustier ist ebenso niedlich wie blutrünstig. Pardon, *war*."

Der beorderte Schatten formte sich zu einem Rashuhep, welcher seine Beute dicht am Balkon abwarf. Hiwus abgerissener Kopf kugelte über das jungfräuliche Feld.

Sarai konnte nicht schreien. Sie konnte nicht einmal irgendetwas sagen, als hätte sie verlernt, einen Ton von sich zu geben. Zitternd sank sie auf die Knie.

Rarcado witzelte: „Wie ist doch gleich sein Name?"

Jäh gesellte sich eine Person zu den beiden: „Karkara."

Sarai stierte stupide in die Arena. Sie fühlte nichts, sie dachte nichts. Die Verbindung zu ihrem Körper schien abgebrochen.

Rarcado setzte sich auf den Thron. „Danke, Alyosha. Ihr kennt euch ja?"

„Sicher." Der Hexer bezog Stellung neben dem Herrscher. „Wobei die Dame gewiss davon ausgegangen ist, dass ich im Reich der Toten wandeln würde."

„Viel hat nicht mehr gefehlt und es wäre so gekommen. Siehe einer deine Fratze an. Sie war zuvor schon durch die Falten hässlich, aber die Narben sind nun echt eine Schandtat."

Alyoshas Augen blitzten beleidigt auf. Er schluckte den Groll herunter und pflichtete dem Regenten unterwürfig bei.

„Wollen wir beginnen?", richtete Rarcado seine spannungsgeladene Frage an Sarai. Eine Antwort hätte er auch nach Stunden nicht erhalten, so überging er diese und gab klatschend das Zeichen.

Die Tür eines angrenzenden Hauses, welche direkt in die Arena führte, öffnete sich knarrend. Das Geräusch von schweren Ketten, die über steinernen Grund schleiften, ertönte und brannte sich markant in Sarais Gedächtnis. Eine Angst stieg in ihr empor – vor dem, was geschehen würde. Das Blut war bereits aus ihren weißen Händen gewichen, dermaßen fest umklammerte sie die Stange der Brüstung.

Dann trat *er* aus der Dunkelheit des Ganges hervor ins Zwielicht. Wie ein wilder Hund, den man immer wieder geschlagen hatte, um seinen Willen zu brechen und ihn gefügig zu machen, schlurfte er schwachen Schrittes über die Pflastersteine. Die zottelige Mähne hatten sie ihm genommen. Kahlköpfig, dadurch Akira ähnlich, trieben ihn vier Bewaffnete unter wachsamer Beobachtung der lauernden Rashuheps in die Mitte.

Für Sarai war es nicht nur grausam, Karkara so sehen zu müssen, es war die reinste Folter. Ihr Brustkorb zog sich schmerzhaft enger zusammen.

Ein Soldat drehte Karkara ruppig in Richtung des Balkons, stach ihm mit dem stumpfen Speerende in die Kniekehlen, woraufhin dieser gemartert niedersank. Übersät von Fleischwunden und schwarzen Flecken kniete ihr barbarischer Geliebter kraftlos mit gesenktem Haupt vor der neuen Macht.

„Nein …!", wisperte sie. Das wollte sie nicht glauben! Das durfte nicht wahr sein! Ausgerechnet Karkara hatte sich aufgegeben?!

Rarcado machte es sich im klobigen Sessel bequem. „Du verstehst, Probleme muss man beseitigen? Du darfst bei seinen letzten Atemzügen dabei sein. Ich hoffe, du freust dich. Alyosha, wer sagtest du, wartet auf ihn?"

Der Hexer grinste hinterhältig. „Akira, mein Herr. Der Sohn hat noch eine unbeglichene Rechnung mit ihm. Es ging dabei um irgendeinen Aufenthalt, der nicht bewilligt wurde. Ich sollte ausrichten, dass die Ankunft des Haudegens in Tadurs Reich längst überfällig und gewünscht ist."

Sarais vernichtender Blick galt ihnen. „Wir sind noch nicht besiegt!" Mit einem Ruck stand sie aufrecht und brüllte aus Leibeskräften: „Karkara, kämpfe!"

Der Klang ihrer Stimme schoss ihm durch Mark und Bein. Er entdeckte Sarai auf dem Balkon. Sarai. Seine Sarai.

Gleich einer Wiedergeburt überkam ihn prompt neue Lebenskraft. Der Barbar besann sich auf seine Stärken und überwältige die überraschten Gegner wie ein zügelloser Kriegsgott.

Sarai brachte Alyosha infolge eines gezielten Tritts derb zu Fall, schnappte sich dabei dessen mannshohen Stab, schlängelte sich mit der Geschwindigkeit einer Raubkatze hinter Rarcado und drückte den Stecken rabiat an seine Kehle.

„Lass sofort los!", keuchte der Regent, der puterrot anlief und versuchte, sich ihrem erbarmungslosen Griff zu entwinden. „Dein … dein … Sohn … er wird … sterben …"

Sie entgegnete gnadenlos: „Das werden wir alle, aber du begleitest uns auf die Reise."

Sarai war dermaßen konzentriert, dass ihr das Hadern der Schattenkrieger und der verunsicherten, gereizten Rashuheps verborgen blieb – schließlich hatten sie alle die strikte Anweisung, den Schlüssel in keinster Weise zu beschädigen.

Alyosha schlug geistesgegenwärtig seinen Umhang beiseite und offenbarte plötzlich, dank dem Einsatz von Magie, Akeru. Das Kind hielt sich panisch den Hals und drohte allem Anschein nach zu ersticken.

Mit tränenfeuchten Wangen behielt Sarai den eisernen Griff bei. „Akeru ist tot. Das ist bloß eine Illusion!"

Alyosha sprach nachdrücklich auf sie ein: „Das ist dein Sohn. Er lebt – noch. Halte ein mit deiner Tat! Oder willst du dein eigenes Kind ermorden? Was bist du für eine Mutter?!"

„Was bin ich für eine Mutter, wenn ich ihn in dieser Welt, die zum Sterben verurteilt ist, belasse?!"

„Du opferst dein Kind? Für was? Willst du nach uns eine neue Welt erschaffen oder die alte wieder aufbauen? Ist es das, was du willst? Auf Kosten deines Kindes?"

Akeru, sich verkrampfend, dem Tode nahe, streckte seine bebende Hand nach ihr aus. „Ma … ma …" Die Augen ihres Sohnes, dem unverständlich war, warum sie ihm nicht zu Hilfe eilte, stierten Sarai verloren an. Ihr Herz drohte in zig Stücke zu zerbrechen. Konnte eine Illusion so real sein?

„Ma … m …"

Sie ließ los.

Rarcado hechtete zur Seite, schnappte nach Luft.

Bitterlich weinend kroch Sarai zu ihrem Sohn, der das Bewusstsein verloren hatte. Sie hob den kleinen Oberkörper an und drückte ihn schaukelnd an sich. „Verzeih mir", flüsterte sie reumütig. „Was habe ich getan?!"

Alyosha half Rarcado auf die Beine und regenerierte diesen recht schnell. Die Dankbarkeit des Herrschers äußerte sich in einer heftigen Ohrfeige mit dem Handrücken für das seiner Meinung nach verspätete Eingreifen.

Akeru öffnete schwach seine Lider. „Mama?"

„Ich bin da", weinte sie, küsste und streichelte ihn. Er lebte wirklich! Rarcado hatte sie nicht getäuscht! Nun hatte sie ihren Sohn endlich wieder. Sie empfand die größte Freude und zugleich den größten Schmerz, wenn sie daran dachte, was wohl noch auf sie zukommen würde.

Karkara, der sich seine Ketten exzellent als Waffen zunutze machte und den Stachelschwänzen der Rashuheps, die ihn aufspießen wollten, erfolgreich ausgewichen war, gelangte mit drei raschen Sprüngen auf den Balkon.

In dem Moment, in dem sie Karkara hier oben sah, wusste sie, dass er Rarcado jetzt töten würde. Der Zeitpunkt war gekommen und vielleicht war es die letzte Möglichkeit, den Teufel zu stoppen. Sie selbst würde es kein zweites Mal riskieren, um Akerus willen. Aber Karkara war unwissend über das zarte Band zwischen dem Feind und ihrem Sohn. Er würde nicht scheitern.

Sarai drückte Akeru fester an sich und flüsterte ihm etwas ins Ohr. Gleich wäre alles vorbei. Gleich hätten sie es geschafft, jenes, was man von ihnen verlangte, die Erfüllung der Prophezeiung, den endgültigen Sieg über Tadur. Wenige Wimpernschläge trennten sie vom bevorstehenden Tod des Einen. Und kurz darauf würde sie Akeru ins Totenreich folgen, denn es gab für sie kein Leben ohne ihn.

Karkara wich Alyoshas Zauberstrahl wie ein Aal aus, der seinem Häscher durch die Finger glitt. Der erzeugte Lichtblitz traf einen Teil der Brüstung und zerstörte diesen explosionsartig.

Karkara erkannte den Schrecken in Rarcados Miene. Zwei Meter galt es noch zu überwinden. Sarai kreischte auf, wovon sich der Barbar allerdings nicht beirren ließ, nicht jetzt, wo er dermaßen dicht am Teufel dran war. Da bohrte sich der stachlige Schwanz eines Rashuheps wie eine Harpune durch seinen Rücken. Die Spitze der Rute lugte aus dem Bauchraum heraus.

Blut quoll Karkara aus dem Mund, der aufgespießt vom Schwanz fortgezogen wurde, fort von seinem Ziel, dem er so nah gewesen war wie nie zuvor.

„NEIN! Gib ihn mir wieder! Gib ihn mir wieder!" Sarai hievte sich betrauernd hoch ohne Akeru loszulassen und verfehlte Karkaras Bein um eine Haaresbreite, ehe der Rashuhep ihn über die Brüstung in die Arena schleifte.

Akeru wollte sein Köpfchen erschöpft dem Geschehen zuwenden, was Sarai ihm verweigerte.

Rarcado gewann seine Fassung zurück und gab wutentbrannt bekannt: „Zerfetzt ihn! Ich will dieses dreckige Stück Fleisch beseitigt wissen!" Die Rashuheps stürzten auf den Barbaren nieder, rissen seinen Leib auseinander und fraßen ihn an Ort und Stelle auf.

Mit tränenüberströmtem Antlitz löste Sarai ihren starren Blick von dem Gräuel. „Ihr habt Eure Hinrichtung."

„Derartig spektakulär hätte ich sie gar nicht erwartet."

Hatte Sarai als Auserkorene versagt? Bestimmt. Sie hatte definitiv nicht im Interesse der Menschheit gehandelt. Aber was sollte das für ein Schicksal sein, in dem eine Mutter ihrem Sohn das Geschenk des Lebens entziehen müsste?

Rarcado baute sich mit seiner arroganten Selbstsicherheit vor ihr auf. „Ich habe die Wahrheit gesprochen. Dein Sohn verfügt über einen Puls und ist mit jeder Faser seiner kleinen, zerbrechlichen Hülle mit mir verknüpft. Auf eines sollte ich dich noch hinweisen. Der Blutzauber, den Alyosha für dieses überragende Meisterwerk verwendet hat, fließt nur in eine Richtung."

Akeru hatte viel von Mirashi lernen dürfen. Oft saß Sarai unweit der beiden, kümmerte sich um das Essen oder flickte Kleidung und lauschte dabei den weisen Worten des alten Mannes. Blutzauber. Mirashi berichtete einst von schwarzer Magie, die in zig Ländern streng verboten war. Dennoch gab es Clane, die sie, mehr oder weniger heimlich, ausübten, beispielsweise die *Schwarzen Wölfe*.

„Was möchtet Ihr mir damit anvertrauen?"

„Fügt man mir ein Leid zu, erfährt dein Sohn das Gleiche. Dies hast du inzwischen gut verstanden. Doch solltest du das Ganze umdrehen wollen, muss ich dich enttäuschen. Du kannst es selbstverständlich gern ausprobieren." Das schmierige Grinsen kehrte auf seine Lippen zurück. „Wo sind meine Soldaten?"

Alyosha zuckte mit den Schultern. „Einige wurden leider in der Arena …"

Rarcado fiel ihm zischend in den Satz: „Diese Tragödie ist Vergangenheit. Die Stadt ist voll von Schattenkriegern. HÖRT IHR MICH? ANTRETEN!"

Soldaten strömten wie ein Schwarm Bienen aus den Gassen herbei. Innerhalb von Sekunden fühlte sich die bedrängte Sarai von einer Armee umzingelt.

Rarcado winkte einen Kämpfer zu sich heran: „Reiche ihr dein Schwert!"

Anstatt eines Gesichtes befand sich eine dunkle Leere unter dem Helm. Der Fremdling hielt ihr das Heft hin. Sarai guckte den Teufel misstrauisch an. „Was wollt Ihr von mir?"

„Ich gebe dir die Möglichkeit, dich zu vergewissern. Du kannst gern überprüfen, ob ich auch in diesem Punkt ehrlich bin. Nimm die Waffe! Töte deinen Sohn! Einen Versuch ist es wert, was meinst du? Ein Opfer mehr oder weniger – ohne Belang."

Karkaras Seele schwebte über seinen zerfleischten Körperresten. Die Zeit war stehen geblieben. Jegliches verharrte in seiner Bewegung. Ein Rashuhep hatte gierig sein Maul geöffnet, um die linke Hand des Barbaren zu verspeisen. Zwei weitere dieser abscheulichen Kreaturen stritten sich eingefroren um die saftigen Gedärme und Innereien.

Da war nirgends das Licht, welches ihn segensreich empfing, von dem die Priester tagein, tagaus predigten. Vielleicht war für ihn der Weg zur Unterwelt vorgeschrieben? Scheißegal, weder den einen noch den anderen Pfad hätte er angetreten.

„Das nächste Gefäß steht für dich bereit", erklang ein sanftes, hohes Stimmchen. „In Anbetracht der verzwickten Lage wird dir außerplanmäßig kein neugeborenes, sondern ein erfahrenes überlassen. Wir müssen hier drüben lang. Komm!"

Karkara begriff nicht im Geringsten, was die Unsichtbare von ihm wollte. „Ich weiß nicht, was du zu tun hast, aber ich habe hier etwas zu erledigen."

„Nein, warte! Nicht dahin! Dreh um! Das darfst du nicht!"

Karkaras Seele flog trotz des Protestes zum Balkon und verschaffte sich einen genauen Überblick über das aktuelle Geschehen. Da formte sich vor ihm aus dem Nichts eine putzige, lilagelockte Fee mit Glitzerflügeln. „Halt! Hörst du mir jetzt zu?!" Sie war ein wenig verärgert. „Ich trage die Verantwortung für dich und das nicht erst seit gestern! Diese Körper darfst du nie und nimmer übernehmen! Das wird hart bestraft!"

Karkara war formlos, ein Geistwesen ohne Gestalt, und doch war es ihm möglich zu sehen. Er bestand einfach nur aus Energie. „Löckchen, wie kann ich exakt neben Sarai landen?"

Die eichhörnchengroße Fee im rosa Rüschenkleid verschränkte die Arme vor ihrem flachen Busen. „Würdest du mir mal zuhören, hättest du mitbekommen, dass der für dich vorgesehene Leib am Rande der Stadt lagert. Sheherak hat mit der Seele, die eigentlich in ihm wohnte, verhandelt, wobei sich diese ohnehin hätte fügen müssen, und du kriegst ihren Platz. Wir gehen jetzt dorthin, du schlüpfst rein und rennst dann hierher, aber bitte lass dich nicht sofort wieder in Stücke hacken. Wir tun, was wir können, um dich zu schützen, aber für die Aufgabe hätten die eindeutig hundert Engel von oben abziehen sollen."

„Ist doch im Grunde egal, wen ich besetze?"

„Nein! Auf gar keinen Fall! Du bist doch kein oller Poltergeist! Du bist eine bedeutende Seele, die an eine monumentale Aufgabe für die Geschichte dieser Welt gebunden ist."

„Löckchen, verrate mir, warum sind Sarai und Akeru grün, Tadur sowie der komische Kauz rot und der Rest farblos?"

Die Fee trommelte aus heiterem Himmel mit den Fäusten in die Luft und strampelte wild um sich, dann atmete sie mehrmals tief durch. „Ein winziger Wutausbruch, weil ich den minimalen Eindruck habe, dass dich fast nichts von dem, was ich vortrage, interessiert", lächelte sie leicht verlegen vollster Freundlichkeit und Harmonie. „Was unseren inneren Druckkessel anbelangt, sind wir uns erstaunlich ähnlich. Belindera lautet mein Name. Du hattest nach deinem vormaligen Dahinscheiden versprochen, ihn dir nach all den Jahrhunderten, die ich und Sheherak dich inzwischen begleiten, zu merken! Aber die oben meinten schon, dass das Vergessen bei deinen unaufhörlichen Inkarnationen eine Nebenwirkung ist. Dir fehlen einfach die Ruhepausen, die Zwischenstopps. Ich verzeihe dir, du süßer Flegel!" Mit klimpernden Kulleraugen und einem drolligen, spitzen Mund warf sie ihm ein Küsschen zu.

„Rot ist ein schlechter Mensch?"

„Du Ärmster, stets alles zu vergessen, muss schrecklich sein. Schätz dich glücklich, mich zu haben. Also, mein Purzelchen, die Farben beziehen sich auf das Aurafeld, in dem sehr viele Informationen gespeichert sind. Du nimmst jetzt vorrangig die zwei für dich wichtigen Nuancen wahr. Grün heißt, dass das Gefäß von einer Seele bewohnt ist, rot von zwei. Das Gruselkabinett hat gar keine Seele, deshalb werden sie farblos angezeigt." Belindera zeigte mit dem Finger auf die Soldaten. „Seelenlos zu sein ist echt erbärmlich."

Karkara hakte nach: „In Tadur hausen zwei Seelen?"

Belindera nickte eifrig und applaudierte. „Du hast aufgepasst! Exakt! Deshalb solltest du einen Bogen um den Körper machen. Es gilt das Gesetz: Pro Gefäß eine Seele. In Ausnahmefällen dürfen sich zwei Seelen eines teilen – zumindest unter bestimmten Umständen, die einige jedoch gern zu ihren Gunsten interpretieren und leider Unfug treiben. Ganz selten dürfen sich sogar mehr als drei Seelen in einer Hülle vereinigen." Die Wissbegierde ihres Schützlings machte sie stolz.

„Regelverstöße und Sonderrechte … Bei euch geht es genauso chaotisch zu wie bei uns … Ich verlasse mich darauf, dass du ein gutes Wort für mich einlegst."

Sie schaute ihn skeptisch an. „Wofür?"

Er preschte an Belindera vorbei und stürzte sich auf Tadur.

Sarai lehnte Rarcados Angebot ab, womit er gerechnet hatte. Der zufriedene Regent lobte ihre kluge Entscheidung. „Du darfst dein Kind behalten und es wird ihm nichts Schlechtes widerfahren, solange du mir deinen Dienst erweist."

Rarcado lief zur Treppe, um hinabzusteigen, unterhielt sich dabei angeregt mit Alyosha, bis er mit einem Mal innehielt.

„Mein Herrscher?", wunderte sich der Hexer über dessen schlagartige Blässe.

Rarcado hatte das Gefühl, sein gesamter Mageninhalt würde in ihm rotieren. Er unterdrückte erfolglos den Brechreiz. „Da ist … wer am Werk …"

Alyosha benutzte die Macht seines dritten Auges, des geistigen, um das Unsichtbare zu sehen. „Eine Seele … Sie will Euch besetzen … Die Energie kennen wir …"

Alyosha streckte seine Arme aus, der Tonklang wurde tief und hohl, während er einen verbotenen Zauber beschwor. Blutrot färbten sich seine Iriden.

Ein bedrohliches Knistern lag in der Luft wie ein sich ankündigendes Gewitter, dessen Kern direkt über einem weilte.

Eine grelle Lichtwelle schoss aus den Handflächen des Schwarzmagiers. Sarai war samt Akeru schützend abgeduckt.

Alyosha lauschte in die Stille: „Vertrieben … Ich nehme sie nicht mehr wahr."

Plötzlich griff Volta Rarcado an und hätte den Regenten fast mit dem pfeilartigen Schwanz erwischt. Bevor dieser sein wahnsinnig gewordenes Monstrum bändigen konnte, beendeten die Schattensoldaten dessen Existenz. Entsetzt stierte Rarcado auf seinen sonst treuen Rashuhep. „Warum hat er … Er war jederzeit loyal! Volta hätte nie …"

Alyosha schnappte nach etwas. „Volta war das nicht, Majestät, sondern die Seele des Barbaren. Pech für ihn, dass ich neben dem Zauberkünstler an zweiter Stelle ein Medium bin. Seht selbst!" Eine Lichtkugel, strahlend schön vor Reinheit, schwebte gefangen zwischen Alyoshas leicht gekrallten Fingern. „Wollen wir ihn in die Unterwelt schicken?"

Rarcados Miene verfinsterte sich. Er marschierte fuchsteufelswild auf den gefangenen Energieball zu. „Dort würde er zwar leiden, dennoch ist es für Voltas ungerechtfertigten Tod eine zu geringe Strafe. Sarai, weißt du, was das schlimmste Verbrechen – ohne Richter kein Henker – in allen Welten ist? Hast du eine Idee, wovor sich die Lebewesen am meisten fürchten?"

Sie hielt den Atem an. Unsicher schaute sie abwechselnd von der Lichtkugel zu Rarcado.

Er verdeutlichte ihr: „Von einer körperlichen Folter trägt man sichtbare Verletzungen, der Preis seelischer Schmerzen wiegt schwerer und haftet länger, doch die Auslöschung einer Seele ist das bei Weitem Grausamste. Du nimmst jemandem dadurch alles, was er war, was er jemals sein würde, und nicht nur ihm, denn du bestrafst auch jene, die um diese eine Seele getrauert hätten." Sarais Blick spiegelte Unverständnis wider. „Alyosha, vernichte Karkaras Seele! Auf dass er nie, nie wiedergeboren und jegliches Wissen in den Welt-Bibliotheken über ihn getilgt wird."

Die Tragweite des Befehls, die Tatsache, dass Karkaras Seele so nah war, erreichte Sarai wie ein Blitzschlag. Alyosha erstickte das Seelenlicht.

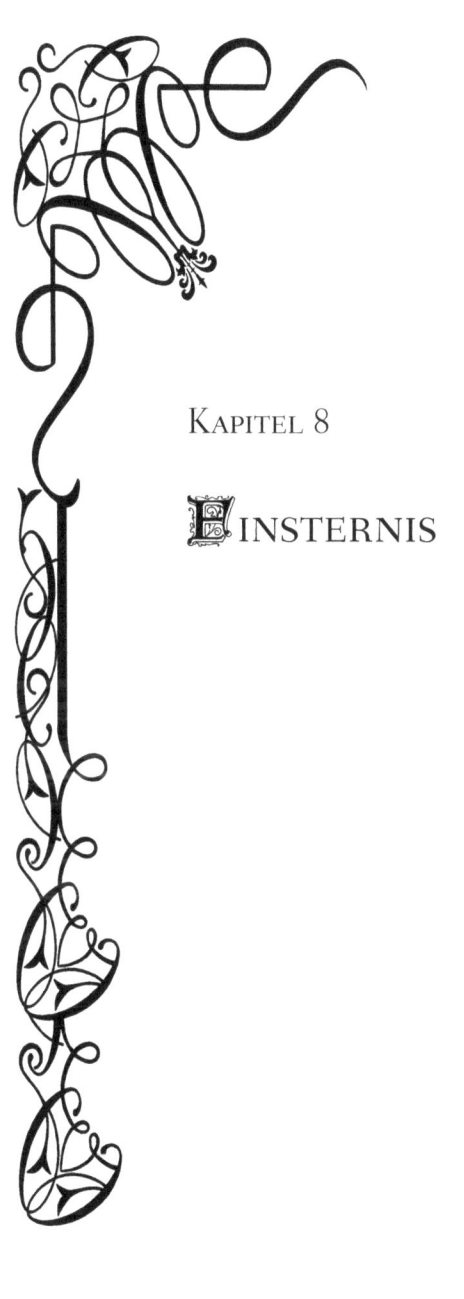

Kapitel 8

Finsternis

Karkara … Karkara! KARKARA!!! Sein Name hallte herzzerreißend in ihren Gedanken. Sie wollte und konnte nicht glauben, was eben geschehen war. Karkara sollte für ewig ausgelöscht worden sein? War das überhaupt möglich? Sarai rang mit Wut, Trauer und Verzweiflung.

„Stell dich nicht so an! Wir kommen jetzt zum amüsanten Teil des Abends. Ich verspreche es dir." Rarcado lief voraus.

Die sich sträubende Auserwählte stemmte sich mit beachtlicher Hartnäckigkeit Zentimeter um Zentimeter gegen die Abführung durch zwei Soldaten, wodurch der rote Teppichläufer des Korridors eine wellige Form annahm.

„Der Shantall Mo Heros wird dir für die nächsten Tage eine Unterkunft bieten. Mach es dir nicht zu gemütlich! Wir sind noch nicht am Schlussakt unserer Reise angelangt. Hier rein mit ihr!"

Die Soldaten stießen Sarai ins gewiesene Zimmer und zogen sich auf Befehl des Herrschers zurück. Rarcado verschloss die Tür und fixierte mit klarem Verstand eine hasserfüllte Frau, die sich einen qualvollen Tod für ihn wünschte. Und zugleich wäre sie es selbst, die ihn vor dergleichen bewahren würde, um Akerus willen.

„Wo ist mein Sohn?", keuchte sie unter Selbstbeherrschung und schob sich eine schweißfeuchte Strähne hinters Ohr. All ihre Instinkte schrien, sie solle diesen Tyrannen leiden lassen für das, was er Karkara und den Völkern angetan hatte. „WO IST MEIN SOHN?!"

Ein siegreiches Lächeln umspielte Rarcados Lippen. „Eine kleine Furie … Ich lasse ihn später zu dir bringen." Er spazierte zur Kommode und roch an einer bläulichen Phiole. „Nelken? Lavendel? Wonach, glaubst du, riecht das?" Er hielt ihr das geöffnete Fläschchen hin. Sie blieb reaktionslos auf Abstand. „Du solltest nicht so verkrampft sein, Liebes. Mach dich locker!"

Sarai spuckte verächtlich vor ihm aus. Nun erst nahm sie den Raum bewusst wahr. Dunkle, schwere Vorhänge verdeckten eine große Fensterfront, die als Panorama vermutlich Trümmer und Finsternis präsentierte. Ein massiver, verzierter Schrank aus schwarzem Holz nahm die Hälfte der gegenüberliegenden Wand ein. An ihm hing ein prachtvolles roséfarbenes Kleid mit kitschigen Rüschen und aufgenähten Rosen.

Rarcado schmeichelte: „Es sieht gewiss atemberaubend an dir aus. Gefällt es dir? Ich habe es ausgesucht. Du kannst es nachher anziehen."

Sarai stieß mit ihrer Wade sachte an etwas. Unmittelbar hinter ihr stand ein gemachtes Himmelbett, welches sich eigenartig bedrohlich für sie anfühlte und sie erschaudern ließ.

Rarcado beträufelte sein Handgelenk mit dem flüssigen Inhalt des Flakons und sog den Duft genussvoll ein. „Bin ich nicht huldvoll, dir solch ein gemütliches Gemach zur Verfügung zu stellen?"

Sarai strafte ihn mit purer Nichtachtung. Er studierte sie genauestens im Spiegel, der über der Kommode hing. Die Auserkorene starrte zu den Kordeln der Vorhänge und malte sich womöglich aus, wie sie ihn damit strangulierte. Ja, sie kämpfte innerlich mit sich. Ein Teil von ihr wollte ihn töten, um jeden Preis, ein anderer und das war leider der dominante Part, zwang sie, davon abzurücken.

„Wie willst du dich für meine Großzügigkeiten dankbar erweisen? Ich gewähre dir Obdach in dieser schlimmen Zeit, rette deinen Sohn. Erinnerst du dich, dass du mir etwas schenken solltest? Diesen Wunsch kann mir *nur* der Schlüssel erfüllen." Rarcado stellte die Phiole ab und kam betont langsam auf sie zu. Sein Ausdruck veränderte sich von dem eines neugierigen Beobachters in den eines zielsicheren Jägers. Auch seine Stimme bekam einen tieferen Klang. „Es liegt an dir, ob du Schmerzen erleiden wirst oder deine Freude daran hast."

Für eine Sekunde wanderte sein Blick zum Bett. Sarai erschrak beim Gedanken, der in ihr hochschoss.

„Nein!", entfuhr es ihr panisch. Die Röte wich ihr aus dem Gesicht. Rarcado packte die junge Frau, ehe sie zur Tür eilen konnte, die ohnehin verschlossen war. Geistesgegenwärtig biss, trat und schlug Sarai auf ihn ein. Von plötzlicher, unerklärlicher Stärke durchtränkt, erschien er ihr dagegen immun.

Rarcado warf sie brutal aufs Bett, wodurch der zarte Himmel einen Riss bekam. Bevor Sarai sich erheben konnte, saß er auf ihr und hatte sie unter seinem Gewicht wehrlos gemacht.

Gierig und erlöst schaute er auf sie herab. Der menschliche Funke in ihm war fort.

„Stell dir vor, ich wäre dein Barbar", säuselte er und küsste ihren Hals.

Das Laken war zerwühlt und wies verschiedenfarbige Flecken auf. Die geknautschte Decke und die zwei zerrupften

Kissen lagen verstreut auf dem Boden. Die stickige Luft im Zimmer war geschwängert von Körpersäften.

Sie war allein, hatte sich auf dem Bett verloren zusammengerollt, die Hände still an das tränenfeuchte Antlitz gepresst. Ihr war eiskalt, wie sie nackt dalag, und doch brannte sie tief im Inneren lichterloh.

Ein Stück von ihr war gestorben in dieser Nacht. Wieder ein Stück. Karkara zu verlieren hatte bereits einen Tribut gefordert. Wie viel Schmerz konnte eine Seele aushalten, bevor sie brach? Wie viel Elend und Demütigung vermochte ein Körper einzustecken, ehe er aufgab?

Weder hörte sie ihren Herzschlag, noch war sie am Leben. War das gut? Ja, für Akeru müsste und wollte sie leben – irgendwie. Auch wenn die Sehnsucht nach dem Ende verlockend war.

Konzentrierte sie sich auf ihren leicht zitternden Körper, spürte sie die Schmerzen deutlicher. Hatte Rarcado ihr in seiner Rücksichtslosigkeit eine Rippe gebrochen?

War Sarai bemüht, ihren Körper zu vergessen, so trat der Verstand in den Vordergrund, der ihr grausame Bilder der letzten Stunden darbot.

Seele, bist du dageblieben? Der Atemrhythmus beschleunigte sich, bis die Auserwählte lautstark und verzweifelt weinte. Das Gefühl der Hilflosigkeit brach aus ihr heraus und überflutete sie wie ein Tsunami, der sie wegtragen wollte. Da spürte sie unverhofft einen warmen Hauch an ihrem Handrücken. Sie kam zur Ruhe und spähte durch einen Spalt zwischen ihren Fingern.

„Karkara?" Sarai sah verschwommen eine Gestalt, die von Licht umhüllt war. Diese strich ihr sanft über die Wange – ohne sie tatsächlich zu berühren. „Bist du es? Kann das sein? Karkara?"

„Du musst leben, mein Kind."

Der helle Schein breitete sich wohltuend über ihr aus und minderte wie durch Zauberei oder ein heilsames Wundermittel die Pein.

„Wer bist du? … Mirashi …?" Ihre verkrampfte Anspannung löste sich. Der kraftlose Körper lag friedlich da.

„Lebe, mein Kind!", verschwand das liebliche Leuchten schließlich nachhallend.

Sarai war müde, konnte kaum die Lider offen halten. „Ich lebe …", raunte sie, „Ich …"

Es hämmerte überraschend an der Tür. Der willkommene, trügerische Frieden, der sich in ihr aufgetan hatte, stürzte sofort gleich einem wackligen Kartenhaus ein.

Sie richtete sich bebend vor Angst auf. Sarai wollte die entsetzliche Furcht durch Zorn und Stärke ersetzen – vergebens. Die Gelenkigkeit sowie Geschmeidigkeit ihrer Bewegungen waren verloren gegangen, alles tat nach wie vor weh, wenn auch seit dem Lichterspiel deutlich weniger. Sie riss das unreine Laken an sich und drückte es schützend an ihren geschundenen Leib.

„Euer Sohn!", erklang ein rauher Tonfall vom Flur und die Klinke wurde heruntergedrückt.

Wie sollte sie ihm begegnen? Was für einen Eindruck konnte oder wollte sie ihm vermitteln?

Zu spät. Akerus Silhouette löste sich von einem großen Schatten. Sarai wollte ihren Jungen einfach nur halten, an sich drücken. So stolperte sie bleiern aus dem Lager, das Laken fiel raschelnd nieder und beide stürzten sich sehnlichst in die Arme des jeweils anderen.

„Was hat man dir angetan? Ich sehe, dass du Schmerzen hast. Blutest du?", wollte Akeru besorgt ihre vermeintlichen Wunden untersuchen, während sie sich mit dem ungenügenden Wasser in der kleinen Schüssel halbwegs reinschrubbte und parallel bemüht war, ihn zu beruhigen.

„Es geht mir gut. Oder zumindest besser. Dich bei mir zu wissen, ist ein Segen."

„Du hast gekämpft! Wer war dein Gegner? Bist du schlimm verletzt? Hast du verloren? Wirst du sterben?"

Sie schüttelte ihr Haupt, drückte ihn an sich. „Ich bleibe bei dir", streiften ihre Lippen beteuernd seine Schläfen.

Ihre ehemalige Kleidung war zerfleddert, infolgedessen bediente Sarai sich aus dem klobigen Schrank, zog mehrere Röcke übereinander, der oberste war knöchellang und blassrosa, da es zu ihrem Ärgernis keine Hosen gab. Obenrum legte sie ein Mieder samt beiger Bluse an. Dieses Prinzessinnen-Kleidchen könnte sich Rarcado in den Rachen stopfen!

Sarai wollte nicht zurück auf das verdammenswerte Himmelbett, deshalb kuschelten sich die zwei nun auf dem hochflorigen Teppich aus Lammfell aneinander.

„Ich glaube, mich hat vorhin ein Engel besucht", streichelte sie ihren Sohn, dem immer noch bange um seine Mutter war.

„Ein echter? Mit Flügeln?"

Sie lächelte. „Er war von paradiesischem Licht umgeben, heilte einen Teil meiner Verletzungen, die nur als Blessuren zurückblieben, und nahm mir dadurch viele Schmerzen. Wir sind wahrhaftig nicht allein in diesem Exil. Es gibt Mächte, die ihre hütenden Hände über uns halten."

„Götter?"

„Ich weiß es nicht."

„Meinst du, diese Kräfte vertreten den *richtigen* Standpunkt?"

„Kann das ein Mensch beurteilen? Zumindest hat dieses Wesen mir geholfen."

Akeru schmiegte sich dichter an sie. „War es vielleicht ein Traumgebilde?"

„Nein!", erwiderte sie überzeugt. „Erzähl, Akeru, was ist passiert, nachdem ich dich Olong anvertraute?"

„Es dauerte nicht lange, da brachte die komische Hexe dich zurück. Sie sagte, du würdest eine Weile schlafen, um unserer Welt deinen Dienst zu erweisen. Zuerst beschimpfte ich sie, aber Olong verdeutlichte mir die Wichtigkeit und schwor, dass es dir allgegenwärtig gut gehen würde. Wir versteckten uns in einer Höhle und wichen nicht von deiner Seite. Irgendwann meinte Olong, ich solle nicht mehr rausgehen."

Akerus Blick haftete an der kunstvollen Blümchentapete, an der die Bildnisse aus seinem Gedächtnis lebhaft tanzten. „Ich schlich mich trotzdem ins Freie. Weiße Asche bedeckte wie Schnee den Untergrund. Viele tote Tiere … Jedes von schwarzen Flecken überwuchert. Die Zauberin ließ die Kadaver in Flammen aufgehen und sie verpufften, als hätten sie nie existiert. Ich würde gleichermaßen enden, kehrte ich nicht sofort um, krächzte die Alte und auf ihrer Stirn klaffte ein rabenschwarzer Klecks."

Sarai holte Akeru aus der beängstigenden Erinnerung, indem sie ihn leicht an der Schulter rüttelte: „Was ist aus dem Heilmittel geworden?"

Sein kleiner Körper entspannte sich für sie merklich. „Olong forschte wie ein Besessener. Vergebens."

Eine erdrückende Stille weilte über den beiden, die Sarai ausmerzte: „Wie kamst du zu Rarcado?"

„Nirva hatte den Höhleneingang von Beginn an für ungeübte Augen in eine nackte, steinerne Wand verwandelt.

Irgendwann musste es dermaßen furchtbar draußen geworden sein, weshalb sie die Schutzmaßnahmen extrem erhöhte und ihn magisch versiegelte. Niemand sollte einen Fuß über die Schwelle setzen können – sicherheitshalber nicht einmal wir. Tagelang hockten wir beisammen und harrten aus. Der Hunger nagte inzwischen an uns allen, da Nirva ihre Hexenkraft unbedingt sparen wollte. Sie wiederholte ständig, dass wir vorbereitet sein müssten."

Akeru plusterte sich echauffiert auf. „Verhungern kann man ja, Hauptsache man hat genug Magie parat."

Er wurde ernster: „Dann glaubte ich plötzlich Hiwu zu hören und rannte los. Ich habe keine Ahnung, wie es mir gelang, die Barriere zu überwinden. Ich hatte gar nicht mehr an sie gedacht und schon stand ich auf dem Plateau. Aus Nirvas Entsetzen schlussfolgerte ich, dass mir ihrer Meinung nach etwas schier Unmögliches geglückt war."

Sarai wurde nochmals bewusst, welch immense Macht ihr Sohn in sich trug, ohne sich selbst darüber im Klaren zu sein.

„Seltsame Gestalten waren unterwegs, die in keinster Weise hierher gehörten. Nirva sprudelte vor Zorn und bellte, ich solle es nicht wagen, ihr den Rücken zuzudrehen. Sie scheiterte am Durchschreiten ihrer eigenen Blockade und konnte mich nicht holen. Das war meine Chance, um herauszufinden, ob Hiwu tatsächlich in der Nähe war. Ich suchte Schutz hinter einer Felsgruppe, hielt Ausschau, pfiff mit Bedacht unseren Laut und kehrte schließlich erfolglos um. Der Narben-Mann fing mich ab."

„Alyosha?"

Akeru stimmte ihr zu. „Er hatte den Eingang *gesehen* und dass ich dort herkam. Trotz Olongs Drängen stellte Nirva ihren Versuch, das Schild zu zersprengen, sofort ein.

Sie war gewiss zwanzig Meter von mir entfernt und doch drangen ihre flüsternden Worte, vom Wind getragen, zu mir: *Die Barrikade muss halten.*"

Sarai schaute ihn entgeistert an. „Sie hat dich im Stich gelassen?!"

„Ihr größtes Anliegen war es dich zu retten und ich war damit einverstanden."

Dreizehnter der Mireyu im Jahre des Wolfsschädels 57.

„Wer bist du? Du hast es hindurch geschafft?!" Alyosha musterte den Jungen aufmerksam, den er mittels eines Fingerschnippens in eine Starre versetzt hatte. „So viel Macht, die in deinen Adern pulsiert … Von wem stammst du ab?"

Der Zauberer umkreiste wie ein Geier das Kind und spähte gelegentlich zur Höhle, gegen deren verzauberte Eingangswand ein Hüne hämmerte. Dessen Worte prasselten ebenso pausenlos auf die Hexenmeisterin nieder, die bloß dastand und den Feind seltsam fixierte.

„Du willst nicht reden?", schwand die Geduld des entstellten Mannes. „Muss ich dich zwingen? Oder", er drehte sich einladend dem Versteck zu, „soll ich euch zwei lieber zum Singen bringen?"

„Warum tust du denn nichts?!", warf Olong der Alten hart vor.

Sie keifte ihn an: „Ich tue sehr wohl etwas. Ich schütze den Schlüssel."

„Der wird uns nicht mehr beistehen, wenn er herausfindet, dass ihm der Sohn genommen wurde."

„Sarai muss den Verlust verkraften."

Olong wollte nicht glauben, was er da aus dem Mund des Mütterchens vernahm. „Wie kannst du so grausam sein? Warst du nie eine Mutter?!"

„Verurteile keine rechten Absichten, Mönch! Ich habe einst ein Mädchen zur Welt gebracht, doch ward es tot, als es meinen

Körper verließ. Von Beginn an erhielten Frauen das Privileg zu gebären, weil sie stark genug sind, jeglichen Verlust und jeden Schmerz zu überwinden. Und ich sage dir jetzt, was mir das Orakel mit auf den Weg gab: Ihre beiden Kinder werden sterben, damit das eine fortbestehen kann. Der Tod enthüllt den Schleier und offenbart die letzte Chance auf den Sieg, sollte es noch nicht zu spät dafür sein."

Viele Gedanken schwirrten Olong durch den Kopf. „Zwei Kinder?!"

Nirva nickte.

„Und wenn sich das Orakel irrt?"

„Dann wären wir ohnehin alle verloren."

Ein jäher Schrei Akerus ließ sie zusammenfahren. Alyosha hatte ihm einen Dolch in die Lende gestoßen und drehte diesen im Fleisch um.

„Er will ihn wirklich töten!", rief Olong bestürzt aus und beschwor Nirva, die betroffen ihren Blick senkte, nochmals, einzugreifen. „Lass mich raus zu ihm! Bitte gib mich frei, um ihm zu helfen."

„Akeru wäre tot, bevor du bei ihm bist. Alyosha ist davon überzeugt zu wissen, was wir in dieser Höhle beschützen, und will uns um jeden Preis wie Hasen aus dem Bau locken. Wir dürfen nicht weichen!"

Olong sah verzweifelt zum Jungen, der wie an ein Kreuz genagelt in der Luft schwebte. Sein Haupt hing reglos herab. Blut quoll aus der Wunde, doch tropfte es nicht zu Boden, sondern segelte wellenartig in ein Glasgefäß.

„Was passiert da?", hauchte Olong.

Nun schaute auch Nirva hin. „NEIN!" Sie schlug entsetzt mit der flachen Hand an die Blockade. „Das ist ein Blutzauber. Alyosha will zwei Blutlinien miteinander verbinden, damit sich die eine, vermutlich seine, von der anderen ernähren kann. Er hätte

Zugriff auf Akerus Kräfte und würde das Kind nach Belieben am Leben erhalten. Die Prophezeiung könnte niemals eintreten."

Mit bleichem Gesicht und schneller Atmung wies sie Olong an: „Wecke Sarai auf! Ich muss sofort nach draußen und das Prozedere verhindern. Sobald ich das Schild überwunden habe, ist es angreifbar und wird nicht mehr lange halten. Hörst du?! LAUF SCHON, WECK SIE AUF!"

Fünfzehnter der Mireyu im Jahre des Wolfsschädels 57.

Ein prunkvoller Kronleuchter hing gleich einem Sternenmeer über der reichlich gedeckten Tafel, die einem König würdig gewesen wäre. Allerlei Speisen zierten das edle Geschirr und kostbarste Weine warteten in aufwendig gestalteten Flaschen darauf, gekostet zu werden. Die Mitte schmückte ein bunter Strauß aus Wildblumen, welcher derartig üppig war, dass ein Kind in Akerus Alter ihn kaum hätte umarmen können. Die Schatten des sanften Kerzenscheines tanzten an den getäfelten, rustikalen Wänden, hinter denen eine schwere, melancholische Musik hervortrat, die den Speisesaal neben zig sich gegenseitig überlagernden Gerüchen schwängerte.

Jedes einzelne Element sollte dazu beitragen, eine gemütliche Atmosphäre zu schaffen, der Sarai ausschließlich mit Gleichgültigkeit beggnete. „Habt Ihr den Koch verschont?"

Rarcado, der an dem einen Ende des zwölf Meter langen Tisches thronte, lachte amüsiert bei ihrer Bemerkung. „Keine Menschenhand hatte hierbei ihr Zutun", klärte er sie auf. „Das alles ist ein Wunderwerk der Magie. Weshalb bist du dermaßen förmlich, meine Liebe?"

„Nur Vertrauten wird die Ehre zuteil, das *Du* zu empfangen."

Akeru stand neben seiner Mutter, beide hatten den Raum unfreiwillig betreten dürfen. Sein Magen knurrte beim Anblick der Leckereien: gebratene Hähnchenkeulen, dampfende Süppchen, duftende Brötchen. Die Schokolade zog ihn besonders in den Bann.

„Nehmt Platz!", bot Rarcado ihnen am anderen Ende zwei Gedecke an. Er tupfte sich mit einem weißen Tuch über die Oberlippe. „Seit der vorigen Nacht sind wir uns doch deutlich *vertraut*?"

Sarais Körper spannte sich just an. Sie konnte dieses überhebliche Ungetüm kaum ansehen. Zu viele grauenvolle Erinnerungen spukten in ihr. Wieder rangen Angst und Hass miteinander.

Schweigend setzten sie sich, wobei die Auserwählte einen leicht gequälten Eindruck bei jeder Bewegung machte, und verharrten. Akeru lief das Wasser im Mund zusammen, dennoch orientierte er sich an Sarai, die keinen Finger krümmte.

„Ihr dürft speisen!", lud Rarcado sie gönnerhaft ein. „Ich war ungewiss, was euch schmeckt, deshalb die große Auswahl."

Minuten vergingen ohne eine dankbare Reaktion seiner Gäste. Derweil schnitt Rarcado sich, verdrießlich werdend, ein blutiges Stück vom Braten ab und zerkleinerte es gleich einem Grobian. Er schmatzte laut, schlürfte aus seinem Glas und erhob sich wutentbrannt mit einem Ruck. „Was ist denn los mit euch?! Fürchtet ihr, das Essen sei vergiftet?"

Der Herrscher feuerte sein Besteck fort, stapfte herüber und Sarai begriff, dass sie sein Näherkommen gar nicht wollte. Eilig angelte die Frau wie ein aufgescheuchtes Tier ein helles Brötchen aus dem geflochtenen Korb und schob es Akeru zu. Sie selbst schöpfte für sich aus einem der Gefäße eine Cremesuppe.

Rarcado verlangsamte sein Tempo, betrachtete das Geschehen zufrieden und stellte sich an ihre Seite. Die Wärme, die sein Leib ausstrahlte, der ledrige Geruch, der an ihm haftete, richtete die feinen Haare an ihren Armen auf.

„Mein Geschenk …"

„… ist abgegolten", unterbrach sie ihn und pustete den gefüllten Löffel an. Sarai verspürte tatsächlich keinen Hunger, ihr Magen rebellierte sogar und doch war sie entschlossen, diese wässrige Pampe zu schlucken.

„Wie geht es unserem Kind?", erkundigte er sich freundlich und begab sich auf den Rückweg.

Sarai antwortete schroff: „Akeru ist nicht dein Sohn."

„Ihn habe ich auch nicht gemeint."

Sie wollte den ersten Happen zu sich nehmen, da hielt sie inne und erbrach einen Schwall neben ihren Stuhl.

Akeru sprang besorgt auf. Rarcado flachste: „Die Morgenübelkeit lässt grüßen. Dachtest du wirklich, die bloße Besteigung wäre mein Ziel gewesen?"

Schwer atmend sammelte sich die Auserkorene, welche sich wie zu einer dreckigen Hure degradiert fühlte. Ihre Faust umschloss eine goldene Gabel. Angst oder Hass? Was würde jetzt in ihr gewinnen?

Da kam Akeru ihr zuvor, indem er sämtlichen spitzen Gegenständen im Raum befahl, emporzusteigen. „TÖTET IHN!", brüllte der Junge den Gabeln, Messern und Knochen zu, die sich blindlings auf den Weißhaarigen stürzten. Im Affekt warf sich Sarai schützend über ihren Sohn. Es klirrte und krachte. Dann war es ganz still.

„Ist es vorbei?", wisperte Akeru und lugte unter Sarai hervor.

Prompt packte ihn eine Hand und zerrte ihn hoch. „Ich würde dich aufspießen und braten lassen wie diese Hexenbrut vor der Höhle." Sarai entriss Rarcado ihr Kind und stellte sich als Schutzpatronin vor ihn.

„Du gebärst unser Kind, Weib!", glühten seine Augen vor Raserei. „Tust du ihm etwas an", deutete er ermahnend auf ihren Bauch, „erfährt dein Balg das gleiche Schicksal."

Rarcado marschierte zornig aus dem Saal, vor dem Alyosha, auf einen kunstvoll geschnitzten Wanderstab gestützt, in einer ozeanblauen Kutte seelenruhig verweilte. „Ich habe Euch versprochen, dass das Kind Euch kein Leid zufügen kann. Der Blutzauber bewahrt Euch vor ihm und ihn vor sich selbst. Andernfalls würde er sich ja selbst richten, indem er Euch zur Schlachtbank führt."

„Findest du das unterhaltsam, Besenstiel?!", hakte der Weißhaarige verstimmt nach.

„Nein, mein teurer Herrscher. Ich bin erfreut, weil der Plan Gestalt annimmt."

„Wieso bloß kann ich die Fähigkeiten des Quälgeistes nicht anwenden?! Du sagtest, es würde klappen!"

„Das war mein erster Blutzauber, Gebieter. Ich habe leider keine Erfahrung darin, dies wusstet Ihr. Ich könnte mir nun vorstellen, dass einzig Geschöpfe, denen magische Wurzeln innewohnen, in der Lage sind, fremdes Gut zu kontrollieren."

„Vermaledeit sei der übersinnliche Firlefanz! Wieso gibt es kaum noch Welten ohne diesen Dreck?!", lief Rarcado gereizt an ihm vorbei.

„Was ist mit Eurer Welt?"

Die eine Wand des schmalen, dunklen Ganges wechselte in eine eingestaubte Fensterfront, die ein tristes Panorama auf den Sacroer preisgab – verstreut patrouillierten Schatten-Soldaten. In der Arena labten sich die Rashuheps an verschiedenen Kadavern, um deren beste Fleischstücke sie sich zankten.

„Sie sind wunderschön", schwärmte Rarcado und beobachtete seine Lieblinge beim Fressen. Dabei begann er zu schwelgen: „Shezar ist anders als alles, was wir bislang erkundet und geplündert haben. Und wir haben schon sehr viel gesehen. Das kannst du mir glauben. Shezar mag winzig klein sein, ist dessen ungeachtet einzigartig in seiner pastellfarbenen, kristallinen Struktur, die sich flächig wie eine massive Gebirgsgegend erstreckt. Tiefes Wissen, unendliche Macht und einen Quell wahrer Heilung trägt das Muttergestein in sich."

Rarcado schaute befremdet auf seine rechte Hand. „Ein kurzes smaragdfarbenes Fell, welches uns während der kühlen Winde wärmt, bedeckt unsere lachsrosa Haut. Die meisten Augen weisen pures Sonnengelb auf. Manche sind rabenschwarz oder kupferrot, wie es meine waren. Mit einem gestreiften, dünnen Schwanz tarieren wir unsere Sprünge aus und erklimmen mit wendigen, athletischen Körpern, die allesamt höher gewachsen sind als die eurer Männer, jeden Berg. Fußsohlen und Handinnenflächen sind unbehaart und sorgen für zusätzlichen Halt."

Alyosha lauschte interessiert und wagte es nicht, ihn zu unterbrechen.

„Wir kannten keine Krankheit, kein Elend und keinen Hunger. Die Kristalle ernährten uns mit ihrer reinen *Energie*. Verstehst du?! Es handelte sich *nicht* um Zauberei! Und wehe, du wagst es, beides gedanklich in einen Topf zu werfen! Magie ist Illusion, die auf Zirkusattraktionen baut, um Gossenkinder zu begeistern – unterstes Niveau."

Alyosha verkniff sich die sarkastische Bemerkung, ob es auch nur eine optische Täuschung war, dass der Vorlaute diesseits residierte. Der Narbenmann war Schwarzmagier *und* Medium – natürlich hatte *auch* die Hexerei, die der vermeintliche Regent hochnäsig anprangerte, ihm eine Fahrkarte in ein lebendes Gefäß beschert.

„Die Kristalle statteten uns mit enormer Weisheit, das Universum betreffend, sowie dem Geschick aus, Dinge in Ordnung zu bringen. Wir sind eine der wenigen Spezies, denen klar ist, dass es vielfältiges, weiteres Leben im All gibt. Wir erkannten unseren besonderen Platz in der umfassenden Chronik. Wir sollten eine Anlaufstelle, eine Oase, für Hilfesuchende von überall her werden. Es ist richtig: jedem wäre bei uns Heilung widerfahren, jedem hätte sein Intellekt erschlossen, was er benötigt, um in seiner Inkarnation voranzuschreiten oder um seinem Reich Segen zu bescheren. Aber warum hätten wir unser erlesenes Geschenk mit Fremden teilen sollen?! Unsere begabteste Seherin wurde sich darüber gewahr, dass die Außenseiter uns letztlich verraten und bestehlen würden. Dabei hatten die Dummen vor Ewigkeiten Ableger unseres Muttergesteins bekommen, wussten es jedoch kaum zu gebrauchen. Diese passten sich den Umweltbedingungen an, bildeten neue Formen und schufen präzise Eigenschaften. Man nennt sie zum Beispiel Amethyst, Rosenquarz und Serpentin."

Nach einer kurzen Atempause sprach Rarcado weiter: „Die Gierigen wollten keine Unterarten, wie sie die Ableger bezeichneten, sondern das vollkommene Liqualio Urianjaa. Beim verbotenen Schürfen verletzten sie unseren heiligen Mutterstein, unser System brach in sich zusammen. Wir sind ein kleines Volk, aber hochentwickelt.

Wir pusteten ihren fünffach so großen Planeten von der Landkarte. Leider änderte das nichts daran, dass Shezar stetig an Kraft verlor."

Rarcado öffnete seine geballte Faust, um die Anspannung weichen zu lassen. „Es soll einst Letedianer gegeben haben, die uns in Macht und Wissen ebenbürtig waren. Ihr Reich ging in den Fluten weit entfernter Gefilde unter."

„Wurden sie bewusst ausgelöscht?", fragte Alyosha nach.

„Wer weiß das schon. Ihre Zeit war einfach vorüber."

„Was unterscheidet Euch von den Letedianern – außer, dass ihr noch existiert?" *Vielleicht kämpft ihr gegen euer eigenes Schicksal und solltet selbst längst zu Asche zerfallen sein.*

„Die Letedianer wurden sämtlich wiedergeboren, irren wie Schafe ohne Hirten auf einer Weide, welche nicht die ihre ist. Sie haben ihr Reich nicht beschützen können. Wir schon. Wir tun alles für den Erhalt. Wir reisen von Planet zu Planet und erbeuten ihren Kern, ihr Herz, den Antrieb."

Alyosha schlussfolgerte: „Eure Welt liegt im Sterben. Ihr benötigt die Energien anderer Imperien, um das Eure aufrechtzuerhalten. Ist es Euch egal, dass ihr jenen, die ihr aus feindlicher Absicht aufsucht, Verderben serviert?"

„Sind sie stark genug, dürfen sie uns aufhalten, sonst haben diese Schwächlinge ihr Refugium ohnehin nicht verdient."

Rarcado setzte sich in Bewegung und Alyosha heftete sich an dessen Fersen. „Wozu benötigt Ihr den Schlüssel? Nehmt Euch, was ihr wollt und dann verschwinden wir. Ich freue mich darauf, Shezar kennenzulernen."

Rarcado blieb abrupt stehen, drehte sich um und schlug den Zauberer nieder. „Nimm niemals diesen Namen in dein verdorbenes Maul, Diener!"

Alyosha kuschte und winselte um Verzeihung. Wenn Ziron starb, wollte er sich immerhin in Sicherheit wissen. Das war die Vereinbarung zwischen den beiden. Rarcado sollte ihn in seine Heimat einschleusen. Schließlich hatte dieser es dem Hexer zu verdanken, dass er überhaupt hier war.

Betrachtete man das Ganze ehrlich, war die Entfluchung des Prinzen damals gehörig schiefgelaufen. Alyosha überschätzte seine mediale Begabung, hatte schlichtweg versagt. Die bösartige Seele nutzte ihre Chance, ergriff rigoros Besitz vom Jungen, nistete sich wie ein Parasit in ihm ein und übernahm seine Erinnerungen sowie die komplette Kontrolle. Alyosha hatte dem Bösen die Pforten geöffnet und da er nicht wusste, welches tatsächliche Ausmaß das Geschehen entwickeln würde und wie er das hätte rückgängig machen können, beschloss er irgendwann, zumindest sein eigenes Leben zu retten und entschied sich endgültig für die Seite des Wesens.

Der Alte dackelte dem Herrscher hinterher, der berichtete: „Der Schlüssel, der als Gott, Engel, Wächter, Tier, Mensch oder ein anderes Geschöpf erscheinen kann, ist für die Weltordnung zuständig. Wir stöbern ihn auf und er darf uns, mir, seine Verantwortung freiwillig übergeben. Vorher muss das Kind geboren werden, damit es meinen Platz hier einnimmt. Einen Kern zu extrahieren, dauert. Ich will kein Gefangener sein – wie mein Vorgänger."

Alyosha stutzte und lief knapp hinter Rarcado den Flur entlang. „Ihr habt Ziron zuvor schon beehrt?!"

„Natürlich", griente er überlegen. „Alreshep, unser Kundschafter, schickte einen Notruf, dem ich folgte, der uns durch die verdammenswerte Zeitverschiebung leider erst knapp dreihundert Tage später nach dem Anbruch seiner Reise erreichte. Ein Jahr in Ziron entspricht einem Tag bei uns. Weitere drei Jahrhunderte zogen in die zironischen Ländereien ein, ehe ich euch mit meiner Anwesenheit beglückte."

„Euer Späher bat um Hilfe? Wovor sollte sich solch eine dominierende Gattung fürchten?"

Rarcado ließ die Ironie in Alyoshas Worten außer Acht, denn er war in seine Erinnerung an Alresheps akustische Nachricht versunken. *„… -shep … Ziron … Gefahr … viel Energie … nicht kommen … Gegner … Tadur …"*

„Meine Nachforschungen haben ergeben, dass Alreshep in einer Ebene gebannt ist, die für mich unerreichbar ist. Ihr Menschen würdet sagen: er wäre tot."

„Vielleicht kann ich behilflich sein?"

„Nein, seine Befreiung würde zu viele Probleme verursachen und im schlimmsten Fall lässt du tölpelhaft die Falschen raus."

Gekränkt grummelte Alyosha vor sich hin und sprach danach: „Warum lasst Ihr die Frau und den Rest im Glauben, Ihr seid Tadur?"

„Er hat Alreshep ins Exil befördert. Ich bin ahnungslos darüber, wie er das angestellt hat – zumal mein Freund körperlos in eurem Reich ankam. Ich weiß nur, dass ich dafür sorgen werde, dass auch der letzte Mensch dieser Welt Tadur ewiglich verachten wird."

Kapitel 9

Der Sprössling zweier Welten

Dreiundzwanzigster der Mireyu im Jahre des Wolfsschädels 57.

Sarais Bauch war gewölbt. Ja, es wuchs ein Kind in ihr heran, aber kein normales. Dieses, das sie widerstrebend in sich trug, hatte jetzt, nach ungefähr bloß einer Woche der verabscheuungswürdigen Empfängnis, die Maße eines sechsmonatigen Sprosses in ihrem Mutterleib angenommen.

Mit Wut stierte Akeru auf ihre Rundung und stocherte sauer im Eiersalat herum. Die Gabel schrammte gelegentlich über den Teller. „Dieses Ding, du musst …"

Sie schaute von ihrem Essen auf, das unberührt war, und ihr leerer Blick, tieftraurig sowie verzweifelt, ließ ihn verstummen. Sein Mitgefühl für ihre Bürde war größer als die Verachtung gegenüber dem Ungeborenen.

Akeru stob davon. Er wollte ihr keinen zusätzlichen Kummer bereiten, konnte das Geschehen allerdings nicht schweigend hinnehmen. Er rannte über den Flur des Palastes und brüllte den angestauten Zorn heraus.

Sarai presste das Gesicht bitterlich weinend in die Hände. Sie hätte das Leben des in ihr wachsenden Eindringlings längst beendet, wüsste sie nicht, dass jenes ihres Sohnes der Preis dafür gewesen wäre.

Dreißigster der Mireyu im Jahre des Wolfsschädels 57.

Die alte, dürre Frau musste geschätzt etwa achtzig Lenze auf dem Buckel haben und war mindestens genauso überfordert sowie erschöpft wie Sarai, die schreiend und schweißgetränkt in den Wehen lag.

Kurz davor hatten die Rashuheps die wohl letzte Gruppe Überlebender in der Stadt aufgescheucht. Die Jagd auf vier gebrechliche Männer und zwei ausgemergelte Frauen war eröffnet. Eigentlich wollte Alyosha die Jüngere absondern, kam jedoch zu spät und konnte zu seinem Ärgernis dafür nur das faltige Weiblein vor den garstigen Viechern bergen.

Der Zauberer hatte dem Herrscher eine Idee unterbreitet, nachdem er beobachtet hatte, wie sehr Sarai sich durch die zunehmend schwerere Schwangerschaft kämpfte: eine Hebamme sollte her! Seiner Meinung nach wäre jede Maid dazu imstande. Die erfolgreiche Geburt genoss oberste Priorität!

Ihre kalten, zittrigen Finger strichen Sarai eine feuchte Strähne hinters glühende Ohr. Die Alte bot ihr besorgt eine Hand zum Drücken an und richtete nach Sarais ablehnendem Kopfschütteln wenigstens die Kissen am Rücken der Auserwählten.

Im sündhaften Himmelbett spreizte Sarai zwangsläufig die Beine, presste, keuchte und wäre am liebsten gestorben.

„Dein Name?!"

„Meri-oh."

Wieder biss Sarai die Zähne fest aufeinander und stieß daraufhin einen lauten Schmerzensschrei aus. Hechelnd brachte sie hervor: „Meri-oh, höre mir zu! Diese unnatürliche Kreatur in mir … Ein Bote der Verdammnis … Du …"

Die Tür öffnete sich überraschend, das Gespräch wurde sofort eingestellt und Rarcado schritt königlich ins Gemach. „Wie geht es meinem Täubchen?"

Meri-oh erwiderte spontan: „Schiebt eine Kokusnuss durch ein Nadelöhr und beantwortet Euch die blöde Frage selbst!" Wäre nicht eine Wehe über Sarai hereingebrochen, hätte sie gelacht.

Rarcado guckte die Greisin finster an. Wieso muckte die auf? Weil sie dem Tod nahe war, wie man an den zig schwarzen Flecken, die sie bevölkerten, erahnen konnte und sie daher nichts mehr zu verlieren hatte?

„Erweise mir Wertschätzung!", packte er Meri-oh grob an der Schulter, woraufhin sich ihre Mundwinkel schmerzhaft verzogen. „Oder dein Posten muss neu besetzt werden."

Sarai angelte nach dem Herrscher, um ihn zu beschwichtigen, da gab sie kund: „Es kommt!"

Rarcado stieß Meri-oh im Affekt fort, sprang hektisch ans Bettende und empfing das Kind mit gekonnten Griffen, welches blutverschmiert aus Sarais Körper glitt.

Kraftlos sackte sie auf die Polster, während er seinen Sohn wiegte. Dunkelheit überfiel ihren Geist. In der Ferne hörte sie noch Meri-ohs bange Stimme: „Sie verliert zu viel Blut!"

„Du darfst jetzt nicht gehen!"

Das grelle Licht blendete Sarai, sodass sie es abschirmte und zurücksah. Dort stand eine Lady mit wallendem, hüftlangen Haar und einem korallfarbenen Gewand, gebunden wie eine Tunika. Auch ohne den goldglänzenden Schmuck war sie vermutlich die schönste Frau Zirons.

„Wer bist du?"

„Hast du meinen Namen vergessen?", lächelte die Blondine sie sanft an und umkreiste die Auserkorene.

„Dein Akzent …"

„Unsere letzte Begegnung fand vor fast sechshundertfünfzig Jahren statt ..."

Eine wohltuende, einladende Melodie gewann Sarais Aufmerksamkeit. „Das Lied summte meine Mutter", sagte sie erstaunt und trat dichter zum lichten Kegel.

„Warte! Wenn du jetzt gehst, ist deine Welt verloren. Du wirst nie wieder in ihr inkarnieren können."

Traumversunken flüsterte Sarai: „Meine Eltern rufen mich."

Die Frau baute sich direkt vor ihr auf und schnipste. „Erinnere dich daran, wer und wozu du fähig bist! Wach endlich auf!"

Tadur kniete verzweifelt vor ihr. Die Finger der überkreuzten Arme bohrten sich verkrampft in seine Haut. „Es verschlingt mich und wird alles vernichten."

„Wovon sprichst du denn?! Vielleicht kann ich dich heilen."

„Halte Abstand!", wies er sie scharf an. „Zu deinem eigenen Schutz. Ich habe ein Wesen in mir aufgenommen."

Ihre Panik mischte sich mit Verwunderung. „Wie meinst du das?"

„Eine Gabe", röchelte er. „Ich habe sie zu keinem Zeitpunkt vor euch eingesetzt. Bloß Nicoletto weiß Bescheid. Deine Götter gaben dir vor etlichen Jahren einen Hinweis, den ich gleich im Keim erstickte. Ich wollte nicht, dass mich jemand, erst recht nicht du, als Monster betrachtet."

„Was für eine Gabe?"

„Absorption. Ich kann mir Dinge einverleiben." Er stöhnte gequält.

„Was hast du in dich hineingezogen?", rollte eine Träne von ihrer Wange.

„Ein uns unbekannter Stern ist seine Heimat. Es ist unermesslich böse und dieses Geschöpf ist erst der Anfang. Sie wollen Ziron wie eine Zitrone auspressen – bis auf den letzten Tropfen und nichts

wird zurückbleiben. Ich hatte keine Wahl und musste handeln – so wie du jetzt! Sinara, ich flehe dich an! Beschwöre einen deiner Götter!"

Sie wehklagte: „Wenn ich das tue, verbanne ich dich zu einem Schicksal, das du nicht verdient hast. Lass es frei und wir werden es irgendwie besiegen. Ich hole Kekros, Akatari und die anderen."

Er würgte und spuckte unter Ekel eine schwarze, zähe Flüssigkeit aus. Er konnte sich kaum aufrecht halten. „Verlässt es meine Obhut, fegt es euch vom Platz. Bleibt es in mir, verdrängt es mein Bewusstsein. Sinara, es ist mein Wille. Tu es! Schenke mir Frieden im Tode und rette deine geliebte Welt!"

„Ich kann dich doch nicht einfach so sterben lassen!", jammerte sie. „Ziron braucht dich! Ich brauche dich!"

„Soll es jeglichen Funken Menschlichkeit in mir erlöschen?! Ich kann kaum noch …" *Tadurs Reserven waren endgültig aufgezehrt. Dieses Gefecht würde er tatsächlich verlieren. Sich einzugestehen, dass ihr stets erfolggekrönter Pharao einer ungreifbaren Bestie unterlag, war das Schlimmste, was sie bis dahin erfuhr.*

Aus Leibeskräften schrie sie in den roten Abendhimmel hinauf: „Götter, bannt Tadur!"

Ein starker Wind brauste ihnen schlagartig um die Ohren. Ein Blitz zuckte am gewitterfreien Horizont und setzte eine bildhübsche Dame in einer beigen Tunika vor Sinara ab. Die üppige blonde Mähne war mehrfach zusammengebunden und hing bis zu den Kniekehlen herab.

„Sokrates antwortet dir, Tochter des Sturms, Seherin der Euglaven."

Geistesgegenwärtig warf sich Sinara vor der Göttin ehrfurchtsvoll nieder. „Wie habt ihr entschieden?"

„Sokrates …", murmelte die Auserwählte benommen.
„Was säuselt sie da?"

„Sie liegt im Fieberwahn. Ihr könnt die Frau nicht in diesem Zustand transportieren!"

„Es muss sein."

„Hör auf zu jaulen!", forderte sie entrüstet. „Du bist ein Prinz!"

„Na und", wischte Akatari sich über die feuchten Augen, „das ist gerade irrelevant."

Sinara schnaufte und verschränkte die Arme vor der Brust. „Soll dich dein Volk für einen Jammerlappen halten?"

„Außer euch beiden sieht mich gegenwärtig keiner!"

Der braunhäutige Greis gravierte mit feinstem Werkzeug ein exaktes Symbol auf Akataris Stirn. In die frische Wunde streute er ein Pulver, das antikrot sowie giftgrün schimmerte.

„Kann sich das entzünden?", maulte der Prinz. „Bin ich entstellt?"

Sinara neckte ihn: „Ist das Ergebnis für dich unbefriedigend, tauschst du einfach deinen Kopf aus."

Missgelaunt durfte Akatari sich endlich vom Stuhl erheben und lief angespannt zum plätschernden Springbrunnen der Kammer.

Im ersten Moment erschrak er vor seinem eigenen Spiegelbild und brachte keinen Ton hervor.

„Du bist schön, mein Prinz und bald schon wird die Einritzung tadellos verblasst sein", gesellte sich Sinara zu ihm.

„Was macht dich dermaßen sicher?", schlug er erbost ins Wasser und eilte fort.

Sinara wandte sich dem Diener zu: „Memmet, schenke mir ebenfalls Tadurs Zeichen."

Der Alte räumte seine Utensilien zusammen. „Der Pharao erlaubt es Euch, Hoheit, aber erst in ein paar Jahren."

Sie trat näher und löste die Kordel ihres perlweißen Kleides. „Dein Prinz und zukünftiger Herrscher braucht mich jetzt. Geteiltes Leid ist halbes Leid. Ich will das Bündnis schließen."

„Ich benötige die Erlaunbis des Regenten."

„Mein Einverständnis muss dir reichen. Im Ausgleich verrate ich dir, wie sich dein Weib von der Krankheit erholen kann."

Er stutzte: „Woher wisst Ihr …?!"

„Ein Husten macht ihr zu schaffen? Sie erbricht gelbes Sekret?"

Memmet nickte eifrig und säuberte die metallene Nadel schneller.

Das Gewand rutschte Sinara bis zur Hüfte. Sie verdeckte mit einem Baumwolltuch ihre nackten Brüste und nahm verkehrt herum auf dem Stuhl Platz. Die langen, rabenschwarzen Haare holte sie über die Schulter nach vorn und gab ihren Rücken dadurch vollends preis.

Memmet war froh, dass sie sein Erröten nicht sehen konnte. „Links oben?", fragte er beiläufig nach und zog einen Schemel heran.

„Über den gesamten Rücken."

Der Greis hielt verdutzt inne. „Nein, ich bin mir gewiss, dass der Pharao links oben für Euch erdacht hat."

Sinara wiederholte nachdrücklich ihren Satz, schaute mit scharfem Blick zu ihm und zischte: „Ich mache es für Tadur und du für deine Frau."

Memmet war unwohl bei der Sache und dennoch leistete er ihrem Wunsch, der mehr einem Befehl ähnelte, Folge.

Sarai spürte ein unangenehmes Ruckeln. Hitze durchströmte sie, die gelegentlich von etwas Kühlem unterbrochen wurde.

„… Tadur?"

„Mama, ich bin da. Bitte bleibe bei mir. Mama?!"

„Benetze ihre Lippen!"

„Wird sie sterben, Meri-oh?"

„Das werden die nicht zulassen."

Schwarzbraune Strähnen, die ihm bis zum Schlüsselbein reichten, streichelten ihr Gesicht. Sie spürte seinen Dreitagebart, der sie am Hals kitzelte. Sein warmer Körper schmiegte sich an den ihrigen. Wohlig sog die junge Frau seinen Duft ein.

„Du bist es", flüsterte sie selig und wagte es nicht, die Augen zu öffnen.

Er bedeckte sie mit sanften Küssen. Seine Zunge fing eine einsame, herabkullernde Träne. „Warum weinst du, Liebste?"

„Weil das bloß ein Traum ist."

„Ein ziemlich guter würde ich sagen", grinste er.

„Ich schaff das nicht", überkam sie die Traurigkeit. „Ich bin am Ende. Wie sollen wir gewinnen?! Wie soll ich ohne dich bestehen?!"

Er drückte ihre Hand, strich zärtlich über die Lider, welche sie nun aufschlug. Sie blickte ins Antlitz des Mannes, den sie liebte.

„Weißt du noch: Sarai, die den Frieden bringt."

Dreizehnter des Jukos im Jahre des Wolfsschädels 57.

Sie kam zu Bewusstsein. Sarais Schädel brummte, sie fühlte sich steif und ermattet.

„Sie ist wach!", rief Akeru erleichtert aus und kletterte zu ihr ins Bett. „Wie geht es dir? Du hast fast die ganze Reise verschlafen."

„Krank war sie, nicht müde", verbesserte ihn Meri-oh, reichte der Auserkorenen ein Glas Wasser, welches diese dankbar ergriff und durstig leerte.

„Ich hole dir ein stärkendes Süppchen aus dem Küchentrakt", tippelte die klapprige Alte davon.

Akeru informierte seine Mutter: „Wir sind in einer Sänfte getragen, eher geflogen, worden – von zwei Rashudingsda. Du, ich und Meri-oh waren in einer. Der Narben-Mann und das Ekel teilten sich die zweite."

„Wohin wurden wir gebracht?", unterbrach sie ihn ernst.

„Ti Era. In eine Klosteranlage. Vom Fenster aus kannst du die riesige Kathedrale nebenan sehen."

„Was machen wir hier?"

Er zuckte mit den Achseln.

„Das Kind?"

Seine Miene verfinsterte sich. „Wurde mitgenommen, glücklicherweise in der zweiten Sänfte. Rarcado lässt es keine Sekunde unbeaufsichtigt. Man könnte meinen, sie kleben aneinander. Er bringt ihm irgendetwas bei, ich konnte leider nicht herausfinden was."

„Er unterrichtet einen Säugling?", wunderte sich Sarai.

„Das ist er nicht mehr …"

Schon wurde die Tür schwungvoll geöffnet und der Regent samt Sohn stand in höfischer Kleidung auf der Schwelle. „Ich habe dir versprochen, dass sie genesen ist."

„Eine übertriebene Einschätzung", bemerkte Meri-oh schlicht, die das Tablett haltend hinter ihnen auftauchte.

Der Kleine ließ die Hand des Vaters los und lief selbstständig, leicht wankend, seiner Mutter entgegen. Er verkörperte ein etwa dreijähriges Kind und das, obwohl er eigentlich erst zwei Wochen jung war. Ein silbern schimmernder Bob, der von schokoladenfarbenen Linien durchzogen war, umrahmte sein schlankes Gesicht.

Akeru rückte nicht einen Zentimeter, machte sich sogar breiter. Der Junge, gänzlich Sarai im Fokus habend, ertastete bloß deren Oberschenkel über der Bettdecke.

Die engelsgleiche Stimme des Kindes brachte sehnsuchtsvoll „Mutter" hervor. Kleine Ärmchen streckten sich nach ihr aus.

Prompt hob Rarcado den Sohn hoch und setzte ihn ihr stolz auf den Schoß. „Ein Prachtkerl."

Die schlitzartigen, goldgelben Augen einer Katze schauten Sarai eindringlich an. Mehr Tier als Mensch schien in diesem Wesen zu schlummern, das sich ohne Umschweife an sie drückte.

Die Auserwählte hielt bewegungslos den Atem an, da packte Akeru den Kragen der edlen Bluse des Kindes und zog ihn grob zurück. „Geh weg von ihr!"

Rarcado pfefferte Akeru daraufhin brutal vom Bett und drohte: „Komm meinem Sohn noch einmal zu nah und du verbringst deine restlichen Tage im Verlies." Er wandte sich Sarai zu: „Und du wirst Jonhep lieben, sonst schlitz ich dein lästiges Balg auf und lass es vor dir ausbluten."

In den nächsten zwei Wochen stiegen Sarais Kräfte, während sie bemüht war, sich ruhig zu verhalten und Akeru ebenso dazu anwies.

Sie saß neben ihm auf einer weißen Steinbank im Kreuzganghof und malte sich gedanklich aus, wie schön und gepflegt dieser einst war. Die Pflanzen würden im Monat des Jukos eigentlich in voller Blüte stehen, doch waren sie vertrocknet, eingewoben von der hellen Asche wie ein Insekt im Netz einer Spinne.

„Ich kann es noch einmal probieren und ihn angreifen", startete Akeru einen neuen Überzeugungsversuch.

„Das bringt nichts. Der Blutzauber schützt ihn vor dir."

Akeru schnaufte. „Vor mir, aber nicht vor anderen?! Müssen wir mehr riskieren?!"

Sarai lehnte sich melancholisch an die Bank. „Wir haben schon alles verloren. Was gibt es zu retten?"

Sein Blick verriet, dass er von ihr enttäuscht war. „Was willst du hören, Akeru?"

„Dann lass uns gemeinsam sterben."

Ein Schauer durchfuhr sie. Hatte das eben wirklich ihr eigener Sohn in seinen jungen Jahren geäußert?

Starb Sarai, konnte sie ihren Zweck, zu dem der Herrscher sie wohl immer noch duldete, nicht erfüllen und deren Ziele vielleicht vereiteln?

„Wenn du jetzt gehst, ist deine Welt verloren. Du wirst nie wieder in ihr inkarnieren können", erweckte ihr Verstand Sokrates' Worte. Gab es Hoffnung? Worauf?

„Tochter des Sturms, Seherin der Euglaven."

Geistesgegenwärtig warf sich Sinara vor der Göttin ehrfurchtsvoll nieder. „Wie habt ihr entschieden?"

Sollte sie auf die Götter bauen? Existierten diese noch?

„Ein letzter Versuch …", beschloss Sarai. „Hilf mir dabei, mich an etwas zu erinnern, das Jahrhunderte zurückliegt."

„Worüber redet ihr?"

Akeru und Sarai zuckten erschrocken zusammen. Jonhep stand plötzlich vor ihnen. Keiner der beiden hatte sein Näherkommen bemerkt.

„Mir ist langweilig", nörgelte der Hellhäutige. Deutlich spürbar umgab ihn seine gespenstische Aura. „Du spielst jetzt mit mir!", deutete sein Zeigefinger auf Akeru.

„Nö."

„Mach schon, Diener! Sonst hole ich meinen Vater."

Sarai zügelte Akerus aufkochendes Blut, indem sie ihm kurz über den Handrücken streichelte. Sie erhob sich und bot Jonhep versöhnlich an: „Ich beschäftige mich mit dir. Was wollen wir machen?"

Das Kind reichte ihr inzwischen bis knapp über die Hüfte. Akeru war damals ungefähr sechs Jahre alt gewesen, als er diese Höhe erreicht hatte.

„Quälen wir ihn für seinen Ungehorsam."

Sie konnte kaum glauben, welche Boshaftigkeit aus diesem Knirps sprach.

Er leckte sich über die Lippen. „Brechen wir ihm zuerst die Beine. Danach schneiden wir einen Knochen aus seinem Leib und werfen ihn einem Rashuhep zum Fraß vor."

Sarai ohrfeigte den Jungen im Affekt. „Akeru ist millionenfach wertvoller als du und dein Abschaum von Vater es je sein würden. Krümme ihm ein Haar und meine Rache wird fürchterlich sein."

Wütend funkelte Jonhep sie an, der sich die schmerzende Wange hielt. „Vater hat dir befohlen, dass du mich über den Hässlichen stellst. Ich bin gut zu dir, Mutter. Sei froh darüber. Du und dein schwaches Volk … Unsere Gattung hat euch komplett unterjocht. Sieh dich um! Wir saugen eure Welt für unsere aus!"

„Still, Jonhep!", wies Rarcado ihn forsch an, der den Hof, seinen Sohn suchend, betrat.

Sarai flehte innerlich, dass das Kind nichts von der eben erfolgten Auseinandersetzung preisgab.

„Folge mir zu deinem Unterricht! Ist alles in Ordnung?"

Jonhep erwiderte: „Wir haben herumgetollt und ich bin leider gestürzt. Dürfen Akeru und ich später allein in meinem Zimmer weiterspielen?"

„Gewiss."

Jonhep hüpfte seinem Vater in der Südgalerie des Kreuzgangs hinterher. „Wie lange muss ich in der Einöde verbleiben, wenn du schon fort bist?"

„Das kann dir niemand wahrheitsgetreu beantworten. Die Extraktion dauert von Planet zu Planet unterschiedlich – selten sind es Stunden, oftmals Wochen oder Monate."

„Du könntest warten …"

„Nein, Shezar braucht seinen König."

Jonhep kam ins Straucheln, stieß sich von einer kahlen Wand ab und fand sein Gleichgewicht. „Warum nennt dich niemand bei deinem echten Namen?"

„Je weniger sie wissen, desto geringer ist die Chance, dass sie uns schaden können. Hier heiße ich Rarcado oder bevorzugt Tadur."

„Verleugnest du deine Herkunft?!"

„Nein. Ich schütze uns."

Jonhep hielt mit wachen Sinnen an. „Ich rieche Furcht an dir. Wieso ängstigst du dich vor denen, die uns unterlegen sind?"

Schweigend führte Rarcado ihn in einen Raum, der früher von den Ordensbrüdern zur Andacht genutzt worden war. Alyosha hatte ihm versichert, dass durch magischen Einsatz kein Wort, was hierorts gesprochen wurde, nach draußen dringen würde.

Jonhep plumpste träge auf ein rundes Kissen. „Die Chronik unseres Reiches hast du mir umfänglich gezeigt. Ich kenne jeden Bewohner, ohne ihm begegnet zu sein. Ich weiß, an welcher Stelle sich das Herz unseres Muttergesteins befindet, ohne je davorgestanden zu haben."

Rarcado ergänzte: „Du hast erfahren dürfen, wie sehr wir um Shezar kämpfen und zu welchen Taten wir fähig sind."

Jonhep hakte erneut nach: „Wieso ist dir dann bange?"

„Das erste Mal seit Anbeginn empfingen wir einen Notruf – von Alreshep, den ich in die zironischen Gefilde entsandt hatte. Seit Jahrzehnten war er einer unserer besten Kundschafter, meisterte seine Aufgaben exzellent und kehrte stets heim. Dieser Tümpel hat ihn tatsächlich verschluckt."

„Und daran ist Tadur schuld? Wer soll das sein? Weise mich heute in die Erinnerungen des Menschen ein, den du besetzt."

Rarcado überlegte und gab dem Wunsch des Kindes nach. Er kniete sich vor ihm nieder, Jonhep nahm die gleiche Position ein. Behutsam ruhte die eine Hand des Regenten am Nacken seines Sohnes und die andere an dessen linkem Ohr. Ihre Stirnen berührten einander und ihre Energien umkreisten sich wie zwei unsichtbare Tänzer, verschmolzen und stellten eine tiefe Form der Kommunikation her – per Gedanken.

Jonhep suchte gezielt nach inhaltlichen Fetzen, die sich um Tadur drehten. Ihm eröffneten sich die Legende der Auserwählten und der Krieg im Jahre des Drachenblutes 56. Dem Jungen missfiel, dass der richtige Rarcado zu weit vom Geschehen entfernt gewesen war, als dass er ein Zeuge der Ereignisse hätte sein können.

Die beiden lösten sich nach fünf anstrengenden Stunden. Der Schweiß rann an ihnen herab.

„Die Schlacht 56 …", hechelte Jonhep erschöpft. „Tadur ist tot?"

Rarcado nickte und legte sich auf den Rücken, ihm war schwindlig.

„Wie kann er den Heereszug seiner Truppen auslösen, wenn er kein Teil dieser Welt mehr ist?"

Der Herrscher stierte das hellgraue Klostergewölbe an und reflektierte die Frage. „Er und Alreshep sind in einem Zwischenreich gefangen. Es gibt durchaus eine Verbindung dorthin, die zum Beispiel das Narbengesicht herstellen kann."

„Warum können *wir* das nicht?"

„Das ist faule Zauberei und unserer unwürdig."

Jonhep drehte sich auf den Bauch und streckte alle viere von sich. „Vermag Alyosha mit Alreshep zu sprechen?"

„Angeblich soll er Tadurs Sohn empfangen haben, der wohl mit unserer lieb gewonnenen Sarai eine Beziehung pflegte."

Jonhep horchte scharfsinnig auf. „Ist Akeru Tadurs Erbe? Das würde deine Furcht erklären. Tadur bezwang Alreshep auf unerklärliche Weise und du vermutest, dass der Wicht vielleicht ebenfalls dazu in der Lage ist. Aber du tötest ihn nicht, weil Mutter dir freiwillig den Zugang zur Weltordnung übergeben muss, wozu sie im Falle seines Ablebens keinen Anlass hätte. Dein Druckmittel wäre fort."

Rarcados Miene zeugte von Bewunderung. „Lasse wenigstens die anderen im Glauben, du wärest ein Kind."

„Halte Abstand!", wies Tadur sie scharf an. „Ich habe ein Wesen in mir aufgenommen."

„Wie meinst du das?"

„Eine Gabe", röchelte er. „Absorption. Ich kann mir Dinge einverleiben." Er stöhnte vor Schmerzen.

„Was hast du in dich hineingezogen?"

„Es ist unendlich böse und dieses Geschöpf ist erst der Anfang. Ich hatte keine Wahl und musste handeln – so wie du jetzt, Sinara! Es ist mein Wille."

Tadurs Reserven waren endgültig aufgezehrt. Sie schrie weinend in den roten Abendhimmel hinauf: „Götter, ich beschwöre euch, bannt Tadur!"

Ein Blitz zuckte am gewitterfreien Horizont und setzte eine bildhübsche Dame in einer beigen Tunika vor Sinara ab. „Sokrates antwortet dir, Tochter des Sturms, Seherin der Euglaven."

Geistesgegenwärtig warf sich Sinara vor der Göttin ehrfurchtsvoll nieder. „Wie habt ihr entschieden?"

Sarai raufte sich die Haare und fluchte. „Wieder nichts … Es geht nicht weiter … Mir fehlt das letzte Puzzelteil. Die Zeit rennt uns davon. Morgen ist die Zeremonie. Wir tüfteln seit über einem Monat daran und bleiben ergebnislos." Sie trat wütend gegen einen Eimer, der klappernd umfiel.

„Wir haben so viel ausprobiert … Mirashi meinte, Meditieren ist ganz leicht, wenn man weiß, wie es geht." Akeru ließ die Schultern hängen.

Sarai lief nervös im Gemach hin und her. Sie brabbelte: „Ich habe jetzt aber weder Ruhe noch Geduld."

„Der Auslöser ist erforderlich."

„Und wie finden wir den?! Ich wollte nicht laut werden, entschuldige bitte."

Sarai deutete zu einer Truhe. „Sollten alle Stränge reißen, werden die Inhalte der beiden Phiolen uns ein gemeinsames Ende und ihnen eine Niederlage bescheren." Sie bezog sich auf die zwei sehr kleinen, gläsernen Zylinder, derzeit unter Stoffresten begraben, welche die Aufschrift *Tollkirsche* trugen. Sarai hatte das Gift überraschend in der Vorratskammer gefunden, verborgen in einer schweren Kartoffelkiste, die sie anstelle der gebrechlichen Meri-oh in die Küche trug.

Akeru schluckte schwer.

„Bist du sicher, dass du das kannst?", erkundigte sie sich schweren Herzens. Die Worte blieben ihm weg.

„Morgen also", sagte sie, „werden wir uns von Ziron verabschieden müssen oder erleben ein monumentales Wunder."

Kapitel 10

Die auserwählte Braut

Zehnter des Ambros im Jahre des Wolfsschädels 57.

Meri-oh befestigte ihr mit mehreren kurzen und einer langen Nadel die glatt gekämmten Haare. Sarai steckte sich derweil vor dem vergilbten Kommodenspiegel die runden Perl-Ohrringe an.

„Draußen gewittert es", kommentierte die Alte angespannt die donnernden Geräusche. „Benetzt Regen den Schleier der Braut, wird ihr viel Leid und Trauer in der Ehe widerfahren."

Sarai schwieg, während Meri-oh ihr das aufwendige Geschmeide umlegte, welches aus der Schatzkammer des *Shantall Mo Heros* stammte. Seit Wochen plante Rarcado diese Zeremonie – eine feierliche Übergabe.

Sie schlüpfte in das schneeweiße Kleid, dessen Brustbereich diagonale Raffungen aufwies. Vorn reichte der Rock, der mit Federn geschmückt war, bis knapp zu den Knien, hinten verfügte er über eine kurze Schleppe.

Ja, Rarcado würde seine vermeintliche Hochzeit bekommen, doch stünde ihm ein unglücklicher Ausgang bevor, dafür würde Sarai sorgen.

Die junge Frau trat unter ein Vordach ins aufgewühlte Freie, wo sie von Alyosha, Akeru und Jonhep empfangen wurde. Der Himmel selbst schien gegen diese unrechtmäßige Vereinigung zu sein, dermaßen gewaltig krachte es über ihren Köpfen.

Der Zauberer reichte Sarai einen bunten Blumenstrauß und sie verkniff sich die Bemerkung, dass er sich diese Geste hätte sparen können.

Ein flüchtiger Blick zwischen ihr und Akeru gab dem jeweils anderen zu verstehen, man war zu allem bereit. Jonhep registrierte diesen Moment argwöhnisch.

Alyosha hexte einen unsichtbaren Schild, welcher die Gruppe vor dem peitschenden Regen und dem unbarmherzigen Wind bewahrte.

Sarai atmete tief durch und schritt gen beeindruckende Kathedrale, die dem Clan der *Gesandten des Himmels* geweiht war. Das verschachtelte, offene Strebewerk mit an den Seitenschiffen gespannten Strebebögen verlieh dem Bauwerk eine beachtliche Wirkung.

Jonhep, der schlank gewachsen, ein Haupt größer war als Akeru, lugte immer wieder zu ihm hinüber. Dieser schaute eisern nach vorn – zu seiner Mutter. Alyosha bildete den Schluss des Zuges.

Erstmals setzte Sarai einen Fuß in die Kathedrale Ti Eras. Die charakteristischen Spitzbögen und das Rippengewölbe sorgten für eine enorme Höhenwirkung des Raumes. Man fühlte sich klein wie eine Maus.

Ein sanfter Frauenchor erklang und Sarai war bewusst, das war Alyoshas Werk. Tausende von entzündeten Kerzen tauchten das gottesfürchtige Gebilde in eine wunderschöne Atmosphäre und verliehen den Mosaik-Glasfenstern eine betörende Leuchtkraft.

„Marsch!", drängte Alyosha von hinten und rüttelte Sarai aus ihrer stillen Bewunderung. Der rote Teppich führte sie direkt zum prunkvollen Altar, vorbei an den leeren Sitzbänken. Sie hörte ihren eigenen Herzschlag und war unendlich froh darüber, sich der Anwesenheit ihres geliebten Sohnes gewahr zu sein.

Die letzten Meter schloss sie die Augen, um Rarcado, dem sie zwangsläufig näher kam, auszublenden und es formte sich eine Szene in ihrem Inneren.

Die Kathedrale war mit purem Leben gefüllt, jeder Platz besetzt – von Menschen, die Sarai seit jeher begleiteten. Die rothaarige Margis winkte ihr kichernd zu und drückte Igidius einen Schmatz an die Backe. Bullan lehnte zufrieden an einer Säule. Joshim fächerte sich wegen der Wärme erfrischende Luft zu.

Die aufgeweckten Jungs der Zwiebelbande streckten ihre Hälse und kletterten auf die Bank, um die bildhübsche Braut zu sehen. Korab schmachtete sie an.

Olong und Jin saßen neben Sa de Fra, die sich ihr, wie alle, zuwandten.

Auf der anderen Seite waren Buras, der sich rasch über das Gesicht wischte, um seine männliche Fassung zu wahren, Hasaff, der schelmisch grinsende Loskat und die restliche Barbaren-Meute platziert.

Victris königlicher Liebreiz blieb heute unbeachtet. Selbst Richard bot ihr kaum Aufmerksamkeit und unterhielt sich angeregt mit Veri. Fide stieß ihm mit dem Ellenbogen in die Rippen und zischte, er solle endlich still sein. Ginta guckte voller Freude zur Braut empor.

Ein Arm löste sich zärtlich von ihr. Sanfte Lippen hauchten ihr zum Abschied einen Kuss an die Schläfe. Dann übergab Piere seine erwachsene Tochter ihrem Auserwählten.

Mit Freudentränen nickte Sarai ihrer Mutter, Gorlois und Mirashi in der ersten Reihe zu.

Ein Näschen stupste sie an. Hiwu, welpengroß, wedelte mit dem Schwanz und gesellte sich zu Akeru, der die Ringe hielt.

Akira und Michelle standen neben ihm und würden die Trauung bezeugen. Karkara, mit feuchten Augen und bebendem Herzen, lüftete ihren Schleier.

„Ja, ich will", sagte sie, ehe überhaupt die entscheidende Frage gestellt wurde. Ihr Bräutigam schmunzelte und der wahre Tadur schenkte dem Paar seinen Segen.

„Wir haben uns versammelt, um eine wichtige Übergabe feierlich zu würdigen", verkündete Alyosha hochtrabend, als würde er, der geschätzte Priester, vor einer Unmenge an Zuschauern die Rede des Millenniums halten.

Rarcado betrachtete seine Braut stolz. Er hatte den erstklassigen Schmuck und das außergewöhnliche Kleid wirklich hervorragend ausgesucht. Er war eben ein Meister der Talente.

Der Regent wollte ihren Schleier nobel anheben, da schlug sie diesen selbst zurück und sah ihn durchdringend an. Er stutzte.

Alyosha predigte zügig weiter: „Unser verehrter Herrscher, Tadur, wünschte sich eine zeremonielle Hochzeit wie es Menschen tun, da auch hier eine Art Vertrag geschlossen wird."

Wie es Menschen tun?, wunderte sich Sarai über diesen befremdlichen Satz.

Jonhep und Akeru verweilten vor der ersten Sitzbank. Der Blasse schielte oft zu Sarais Sohn hinüber, da ihm unbegreiflich war, wie dieser die Handlung einfach geschehen ließ, hatte Jonhep doch mit deutlichem Widerstand seinerseits gerechnet. Er beobachtete, dass der Junge, Sarai fixierend, etwas in seiner Hosentasche festhielt.

„Was hast du da?", raunte Jonhep misstrauisch.

Akeru, in dem sich Hektik breitmachte, aus Angst davor, ertappt zu werden, zog die Finger rasch hervor, wodurch das Glasgefäß herausrutschte und er es gerade noch zu fassen bekam, bevor es auf dem Boden zersprungen wäre.

„Was ist das? Zeig her!", wurde Jonhep fordernder.

Die lauter werdende Rangelei der beiden unterbrach das Ritual. Jonhep hing wie ein Tier auf Akerus Rücken und biss ihm ins Ohr. Vor Schmerz kreischte der Kleinere und schleuderte ihn prompt mittels einer Druckwelle von sich. Jonhep krachte gegen eine Wand und riss ein Gemälde herunter.

Die Phiole rollte über den gräulichen Marmor.

Sarai wollte Rarcado entsetzt packen, doch verfehlte seinen Ärmel. Er zertrat das Fläschchen und sprengte damit all ihre Hoffnung.

Alyosha schmetterte Akeru durch magischen Einsatz gegen eine Säule. Ab dann verlief alles schnell. Jonhep rappelte sich wutentbrannt hoch, taumelte zu Akeru und schlitzte ihm mit einem Dolch die Kehle auf. Blut quoll über die heilige Stätte.

Sarai war starr vor Bestürzung.

Wie ein glorreicher Kämpfer rief der Unnatürliche aus: „Ihr seid uns unterlegen. Merke dir das, du schäbiger Gnom! Ich bin Jonhep Manhep Alreshep vom edlen Geschlecht der Shezarier."

Rarcado hätte Jonhep für diese Äußerung am liebsten eine Tracht Prügel verpasst. Er schaute erregt zu Sarai zurück, dem ihre Miene gar nicht gefiel. Irgendetwas ging in ihr vor – irgendetwas schien zu erwachen.

„Shezar …"

Tagelang schloss Tadur sich in seinem abgedunkelten Gemach ein. Akatari und Sinara verschafften sich schließlich Zugang.

Über seinen Schreibtisch gebeugt, kritzelte der Pharao besessen in einem Buch herum. Er hatte gar nicht wahrgenommen, dass noch jemand im Raum war.

„Du hast dich geschnitten?!" Erschreckt bemerkte Sinara, dass Tadur die Schreibfeder bewusst mit seinem Blut tränkte. Ein einziges Wort wiederholte sich schier endlos: Shezar.

„Halte Abstand!", wies Tadur sie scharf an. „Ich habe ein Wesen in mir aufgenommen."

Er würgte und spuckte unter Ekel eine schwarze, zähe Flüssigkeit aus. „Verlässt es meine Obhut, fegt es euch vom Feld. Bleibt es in mir, verdrängt es mein Bewusstsein. Sinara, es ist mein Wille. Schenke mir Frieden im Tode und rette deine geliebte Welt! TU ES!"

Aus Leibeskräften schrie sie weinend in den roten Abendhimmel: „Götter, ich beschwöre euch, bannt Tadur!"

Ein Blitz zuckte am gewitterfreien Horizont und setzte eine Göttin, deren goldblonde Mähne mehrfach zusammengebunden bis zu ihren Kniekehlen hing, in einer beigen Tunika vor Sinara ab.

„Sokrates antwortet dir, Tochter des Sturms, Seherin der Euglaven."

Geistesgegenwärtig warf sich Sinara vor der anmutigen Dame ehrfurchtsvoll nieder. „Wie habt ihr entschieden?"

„Tadur ist der Schutzschild dieser Welt und hat alles dafür getan, um sie vor Bösem zu bewahren. Wir werden uns keinesfalls von ihm abwenden."

„Was könnt ihr tun?", hob Sinara hoffnungsvoll den Kopf.

„Wir werden unsere gesamten Mächte aufwenden und ein Reich erschaffen, das mit diesem verbunden und doch getrennt ist – eine Unterwelt."

Die Göttin half Sinara anmutig hoch, welche erstaunt schlussfolgerte: „Ihr verzichtet auf eure Kräfte – für ihn?"

Sokrates bejahte. *„Er ist es uns wert – auch weil du an ihn glaubst."*

„Tadur wird sehr einsam sein …"

„Nein. Seine Anhänger werden ihm folgen."

„Zu welchem Zweck?"

„Es wird der Tag kommen, an dem du ihn und sie brauchst. Deshalb können und werden wir ihn nicht einfach sterben lassen. Noch darf er Ziron nicht endgültig verlassen."

Sinara behielt Tadur im Blickfeld, der recht leise geworden war und sich auf allen vieren abstützte. „Wäre der Tod gnadenvoller?"

„Er würde die Unterwelt vorziehen, wenn er Ziron dadurch dienen kann."

„Was wird aus dem Wesen?"

„Es wird die Kontrolle übernehmen."

Sinara wurde eiskalt bei diesem Gedanken. „Sogar in der Unterwelt?"

„Ja. Es wird versuchen, von dort aus die zironischen Länder zu tyrannisieren. Sei dir sicher, das Ungeheuer ist gefangen in der abgesonderten Ebene – wie Tadur. Sobald dir klar ist, wie du es anstellen kannst, befreist du deinen Pharao vom Ungetüm und holst ihn raus."

„Wann soll das sein?"

Sokrates zuckte mit den Achseln. „Du wirst fortan mehrfach in diesem Imperium inkarnieren. Ich übergebe mein Amt des Schlüssels an dich. Du bist ab dann die Wächterin der Weltordnung. Will man Ziron schaden, muss man dich zuerst finden und bezwingen. Stelle Tadur und seine Armee als Patron vor dich."

„Wie soll ich mich erinnern, wenn so viel Zeit dazwischenliegen wird? Bin ich würdig, solch eine Verantwortung zu tragen?"

Tadurs Finger krallten sich in die Erde. Zitternd raffte er sich in die Höhe.

Sokrates tat zügig kund: „Der Schlüssel trägt die Macht, in jeder Inkarnation ein einziges Mal sechs Monate in die Vergangenheit reisen zu können, um diese positiv zu verändern. Wir stellen dir Kekros und Nicoletto an die Seite. Tadur braucht seinen Sohn, Akatari gehört zu ihm."

Sinara bangte darum, sich sämtliche Informationen zu behalten. Sokrates schob sie hinter sich. „Es geht los. Das Wesen besitzt ihn."

Tadurs Augen leuchteten hasserfüllt. Seine Gesichtszüge hatten sich verändert, wirkten fanatisch. Er hielt einen tellergroßen Gesteinsbrocken.

„Tadur", jammerte Sinara, die unendlich litt, ihn so zu sehen.

„Das ist er jetzt nicht mehr." Sokrates streckte ihre Arme in seine Richtung und erschuf einen sichtbaren Energieball.

Sinara staunte über dutzende Hände, die plötzlich aus den rötlich schimmernden Wolken auftauchten. Die Götter entsandten ihre Gaben und bündelten diese in der entflammten Kugel.

„Wie kann es sein, dass ihr ausgerechnet mich dermaßen oft erhört und mir eure Gunst geschenkt habt?"

„Einst warst du die unsere, Seherin der Euglaven, Göttin Niomee. Du hast dich für ein menschliches Leben entschieden."

Den Stein in die Höhe reißend und zum Angriff nutzend, trabte der falsche Tadur feindselig auf die zwei Frauen zu. Dabei grölte er: „Für Shezar!"

Der feurige Energieball wurde freigelassen und fraß den Herrscher auf.

Kapitel 11

Die wahre Macht eines Schlüssels

„Bringen wir es zu Ende!", schimpfte Rarcado und baute sich dominant vor Sarai auf. Benommen guckte sie ihn an.

Sei dir sicher, das Ungeheuer ist gefangen in der abgesonderten Ebene – wie Tadur.

„Du bist nicht *er*", murmelte die Auserkorene ergründend.

„Wer?"

„Du bist *nicht* Tadur."

Rarcado hielt für einen Moment den Atem an. „Woher nimmst du diese Überzeugung?"

„Weil dein Monstrum von Verbündetem in einem Boot mit ihm sitzt."

Er packte die Frau, aus Furcht, sie würde fliehen. „Alyosha!"

Sarai wehrte sich vehement gegen seinen eisernen Griff. Er bog ihr den Arm schmerzhaft hinter den Rücken.

„Vergebens", keuchte sie.

„Ich gewinne immer."

Unerwartet huschte ein hämisches Grinsen über ihre Lippen. „Nicht in dieser Welt. Dein Jonhep wird niemals existieren. Du und dein magischer Knecht, ihr werdet aus Sagem nicht mehr rauskommen."

„Wir sind in Ti Era, Schätzchen, falls du das noch nicht bemerkt hast."

Sarai funkelte ihn triumphierend an. „Die Völker werden leben. Akeru verweilt am geschützten Ort. Und Tadur wird dich zerschmettern, denn *ich bin* der Schlüssel."

„TÖTE SIE!", rief Rarcado energisch aus und der Hexer schwang seinen Stab. Eissplitter preschten auf die Auserwählte zu.

Sarai entfesselte das giftgrün glühende Symbol des Teufels. „Du hast und du wirst verlieren, der du kommst aus Shezar."

Die Splitter hielten jäh im Flug an und begannen sich aufzulösen. Sarai lachte immer lauter, als zuerst Jonhep verschwand und daraufhin Alyosha ausradiert wurde. Wie Wasserfarben, die ineinander verliefen, löste sich die Struktur der Kathedrale.

„Was hast du getan?!", wetterte Rarcado.

„Deinen Untergang eingeleitet."

Es wurde innerhalb von Sekunden pechschwarz um sie herum. Sie glaubte, durch einen Tunnel zu sausen, in dem sie die letzten Ereignisse wie bewegte Gemälde hinter sich ließ.

„So weit es geht zurück, bitte! Ich muss noch wach sein!", stieß sie ein flehendes Gebet aus. *Nur sechs Monate ... Das könnte knapp werden ...*

Jonheps Geburt. Die Vergewaltigung. Das Wiedersehen mit Akeru. Karkaras Hinrichtung. Rarcado.

Das Rad der Zeit drehte sich zunehmend langsamer um sie. Jene Träume, in denen sie einst Sinara war, entfalteten sich. Würde das Ganze hier anhalten, würde sie erst erwachen, wenn Olong starb und Rarcado ihr seine Aufwartung machte.

„Weiter zurück, bitte! BITTE! BIIIIIIIITTE!"

Zehnter des Fairus im Jahre des Wolfsschädels 57.

„Prost!", stießen die Männer an, nickten Sarai zu und schütteten das erfrischende Bier genüsslich in sich hinein.

Michelle wischte sich den weißen Schaum vom Mund. „Wie wollen wir in Sagem vorgehen? Bedrängen wir Rarcado ohne Unterlass, sobald die Schwelle zur Hauptstadt passiert ist? Warten wir die Zeremonie ab?"

Sarai saß stocksteif am Tisch und realisierte schleichend, dass sie sich in einem Wirtshaus befand.

„Kann man einen Teufel so einfach töten? Wie ist euch das damals gelungen?" Die letzte Frage richtete Michelle vorrangig an Karkara, da er glaubte, dass dieser den entscheidenden Stich, Stoß oder Schlag ausgeführt habe.

Sarai erinnerte sich halbwegs an dieses Gespräch. War das tatsächlich die Wirklichkeit? Oder hatte Rarcado etwas unbeschreiblich Furchtbares angerichtet, woraufhin sie sich eigenwillig in solch ein Gebilde tief in ihrer Seele verkroch?

Ihre blassen Hände unter dem Holztisch zitterten. Sie kniff sich und spürte Schmerz. Ein hervorragendes Zeichen!

Sarai griff nervös nach der Tasse, um sich einen warmen Schluck zur Beruhigung zu gönnen, da fiel ihr glücklicherweise die List des Barbaren ein.

„Alles in Ordnung?" Der Klang seiner Stimme fuhr ihr durch Mark und Bein.

Sie blickte auf. Karkara. Er musterte sie genau.

Ja, das Jetzt war echt! Sogar Bärbel stand am Tresen. Sarai hatte es geschafft! Sie war zurückgekehrt, was bedeutete, dass all das Leid in diesen grausamen Ausmaßen noch gar nicht geschehen war und folglich abzuwenden sein würde!

Sie vergrub ihr Antlitz kurz in den Händen, atmete zutiefst erleichtert durch und unterdrückte einen Anflug von Tränen. Dann pfefferte sie die Tasse rücksichtslos zu Boden, wo sie klirrend zersprang und eine Pfütze hinterließ.

Abrupt schnellte Sarai in die Höhe. Karkara, dem ihr Handeln unbegreiflich war, sprang sicherheitshalber ebenso auf.

Sie marschierte auf ihren Barbaren zu, ohrfeigte ihn überraschend und legte anschließend versöhnlich die Arme um ihn. Vereinzelte Tränen kullerten ihr doch von den Wangen, die sie rasch fortwischte. „Ich liebe dich und verzeihe dir – zumindest das mit dem Tee."

Michelle guckte genauso verdattert wie sein Mitstreiter.

„Was ist los?", hakte der Krieger perplex nochmals nach.

Sarai löste sich von ihm, bahnte sich den schnellsten Weg zu Michelle und entwendete ihm in einer fließenden Bewegung die birnenförmige Phiole mit dem magischen Sand.

Nun erhob sich auch Michelle, der nichts Gutes ahnte. „Vorsicht! Gib mir das lieber wieder", bat er sie bestimmt.

„Was hast du vor?"

Sie zog den Stöpsel, schüttete das funkelnde Pulver auf ihre Handinnenfläche und sprach voller Überzeugung: „Crox Manui!"

Karkara angelte panisch nach ihr und Michelle hechtete stürmisch an ihre Seite.

„Wir reisen in die Unterwelt und retten Tadur!"

ACHWORT

Das geschriebene Wort begeistert uns Menschen seit jeher. Worte sind mächtig – können unter anderem Kriege entfesseln oder Frieden säen. Worte sind scharf wie die Klinge eines Schwertes oder liebreizend wie das ehrliche Lächeln eines glücklichen Kindes.

„Woher hast du deine Ideen?", fragten mich früher die Zuhörer in den Lesungen, als ich etwa 13 Jahre jung war. Eine Frage, die mich anfangs stocken ließ, da ich eingetrichtert bekommen hatte, die Wahrheit schlichtweg hinunterzuschlucken. Ich durfte nicht sagen, dass es wahre Geschichten anderer Welten sind, von denen wir hier auf der Erde lernen sollen. Heute war es rückblickend gewiss richtig, so zu handeln, um während meiner Schulzeit nicht als verrückt zu gelten. Umso mehr beziehe ich nun einen klaren Standpunkt, den mein Herz aus tiefster Ehrfurcht vertritt.

Die Begebenheiten in „Vereint als Rabenbrüder" und „Festung des Teufels" sind von mir rückwirkend erzählt. Das bedeutet, die Geschehnisse fanden parallel zu unserer Zeitrechnung bereits statt, haben sich genauso wie hier dargelegt zugetragen und sind fest in der Akasha-Chronik, der Welten-Bibliothek, verankert.

Festung des Teufels Band 1 startet mit seinem Bericht im Jahre des Drachenblutes 56. Das entspricht laut unserer Zeitrechnung dem Jahr 2002.

Festung des Teufels Band 2 setzt im Jahre des Schlangenbisses 57 an und bezieht sich daher bei uns auf das Jahr 2009.

Der 3. Teil führt die Saga ins Jahr des Wolfsschädels 57 (bei uns 2012).

Sarai ist am 29. September 2019 übrigens 35 Jahre jung geworden.

Seien wir gespannt auf die wertvollen Lektionen und spannenden Abenteuer, welche uns Zirons Bewohner noch näherbringen mögen.

Glossar

DIE CHARAKTERE

In Klammern die Altersangaben der Personen zum ersten der Vil Cemie im Jahre des Wolfsschädels 57.

Die drei Auserwählten:

Sarai	der „Schlüssel" dieser Welt (27)
Karkara	ein Barbar, der Sarai über alles liebt (28)
Michelle	Priester, zuletzt vom Orakel ausgebildet (22)

Weitere Menschen & Wesen:

Alphabetisch geordnet.

Akatari	Akiras Name im früheren Leben, als Tadur herrschte
Akeru	Sohn von Sarai und Akira; Tadurs Enkel; trägt große Macht in sich (8)
Akira	Tadurs Sohn; befindet sich in der Unterwelt (wäre jetzt 27)

Alyosha	Schwarzmagier mit medialen Fähigkeiten; dient Rarcado (69)
Bärbel	liebestolle Wirtin (22)
Emeraud	ein „Priester der alten Zeit" (69)
Everos	widerwillig bei den „Priestern der alten Zeit" (16)
Hiwu	Karkaras Gefährtin; Wölfin der seltenen Rasse „Torba Marey"
Imil	Bote, der nur für König Richard zuständig ist (36)
Jin de Gross	Schüler des weisen Olongs; will ein „Priester der alten Zeit werden" (25)
Jonhep	…………………………………………
Loskat	ein Freund Karkaras; gehört zum Clan der „Barbaren" (29)
Lucrezia	Schwester des kranken Micel (24)
Meri-oh	alte Frau, die Sarai zur Seite steht (81)
Micel	schwer kranker Fremder in der Abtei von Monshire (23)
Mirashi	blinder Zauberer, der Akeru ausbildet (82)
Nirva Soll	Hexenmeisterin des „Roten Nebels" (101)
Olong van Ga	ein „Priester der alten Zeit"; Ausbilder der Schüler; Gelehrter (42)
Orakel	legendär; Mitverfasser der bedeutsamsten Prophezeiungen (689)
Rarcado	Sohn von König Richard; Tadur? (35)
Rashuhep	blutrünstige, fliegende Tiere, die im Dienste Rarcados stehen
Rassu le Pier	Hohepriester in der Abtei von Monshire (66)

Richard	der Unbesiegbare; Herrscher von Zeder (70)
Selene	Mondgöttin; wird von den „Priestern der alten Zeit" angebetet
Sinara	Sarais Name im früheren Leben, als Tadur herrschte
Sokrates	in der Überlieferung als Seraphin bekannt geworden; wird als Schutzgöttin verehrt
Tadur	der sogenannte „Teufel", welcher die Menschheit laut der Legende immer noch knechten will
Volta	Lieblings-Rashuhep von Rarcado

DIE ORTE

Der Name des Planeten lautet Ziron. Dreizehn Kontinente erstrecken sich auf ihm. Die Geschichte trägt sich auf dem kleinsten dieser Kontinente zu – auf Zeder.
Alphabetisch geordnet.

Cark Ta Mon	weitverbreiteste Land; liegt mittig; auch „Catamo" genannt, Königreich
Monshire	Gebiet der Priester der alten Zeit; nordwestlich von Sagem
Sagem	Hauptstadt von Cark Ta Mon; größte Stadt von Zeder
Ti Era	beherbergt eine riesige, beeindruckende Kathedrale

DIE ELF (HAUPT-)CLANE

Die elf Clane haben die größte Anhängerschaft weltweit. Ihre Hauptsitze befinden sich jedoch allesamt einzig auf dem Kontinent Zeder.

Schrei der Welt	helfen Bedürftigen; sind stets auf Frieden aus
Priester der alten Zeit	beten die Mondgöttin Selene an
Die Barbaren	Gesetzlose
Gesandte des Himmels	Gottesanbeter
Die Schwarzen Wölfe	Teufelsanbeter
Subaru	Boten (der Könige)
Klinge des Donners	Söldner
Gelbes Kleeblatt	bewahren die Natur; Waldmenschen
Roter Nebel	Zauberkünstler
Drachenklaue	Schutzherren der letzten Drachen
Grauer Schatten	streben nach der Apokalypse

DIE ZEITRECHNUNG

Eine komplette Jahresrechnung umfasst 12 Jahre. Wenn geschrieben steht „Im Jahre des Einhornschweifes 74", erhöht sich die Rechnung auf 75 erst, sobald die folgenden 12 Jahre durchschritten sind.

Im Jahre des/der ...

Jahr	Bezeichnung
1	Einhornschweifes
2	Katzenkralle
3	Schlangenbisses
4	Hirschgeweihes
5	Pfauenrades
6	Wolfsschädels
7	Krebsschere
8	Drachenblutes
9	Krähenschnabels
10	Falkenflügels
11	Fuchspelzes
12	Jägers

Die Jahreszeiten

Jeder Monat wurde einem Gott oder einer Göttin gewidmet.

Magenta – Name der heiligen Schildkröte; Element: Wasser; meistens Regenschauer; Magenta unterstehen die ersten drei Monate im Jahr:

Vil Cemie	(Januar) Göttin der Neuanfänge
Fairus	(Februar) Gott der Freiheit
Märäne	(März) Göttin der Dämmerungen

Raspid – nach dem ersten Drachen benannt; Element: Feuer; trockenes, warmes Klima; vierter bis sechster Monat:

Thoras	(April) Gott des Schweigens
Mireyu	(Mai) Göttin der Unbefangenheit
Jukos	(Juni) Gott der Verführung

Hospeia – legendäres Flugtier; Element: Luft; Stürme, zunehmende Frische; drittes Quartal:

Wikim	(Juli) Göttin der Herrlichkeiten
Ambros	(August) Gott der Abenteuerlust
Samue	(September) Göttin der Natur

Zasra – Schlange des Erdengottes Miolus; Element: Erde; Erdbeben, Kälte; letzte drei Monate:

Rauvo	(Oktober) Gott der Ungezähmtheit
Liviane	(November) Göttin des Schabernacks
Xagan	(Dezember) Gott der Unnahbarkeit

DIE EINMALIGE WELTKARTE ZU „FESTUNG DES TEUFELS"

Welchen Weg haben die Auserwählten bestritten? Welche Orte liegen vor ihnen und welche weit zurück? Welche Geheimnisse umgeben diese Welt?
Die detaillierte Weltkarte zum Fantasy-Roman „Festung des Teufels" lässt dich noch tiefer in die ergreifende Geschichte eintauchen.

Die Weltkarte ist im DIN-A3-Format in Farbe gedruckt.
Sie ist exklusiv erhältlich über: info@elfator.de
Preis: 3,50 Euro.
Die Bezahlung erfolgt per Vorkasse zuzüglich Versandkosten.

Die Autorin

Elisabeth Vinera wurde 1988 in Deutschland geboren und arbeitet als Medium und Reiki-Meisterin/-Lehrerin. Sie schreibt seit ihrer Kindheit und veröffentlichte ihren ersten Roman bereits mit 13 Jahren. Die Geschichten ihrer Bücher sind die Schauplätze ihrer geistigen Wanderungen. Ihre Gabe des „Kontakts" ermöglicht ihr einen Blick in ferne Welten und in die Seele anderer Menschen. In ihrer Freizeit betätigt sich die Autorin gerne sportlich oder unternimmt etwas mit Familie und Freunden.

novum VERLAG FÜR NEUAUTOREN

Der Verlag

Wer aufhört
besser zu werden,
hat aufgehört
gut zu sein!

Basierend auf diesem Motto ist es dem novum Verlag ein Anliegen neue Manuskripte aufzuspüren, zu veröffentlichen und deren Autoren langfristig zu fördern. Mittlerweile gilt der 1997 gegründete und mehrfach prämierte Verlag als Spezialist für Neuautoren in Deutschland, Österreich und der Schweiz.

Für jedes neue Manuskript wird innerhalb weniger Wochen eine kostenfreie, unverbindliche Lektorats-Prüfung erstellt.

Weitere Informationen zum Verlag und seinen Büchern finden Sie im Internet unter:

w w w . n o v u m v e r l a g . c o m

Bewerten Sie dieses Buch auf unserer Homepage!

www.novumverlag.com

novum VERLAG FÜR NEUAUTOREN

Elisabeth Vinera

Vereint als Rabenbrüder

ISBN 978-3-99048-010-6
214 Seiten

Fin ist vierzehn Jahre jung, als er sowie zwei seiner Brüder sterben und sie sich vor Gevatter Tod wiederfinden. Um zusammenbleiben zu können, lassen sich die Geschwister auf ein Spiel mit dramatischen Folgen ein: Sie müssen dem Tod fortan als Rabenbrüder dienen und in der Welt der Lebenden über die Existenz ausgewählter Menschen entscheiden.

Elisabeth Vinera

Festung des Teufels – Band 1

ISBN 978-3-99038-443-5
316 Seiten

„Teufel", so nannten die Völker ein Wesen, das Grauen um sich scharte, um die Weltherrschaft an sich zu reißen. Eine Legende berichtete von seinem Erwachen und die alten Schriften behielten Recht. Zudem besagten diese, dass die Zukunft der Welt in den Händen von jungen Menschen liegen würde.

Elisabeth Vinera

Festung des Teufels – Band 2
Der Weg zu dir

ISBN 978-3-99010-699-0
282 Seiten

Mehr als sechs Jahre sind vergangen. Der Feind ist nicht länger der Teufel, sondern der Mensch selbst. Während Sarai als mehrfache Mörderin gesucht wird, kehrt die Kunde von Akiras Rückkehr ins Land. Doch Karkara würde ihn in dieser Welt nie mehr dulden.